LE SEPULCRE DE CRISTAL

LE SEPULCRE DE CRISTAL

*À ceux que j'ai le bonheur d'avoir encore,
et à ceux que j'ai perdus.*

Prologue

Paris. Capitale française. Ville extraordinaire au patrimoine chargé d'histoire et de magnificence. Mon fief. Mon essence. Mon territoire. Aucune autre ville en ce monde n'a su, à mon sens, s'imbiber des joies et des peines, des drames et des moments d'intense allégresse de ceux qui l'ont parcourue, avec ou sans but précis, tout à leur histoire, tout à leurs tourments. Des ombres, rien que des ombres. Bien indifférentes au fond à la trace qu'elles laissent, à la part d'elles-mêmes qu'elles oublient et qui imprègne les lieux.

Chaque rue pavée porte en elle, et portera toujours, la marque de ces âmes qui l'ont foulée. Si la moindre de ces ruelles pouvait parler, elle conterait sûrement les rires des enfants sautillant à la sortie de l'école, les élans admiratifs d'une mère penchée sur les sourires de sa progéniture ou un premier regard, échangé subrepticement au détour d'un trottoir. Elle conterait l'amoureuse transie confondant espoir et la réalité, ou les intrigues des âmes infidèles, parties rejoindre, d'un pas pressé, l'objet de leur désir. À l'approche du crépuscule, elle révèlerait

Le sépulcre de cristal

les existences perturbées : celles luttant sans cesse contre leurs démons… et celles qui ont cessé de lutter. Elle conterait l'humanité dans toute sa splendeur. Et dans toute son horreur.

Mais révèlerait-elle ce secret que presque toutes ont percé ? Oserait-elle seulement évoquer que, la nuit venue, tout humain est susceptible de croiser, sans le savoir, sa parfaite négation ? Que ces rencontres fortuites souillent parfois d'un liquide sombre et chaud les pavés parisiens ? Non que cela les émeuve, remarquez. Paris s'est imbibé du sang de ses fouleurs et s'est repu de leurs dépouilles tout au long des siècles. Mais il est pourtant une chose, une seule, capable de réduire au silence la ruelle enhardie qui conterait son histoire.

Plus d'un renoncerait à arpenter ces rues s'il savait ce qu'il peut y croiser. Et plus d'un deviendrait fou s'il apprenait qu'il a, plus d'une fois, croisé le Mal sans même le savoir. Vous-même, prêtez-vous systématiquement attention au badaud qui arpente la rue sur le trottoir d'en face ?

Certains sont des proies choisies, d'autres se trouvent au mauvais endroit, au mauvais moment. Certains l'ont même côtoyé de si près, sans en avoir conscience, qu'ils auraient pu sentir le souffle de son haleine dans le creux de leurs entrailles. Mais, fort heureusement, l'humanité se résume à deux vérités : elle est ou elle n'est plus. Rien de plus simple. Rien de plus inacceptable. C'est pourquoi elle vit, mais dans la terreur de devoir mourir. Elle craint les monstres et notamment l'un des

Prologue

pires : le hasard. Celui qui frappe dans des circonstances qu'elle ne peut ni prévoir, ni même parfois imaginer. Le hasard qui, selon qu'il se veuille heureux ou malheureux, comble ou détruit des vies, épargne ou s'acharne sur les âmes. C'est pourquoi il est vital pour l'humanité d'espérer, de se persuader que la roue va tourner, qu'une éternité de liesse récompensera ses efforts pour survivre. Survivre à cette angoisse inhérente qui l'étreint dès qu'elle mesure que le temps lui est compté. Survivre à la solitude inexorable qui suit la perte d'un être cher et la certitude qu'il ne reviendra plus. « Si seulement, je ne devais pas mourir …», murmure-t-elle depuis la nuit des temps.

L'immortalité. Voilà son grand rêve. Une durée indéfiniment longue, le temps de tout faire, de tout tenter. L'idéal vers lequel elle tend les bras sans jamais pouvoir l'atteindre. Un concept idiot, en vérité car, quand bien même elle possèderait une longévité illimitée, au creux de laquelle la maladie ou la vulnérabilité du corps ne constituerait plus une véritable préoccupation, qu'arriverait-il ? Exactement ce qu'il arrive aujourd'hui.

Etant d'anciens humains, les immortels ont conservé les miasmes de cette exigence de suprématie et de pouvoir inhérente à leur nature. Et ce sont ces restes d'humanité qui les mènent inexorablement à leur perte. Un immortel n'est jamais seul très longtemps et aussi discret et fuyant soit-il, son chemin croisera fatalement celui d'un autre immortel. Le plus belliqueux des deux provoquera le combat. A l'issue, l'un sera délivré de sa peur, l'autre de son existence maudite. Le souci de sa propre préservation poussera le vainqueur à s'approprier un plus grand territoire, afin de tenir à distance une menace qu'il sait grandir au loin. Mais quand il n'y a plus de territoire de libre ?

L'humanité porte ainsi, en elle, sa propre malédiction et c'est à cause d'elle que les immortels n'en seront jamais vraiment. Elle est tout en même temps : le poison et le remède. Tout n'est finalement qu'une question de dosage. Peut-être en prendra-t-elle un jour conscience. Mais j'en doute. Cela fait déjà plusieurs siècles que je l'observe et elle n'a encore rien appris. Prisonnière d'une toile invisible, elle ne fait que se débattre, jusqu'au moment où les crocs du destin se referment sur elle. Un spectacle à fendre l'âme.

Enfin, quand je dis l'âme…

Chapitre 1

Il était minuit passé lorsque Lorelei décida que son humiliation avait assez duré et qu'il fallait qu'elle rentre si elle voulait conserver une once de dignité. Elle avait d'abord essayé de comprendre, puis elle avait tenté de négocier. Et c'est au moment où elle avait senti qu'elle allait le supplier de revenir sur sa décision qu'elle s'était levée et avait quitté le café bruyant où s'était scellée leur rupture.

Il ne l'avait pas suivie. Il n'avait pas même esquissé un geste pour essayer de la retenir. Et elle s'était retrouvée seule, dans la nuit, avec une envie de hurler son désarroi, sa tristesse, son dépit. A la place, elle avait pincé les lèvres, rentré la tête dans ses épaules comme pour se protéger d'un vent glacial et avait commencé à remonter la rue vers la bouche métro qu'elle avait empruntée quelques heures avant, le cœur léger, l'esprit confiant. Encore un échec. Un de plus. Cela se finirait-il donc jamais ? Le même schéma, encore et encore. On l'abordait, elle se laissait séduire, ils se fréquentaient jusqu'au moment où, enfin en confiance, elle s'abandonnait... et qu'il la quittait.

Le sépulcre de cristal

Cette fois encore, ça n'avait pas loupé. Elle y avait pourtant cru. Comme d'habitude. Cru qu'il y aurait un avenir avec ce jeune homme qui l'avait abordée alors qu'elle admirait un sarcophage égyptien au Palais du Louvre. Il la trouvait très belle, il n'avait pu s'empêcher de lui demander son nom et s'il pouvait espérer la revoir. Il lui avait dit avoir craint de manquer quelque chose en la laissant s'éloigner sans essayer de la retenir. Bien sûr, elle s'était d'abord méfiée, en jeune femme avertie qu'elle était. Il était étudiant à la Sorbonne et le hasard avait joué un rôle décisif, en lui faisant découvrir qu'ils avaient des amis en commun. Elle ne fréquentait pourtant pas le même établissement. Elle avait toujours préféré la modernité au classicisme. Sauf en architecture. Les amis en question s'étaient émerveillés de les voir ensemble. C'est vrai qu'ils formaient un couple harmonieux. Les amis de l'un s'étaient mis en devoir de brosser un portrait élogieux de l'autre, et vice-versa. Et c'est ainsi qu'avait débuté leur histoire.

Elle releva la tête pour voir où elle était. La bouche de métro s'ouvrait devant elle, prête à l'avaler pour la recracher quelques kilomètres plus loin. Elle respira longuement en essayant de retenir ses larmes. Peine perdue. Ce n'était pas le chemin qu'elle empruntait d'habitude pour se rendre à leur traditionnel point de rendez-vous. Mais en avance ce soir-là, elle avait changé d'itinéraire pour aller lécher quelques vitrines dans un quartier voisin, plus commerçant. Instinctivement, elle avait fait le

Chapitre 1

chemin inverse. Mais si, pris de remords, il avait voulu la rattraper ? Il y avait peu de chance, elle le savait bien, mais cela arrivait parfois, à d'autres. S'il s'était finalement rendu du compte que ce coup de folie allait lui coûter la plus belle histoire d'amour de sa vie ? S'il s'était brusquement jeté sur sa veste et précipité sur le trottoir pour suivre ses pas, avant qu'ils ne l'éloignent pour toujours ? Ce ne serait certainement pas par ici qu'il la chercherait.

Elle hésita. C'était se crever le cœur une seconde fois, mais si jamais il y avait une petite chance… Elle fit volte-face, ignorant sa raison qui lui criait de rentrer, et remonta la rue d'un pas soutenu. Il lui faudrait repasser devant le café. En jetant un coup d'œil furtif, elle verrait bien s'il était encore là. Et elle ferait en sorte qu'il ne la voit pas si, par malheur, c'était le cas. Cela semblait être un bon compromis, à défaut d'un compromis raisonnable.

La rue était étrangement déserte. On était un soir de semaine et le quartier n'était pas très prisé des touristes, pourtant nombreux en cette période estivale. Les quelques bars du quartier s'étaient remplis bien plus tôt dans la soirée. Et il fallait croire que ce soir, il y avait peu de retardataires.

Elle hâta le pas. Elle ne ressentait aucune appréhension à l'idée de battre le pavé : elle n'avait jamais eu peur dans Paris, même la nuit. Elle se sentait chez elle sur ces trottoirs et avait troqué ses talons aiguilles contre des bottes montantes, légères et confortables, malgré leur apparence. Elles étaient dotées de talons assez larges qui lui permettaient de marcher sur les pavés sans risquer de se fouler une cheville. Elle se sentait donc parfaitement à l'aise, se sachant à la fois élégante et tout terrain. Elle avait même fait ajouter des fers à ses talons afin de les préserver au maximum, effectuant la plupart de ses déplacements à pied ou en métro.

En temps normal, le bruit métallique qui escortait chacun de ses pas se noyait dans le brouhaha de la Capitale et passait parfaitement inaperçu, même à ses propres oreilles. Mais en remontant cette rue silencieuse, Lorelei ne put s'empêcher de remarquer qu'ils rendaient sa démarche extrêmement bruyante. Elle eût la désagréable sensation que chacun de ses pas figeait le temps, comme le font parfois les coups qui annoncent le début d'une pièce de théâtre. Comédie ou tragédie, tout se jouerait dans un instant.

Heureusement, le bar n'était plus très loin. Elle ralentit le pas et avança en prenant le moins possible appui sur ses talons. Précaution inutile, il y avait comme à l'accoutumée une quinzaine de personnes dehors, devant le bar. Les fumeurs. Elle les dévisagea rapidement. Bien que lui ne fume pas, il avait peut-être eu besoin de parler à un ami, croisé par hasard, en allant quérir de quoi oublier la terrible erreur qu'il venait de commettre…

Chapitre 1

Mais non, il ne faisait pas partie des cracheurs de volutes bleutées, qui peinaient à se dissoudre dans l'air lourd de cette soirée de fin d'été.

Lorelei hésita. Il lui suffisait de renoncer, d'esquisser un sourire, de hausser les épaules et d'embrasser l'avenir avec confiance, laissant au destin le choix de nouvelles perspectives. Elle se savait jolie, malgré quelques imperfections qui lui sautaient au visage dès qu'elle se regardait dans un miroir. Et elle n'avait jamais eu de mal à séduire. C'était le talent de pérenniser ses relations qui lui faisait cruellement défaut. Comme si le fait d'apprendre à la connaître les faisait renoncer. Il lui suffisait de faire demi-tour. Mais Lorelei vivait chacune de ses histoires comme si elle était l'ultime. Elle n'en fit rien. Et malgré tout son bon sens, elle s'approcha de la vitre du café et jeta un coup d'œil à l'intérieur.

Le café abritait la même faune que lorsqu'elle l'avait quitté. Et dans le coin gauche, elle aperçut celui qu'on appelait *son homme*. Il était là, enlacé par une blonde aux arguments indéniables. Elle sentit le poison de la colère et de l'humiliation s'instiller lentement dans sa gorge et l'infecter. Elle l'avait reconnue. Cette jolie blondinette partageait sa vie et son appartement, et se vantait d'être le soutien indéfectible sur lequel elle pourrait toujours compter. La bonne *coloc'*, la meilleure amie, si prompte à consoler et à rassurer. Elle lui avait ravi l'homme qu'elle aimait et s'affichait ouvertement avec lui dix minutes à peine après leur rupture.

Lorelei peinait à réaliser, ne sachant plus si sa douleur la plus profonde émanait de la perte de l'homme, avec lequel elle projetait un avenir, ou de la trahison d'une amitié, à laquelle elle avait cru, sans se douter le moindre instant qu'elle était bâtie sur un mensonge.

C'est à ce moment-là qu'il leva la tête. Son regard bleu balaya la pièce et surprit celui de Lorelei, au travers de la vitre du café. Lorelei vit un sourire se dessiner sur ses lèvres. Cette soudaine hilarité ne manqua pas d'interpeller sa nouvelle compagne qui jeta, à son tour, un regard en direction de Lorelei. Un rictus lui barra le visage. Le glas signant l'humiliation totale de Lorelei venait de retentir.

Elle détourna le regard, fit demi-tour et s'élança dans la direction opposée. Peu importe où la porteraient ses pas du moment qu'ils l'éloignaient de ce cauchemar. Son regard s'embua, son cœur se tordit dans sa poitrine et ses yeux laissèrent jaillir un torrent de larmes amères, au goût âcre de dépit et de désillusion. S'ajoutait à cela, la voix doucereuse de la raison qui lui susurrait qu'elle l'avait mise en garde et qu'elle aurait pu éviter cette exécution en règle.

Le cœur brisé, humiliée et anéantie, elle prit la première rue sombre qui s'offrait à elle pour y enfouir son chagrin et la

Chapitre 1

désolation de son âme. Fuir. Fuir le regard moqueur de cette ordure, fuir la satisfaction de cette salope, trouver un antidote au vitriol de cette situation qui la consumerait jusqu'au fin fond de son entourage. Tels étaient les tourments de l'esprit de Lorelei lorsqu'elle bifurqua dans une autre rue, qu'elle ne connaissait que peu et qui l'éloignait, sans qu'elle y prenne garde, de l'issue souterraine qui la ramènerait chez elle. Sans doute est-ce également à cause d'eux qu'elle ne remarqua le groupe de trois hommes qui, la voyant passer, seule et éplorée, échangèrent un regard complice, écrasèrent leurs cigarettes et lui embrassèrent le pas.

Elle ne les remarqua que trop tard.

Toute à son chagrin, qui commençait à se muer, peu à peu, en un besoin impératif de vengeance, elle ne réalisa pas qu'elle s'était éloignée des artères fréquentées. Ce n'est qu'en entendant le sifflement étrange, que fait une bouche qui inspire l'air au lieu de l'expirer, qu'elle comprit son erreur. Dans le langage universel, ce sifflement signifiait à une proie qu'elle était repérée. Lorelei réalisa enfin que, derrière son mur de larmes, l'horizon était non seulement sombre mais également désert. Personne ne serait en mesure de la secourir si cela tournait mal.

Elle essaya de se rassurer. Après tout, ce n'était pas la première fois qu'un inconnu lui signifiait son intérêt de cette façon, pourtant si peu élégante, et qui réduisait considérablement les chances de succès du prétendant. Ce

Le sépulcre de cristal

n'était pas non plus la première fois qu'elle entendait quelqu'un essayer d'effrayer une fille peu sûre d'elle par ce biais. C'était, le plus souvent, juste histoire de se rendre intéressant auprès de compagnons au quotient intellectuel équivalent. Il pouvait ne s'agir que de cela, et de rien de plus. Avec un peu de chance…

Mais la chance lui manqua cruellement ce soir-là.

Elle accéléra le pas, faisant semblant de n'avoir rien entendu et, à fortiori, rien remarqué. C'est alors qu'elle entendit leurs rires. Elle n'eut pas besoin de se retourner pour deviner qu'ils étaient plusieurs, au moins deux. Un autre rire répondit aux premiers. Au moins trois. Elle accéléra encore, sentant la panique l'envahir à mesure que les rires se rapprochaient. Des rires malsains, des rires sadiques, qui sonnaient comme la promesse d'un assassin qui cède à sa pulsion.

C'est alors qu'elle vit son salut, à une petite cinquantaine de mètres. Une silhouette sombre venait de composer le code d'entrée de la porte d'un vieil immeuble en pierre. Elle entendit le claquement si reconnaissable d'un blindage qui cède à la pertinence de la combinaison. La silhouette s'engouffra dans l'ouverture et disparut. La porte entama alors, avec une lenteur extrême, son mouvement de repli. Elle accéléra le pas. Mais la scène n'avait pas échappé à ses poursuivants. Elle entendit un juron et le rythme de leurs pas s'accélérer. Elle n'hésita plus. Elle se mit à courir pour couvrir la distance qui la séparait de l'entrée salvatrice. L'enjeu était double : il lui fallait arriver à la

Chapitre 1

porte avant que celle-ci ne se referme et avant que ses poursuivants puissent eux-même l'atteindre. Elle voyait la lourde porte tourner lentement sur ses gonds. Elle n'allait pas tarder à se refermer. Lorelei se focalisa sur elle. Si seulement la force de son regard pouvait en ralentir la fermeture…

Elle donna tout ce qu'elle avait, mais elle n'était pas la seule. La porte se rapprochait, se rapprochait… Encore un effort ! Elle y était presque !

Elle se faufila par l'ouverture, heurtant mollement au passage la porte, qui réagit à peine et reprit sa course de tortue. Lorelei entendit les glapissements des lièvres qui arrivaient à toute vitesse. Elle freina son élan et ses fers crissèrent sur le carrelage de l'entrée. Elle trouva un appui inattendu sur l'épais paillasson qui tapissait le sol un peu plus loin. Lorelei fit volte-face, se jeta sur la porte et poussa de toutes ses forces. Il y eut un grand bruit. Lorelei se jeta en arrière, prête à fuir ou à hurler. Deux autres bruits, des cris de rage, puis plus rien.

Elle attendit, haletante, peinant à retrouver son souffle, mais en sécurité derrière la lourde porte codée qui la séparait désormais de ses poursuivants. Elle se laissa glisser contre le mur opposé et demeura assise, tentant de reprendre son souffle, attentive aux bruits de la rue et à ce qu'ils pourraient lui apprendre. Le danger, qui rôdait vraisemblablement dehors, lui fit voir sous un autre jour les déboires amoureux de la soirée. Lorelei se jura que si elle regagnait son appartement saine et sauve, elle regrouperait les affaires de sa colocataire, les jetterait sur le palier et ajouterait une paire de gifles si bien appuyée qu'elle ferait passer l'envie de protester à cette pétasse sans scrupule. Mais pour y parvenir, il fallait déjà qu'elle se sorte de ce mauvais pas.

Au diable son compte bancaire, elle ne se risquerait pas à tenter une sortie avec la meute qui, peut-être, attendait, tapie dans l'ombre. Elle sortit son portable et constata que le sort avait décidé de s'acharner. Un juron lui échappa au moment où un petit bout de femme passait le nez par une porte vitrée, qui donnait sur une petite cour intérieure que Lorelei avait à peine remarquée. La petite dame jeta à Lorelei un regard intrigué. Lorelei leva un bras en signe d'excuse et s'empressa de justifier sa présence d'une voix basse et essoufflée. Elle ne parvint que difficilement à maîtriser l'angoisse qui l'étranglait :

- Madame, je… Désolée. Je me suis réfugiée dans votre entrée… Des hommes, là dehors. Je… J'essaie d'appeler un taxi, mais mon téléphone ne marche plus. Est-ce que vous ?… Est-ce que vous pourriez en appeler un pour moi ? Je veux dire, un taxi. J'ai un peu d'argent, je peux payer la communication, je veux juste…S'il vous plaît… Rentrer chez moi.

La dame sourit et acquiesça plusieurs fois. On aurait dit une marionnette. Ce n'était pas bon signe. Lorelei se demanda si ce mouvement répété lui était destiné ou s'il était un moyen pour la petite dame, déjà âgée, de se concentrer sur ce que la jeune fille

Chapitre 1

lui demandait. Elle sentit les larmes lui submerger les yeux. Elle regarda la petite vieille s'éloigner, hochant toujours du chef, comme si sa tête était montée sur ressort.

Lorelei laissa échapper un soupir mais cela ne soulagea pas le poids de l'angoisse qui lui comprimait la poitrine. Il fallait qu'elle se reprenne, au moins le temps de sortir de cet enfer. Au pire, la petite vieille préviendrait la police. Et après tout, c'était une issue toute aussi valable que le taxi. C'est alors qu'elle entendit une grosse voix prononcer :

- Où ça vous dites, Madame Martin ? Qui c'est qui vous veut du mal ?

- Là ! Là ! Elle m'a agressée ! Elle voulait me voler mon sac, lui répondit une petite voix aigrelette.

- Alors ça ! C'est la meilleure de la soirée !

Lorelei en eût le souffle coupé et resta interdite lorsqu'elle vit la petite vieille et un homme traverser la cour intérieure. Ce devait être le concierge. Il en existait donc encore.

Trapu et angulaire, l'homme avait la physionomie de quelqu'un d'honnête, qui a toujours gagné sa vie en travaillant dur. Il comprendrait sûrement, lui. Hélas, elle ne trouva pas, sur le moment, la force de protester et le concierge y vit une preuve de culpabilité appuyant les dires de sa locataire. Il se dirigea vers Lorelei d'un pas décidé. Lorelei secoua la tête et murmura, dans un gémissement qui ressemblait à un râle :

Le sépulcre de cristal

- Monsieur, je vous jure que ce n'est pas…

Le concierge ne l'entendit même pas, il saisit Lorelei par le col de sa veste, déverrouilla la lourde porte qui donnait sur l'extérieur et la jeta sans ménagement hors de la propriété privée. Lorelei vit la vieille esquisser un sourire satisfait. Elle tomba sur le trottoir. Avec horreur, elle entendit la porte de son asile improvisé se refermer, puis un ricanement qui venait de l'angle de rue.

Tout se passa très vite. Elle était à peine parvenue à se remettre debout que ses assaillants fondirent sur elle, tels des rapaces sur un poussin égaré. Leur empressement à la traîner loin des regards ne laissa aucun doute à Lorelei sur leurs intentions. Elle voulut crier, mordre, se débattre. Mais que pouvait-elle faire contre trois hommes dans la force de l'âge ? Elle essaya quand même, mais ce fut peine perdue. Ils l'entraînèrent vers un petit square, prisé, en journée, des mères et de leurs enfants sautillant, tout comme des mémères et de leurs cabots déféquant.

Le premier des trois assaillants en ouvrit le portillon, qui laissa échapper un long grincement en signe de protestation. Il s'apprêtait à le franchir lorsque quelque chose attira son attention. Il s'arrêta.

- Qu'est-ce que tu fous ? demanda celui qui tenait Lorelei ?

Chapitre 1

- Il y a un truc là-bas, dit-il, montrant du doigt une ruelle voisine. Par terre, tu vois cette masse sombre ? Il y a peut-être quelqu'un.

- Un *clodo* sans doute, et après ? Tu crois pas qu'on a autre chose à faire ?

- Ouais, mais moi, j'prends pas d'risque. J'en ai pour une minute.

Et sans se préoccuper des protestations de ses complices, il se dirigea vers la ruelle. Ses camarades le virent s'approcher de l'endroit où effectivement quelque chose ou quelqu'un semblait couché, à même le sol. Il donna l'impression de tourner autour, puis du pied, il retourna la masse informe dont ils étaient trop loin pour voir les contours.

- Oh putain ! l'entendirent-ils gémir.

- Ramène ta gueule par ici ! Vociféra le chef de la bande qui commençait à avoir du mal à maîtriser Lorelei qui, ayant compris qu'elle jouait son honneur et peut-être même sa peau, se débattait avec la hargne d'un chat à qui l'on tente de mettre un collier pour la première fois.

Mais son compagnon ne réagit pas. Il resta là, les bras ballants, planté à l'entrée de la ruelle. Cela agaça profondément le chef de meute qui tenait Lorelei garrottée. Au vu des difficultés de son leader à contenir les contorsions de leur proie, le troisième complice tenta maladroitement d'attraper les jambes

Le sépulcre de cristal

de Lorelei. Au bout de plusieurs tentatives infructueuses, il parvint à se saisir d'une de ses jambes. Il ne prit pas garde à la deuxième et Lorelei en profita pour lui projeter son pied en pleine figure. Il y eut un bruit sourd de cartilage brisé. Le coup avait porté. Il la lâcha et porta ses mains à son visage tuméfié, soudain abreuvé d'un déluge d'hémoglobine.

- Sale pute ! Tu m'as pété le nez ! Beugla-t-il. J'ai la gueule en sang, Jeff, putain ! J'ai la gueule en sang !!! Merde !!

- Ferme ta gueule ! Réagit immédiatement le chef de la bande en s'entendant appelé par son prénom. Tu fermes ta putain de gueule surtout!!

- Mais Jeff, je…

- T'as pas compris ?! Tu veux que je t'arrange le reste ?!! Ferme ta gueule, j'te dis ou j'te jure que tu vas le regretter !!!

Et resserrant son bras autour du cou de Lorelei, il ajouta :

- Quant à toi, p'tite pute, ça tu vois, tu vas me le payer cher…

Lorelei avait cru à une petite victoire mais la pression continue exercée sur son cou lui fit entrevoir qu'hélas, à moins d'un miracle, la brebis ne gagnerait pas contre les loups.

Elle étouffait et crut même que sa tête allait exploser sous la pression du garrot. Déséquilibrée par l'étreinte d'acier de son agresseur, elle ne pouvait que suivre le mouvement pour tenter

Chapitre 1

de respirer. Elle sentit ses forces l'abandonner. Des points lumineux se mirent à danser devant ses yeux. Elle n'entendait plus que le claquement des fers de ses bottes sur le pavé. Elle pesa de tout son poids pour ralentir son assaillant. En vain. La fureur qui l'irradiait semblait décupler ses forces. Les choses venaient de prendre un tournant décisif. Elle comprit que maintenant qu'elle connaissait le nom de son agresseur, l'issue risquait de lui être fatale.

Jeff était hors de lui. Les choses ne se passaient pas du tout comme il l'avait prévu, et cela le rendait fou de rage. Il n'en revenait pas : l'autre abruti s'était fait défoncer le nez par une nénette pas plus haute que son épaule ; et pire, il l'avait appelé par son nom ! Voilà qui compliquait salement l'affaire. Elle était loin l'excitation qu'il avait sentie grandir au creux de son pantalon, à mesure qu'il pistait cette proie idéale. Et rien que pour ça, cette pute allait déguster.

Il arriva à la hauteur de son camarade, resté figé à l'entrée de cette ruelle qui avait, pour une raison qu'il ignorait, attiré son attention.

- Surtout m'aide pas connard, cracha-t-il. Tu crois qu'on a le temps de se la couler douce ?

L'autre ne bougea pas. Jeff sentit une onde de pure colère déferler de son thorax jusqu'au bout de ses extrémités. Ils avaient visiblement tous décidé de le faire chier ce soir, de la petite pute à ses meilleurs potes.

- T'as trois secondes pour m'expliquer ce que tu fous ou je te jure qu'après elle, je m'occupe de toi. Tu m'entends ? Rugit-il, relâchant brusquement le poignet avec lequel il maintenait une pression constante sur le cou de Lorelei, tant pour l'affaiblir que pour la maîtriser. Il empoigna l'épaule de son ami et le força à lui faire face. Sa colère retourna se terrer au plus profond de ses entrailles lorsqu'il vit l'expression peinte sur le visage de son compagnon. Son teint était devenu crayeux et avait troqué son masque lubrique de prédateur sexuel contre un voile de terreur inexprimée. On aurait dit qu'il avait vu un fantôme.

- Putain, mec, il t'arrive quoi ? murmura-t-il

Il y eut un profond silence. La rage de Jeff semblait s'être envolée. Même le troisième complice avait oublié de gémir au rythme des élancements que lui causait son nez cassé. Lorelei sentit l'étau autour de sa gorge se desserrer légèrement. Elle prit le parti de ne pas bouger. Le plus urgent était qu'elle reprenne son souffle, pour ne pas s'évanouir et pour pouvoir, ensuite, risquer une ultime tentative de fuite. Elle prit de longues mais discrètes inspirations. Au fur et à mesure que l'oxygène revigorait ses muscles et son esprit, elle sentait l'espoir renaître. Elle s'arma d'un nouveau courage lorsque le bras puissant qui la retenait prisonnière l'entraîna vers le sol ; elle suivit docilement le mouvement : peu importe ce qui avait dévié leur attention,

Chapitre 1

elle ne voulait surtout pas se rappeler à leur bon souvenir avant d'être en mesure de leur fausser compagnie.

Jeff s'était accroupi tout en tenant Lorelei, mais son esprit avait effectivement presque oublié l'existence de la jeune femme, devenue étrangement docile. Quant aux deux autres, ils se tenaient en arrière, muets, le regard braqué sur cette forme gisante, à l'entrée de la ruelle.

- Tu crois que… murmura celui qui, le premier, s'était intéressé à autre chose qu'à leur jeune proie.

Jeff esquissa un mouvement de balancier. Il devait faire le tour de la question, songea Lorelei. Elle n'allait pas tarder à tenter sa chance mais il lui fallait un appui. Elle n'arriverait à rien si elle restait en déséquilibre. Lentement, discrètement, elle essaya de ramener une de ses jambes sous elle. Hypnotisés par leur découverte, ses assaillants n'y prêtèrent aucune attention. Jeff se pencha de nouveau, ce qui lui permit de placer sa jambe à l'endroit précis, où elle l'avait jugé nécessaire. Son projet d'évasion prenait forme. Elle attendit. Si, par chance, il refaisait le même geste, elle aurait la possibilité de le déséquilibrer et de tenter de s'enfuir. Elle se prépara à ruer. L'adrénaline imbiba chaque cellule de son être.

- Ça m'en a tout l'air ou alors c'est tout comme, finit par répondre Jeff.

- T'es sûr, mec ? T'es certain ?

Le sépulcre de cristal

La voix était devenue cristalline. Lorelei comprit que l'homme était comme en état de choc, mais elle se moquait bien d'en connaître les raisons.

- Qu'est-ce que t'attends pour venir vérifier toi-même? Répondit Jeff, furieux. Vas-y, approche, il va pas te bouffer après tout, hein ? Montre-nous que tu en as ! Pour une fois !

- Non, j'peux pas, mec. Pas ça… J'en avais jamais vu avant. Mais t'es sûr ? T'es vraiment sûr mec ?

La panique transpirait dans sa voix. Lorelei comprit que c'était le moment ou jamais. Si seulement, celui qui la retenait prisonnière pouvait se pencher encore un peu… Allez Jeff, vérifie… hein ? Qu'est-ce que ça te coûte ? Allez… un bon geste. Pour rassurer tes gars. Hein ? T'es un vrai mec toi ! Jette un œil, pour être sûr…

Une puissance supérieure avait-elle entendu sa prière ? Elle sentit Jeff esquisser un mouvement sur le côté. Son bras desserra son étreinte. Encore quelques centimètres…

D'un geste vif, elle repoussa le bras de son agresseur par-dessus sa tête et prit appui sur son dos pour le déséquilibrer. Il bascula et elle l'entendit jurer lorsqu'il s'affaissa sur le sol. Les deux abrutis n'avaient pas réagi, elle s'élança, droit devant elle. Elle n'avait pas prévu qu'il réussirait à attraper une de ses chevilles. Le sol se déroba sous elle, signant l'échec de son ultime tentative de fuite.

Chapitre 1

Sa tête heurta violemment le sol. Ses sens s'embuèrent. Elle sentit son bassin se soulever tandis que l'un de ses agresseurs tentait de lui arracher sa ceinture. Sa tête roula contre le pavé. Dans un dernier sursaut de conscience, elle crut apercevoir un visage, posé à même le sol. Un visage au regard fixe et vitreux, la bouche entrouverte. Voilà donc ce qui avait retardé son supplice : il y avait un cadavre dans cette ruelle. Un cadavre à qui elle n'allait pas tarder à tenir compagnie, quand ils en auraient terminé avec le va-et-vient qui secouait son corps meurtri. Les ténèbres l'entourèrent, comme un grand sac poubelle dont elle voyait l'ouverture rétrécir peu à peu. Juste avant qu'il se referme sur elle, Lorelei vit le cadavre de la ruelle planter son regard dans le sien.

Chapitre 2

Lorelei eut l'impression d'émerger d'un océan de coton glacé. Elle remontait doucement vers la surface, la pression qui l'enserrait relâchant peu à peu son étreinte. Elle percevait une lointaine agitation et, de temps à autre, l'écho traînant et guttural d'une conversation qu'on aurait passé sur une platine vinyle à la mauvaise vitesse. La remontée était pénible, difficile. Il fallait qu'elle se concentre pour ne pas céder à l'envie de replonger dans les abysses sombres et paisibles de l'inconscience.

Elle lutta, et lutta encore. Un flot discontinu de bruits et de conversations lui indiquait qu'elle se rapprochait peu à peu de la conscience. Mais cela lui était extrêmement douloureux de rejoindre la triste réalité qui l'attendrait à son réveil. Non seulement parce qu'elle redoutait de devoir mettre un nom sur les sévices, que ces trois salopards lui avaient infligés, mais également parce qu'elle ignorait dans quel état de délabrement physique elle se découvrirait. Sa tête semblait prise dans un étau, qu'une âme belliqueuse resserrait au fur et à mesure qu'elle revenait à elle. C'était comme s'il n'y avait pas une seule cellule de son corps qui ait été épargnée. Elle était devenue le contenant d'un concentré de douleurs, qui la consumait de l'intérieur. Mais elle luttait pourtant, désespérément, parce qu'il ne lui restait plus que cela, parce que cela constituait sa seule chance de retrouver la vie, malgré toute l'horreur qu'elle lui inspirait à cet instant.

Elle parvint enfin à distinguer deux voix dans l'embrouillamini de sons qui l'entourait et qu'elle ne parvenait pas à décortiquer. Les deux voix se répondaient. Des voix d'hommes. Elles n'étaient pas menaçantes et ce n'était pas celles de ses agresseurs. Elle se concentra sur cette conversation dont elle ne saisit tout d'abord que des bribes. "… dit qu'il a découvert…". "…deux heures du matin en rentrant…". "… demandé de prendre sa déposition…".

Elle comprit qu'il devait s'agir de deux policiers.

Une vague de soulagement l'envahit. Le danger était passé. Elle allait être secourue. Cela calma un moment le sentiment de panique qui l'avait envahie, sans pour autant parvenir à le faire totalement disparaître. Elle se concentra davantage. Elle était presque revenue à la surface. Au bout d'un long moment elle finit par comprendre ce que les deux voix se disaient.

- Deux heures du matin, déclara la première voix. Il dit avoir entendu des cris et des bruits de lutte, puis un grand bruit, probablement cette poubelle renversée. Il a attendu quelques minutes et comme rien ne bougeait plus, il en a déduit que la menace était écartée et est allé jeter un œil dans la ruelle.

Chapitre 2

- Téméraire, répondit la seconde avec une pointe de désapprobation.

- Ouai, j'te l'fais pas dire. Encore une fois, la curiosité l'a emporté sur la prudence. C'est malheureusement souvent le cas. Mais là, il a eu de la chance, faut croire. En tout cas, quand il est arrivé tout était fini. Ce n'est qu'après qu'on a découvert les autres.

Les autres ?

Lorelei essaya de chercher dans ses souvenirs mais il ne lui restait que quelques bribes du scénario effroyable qu'elle avait vécu, quelques heures probablement auparavant. Des images lui revinrent ; mais elles n'apportaient que des questions. Elle revit les trois salopards. Etait-ce eux, "les autres", dont parlaient ces deux hommes ? Elle se souvint de la colère de celui qui s'appelait Jeff quand son acolyte l'avait appelé par son prénom. Elle se souvenait d'avoir béni ses fers de bottes en voyant le visage tuméfié du larbin de la bande. Et puis, le troisième homme avait découvert le cadavre dans la ruelle. Elle revit les étoiles qui avaient constellé son champ de vision. Sa chute près du gisant. Puis plus rien. Jusqu'où étaient-ils allés avec elle ? Et qui étaient ces "autres" ? Se pouvait-il qu'il y ait eu d'autres morts dans la ruelle ? À moins que…

Elle se concentra sur les voix.

Le sépulcre de cristal

- … tous âgés entre vingt-cinq et trente ans. Pas de papier d'identité : soit ils sont sortis sans, soit on les leur a pris. Sauf…

- Qu'est ce qui te faire dire ça pour l'âge ? Coupa la première voix

- J'y venais, répondit l'autre, non sans une pointe d'agacement dans la voix, qu'il ne chercha pas d'ailleurs pas à dissimuler. Y'en a un que je connais, le grand là : Nabil.

- Nabil ? reprit la première voix visiblement surprise.

Lorelei pensa que ce ne devait pas être le prénom auquel il aurait immédiatement pensé.

- Ouais. En réalité, il s'appelle Jean-François Deschamps. Vingt-neuf ans. Il est connu de la maison : suspecté dans plusieurs affaires d'agression, essentiellement des jeunes femmes. On n'a jamais réussi à le coincer en flagrant délit et il nous sert toujours la même histoire : c'est jamais lui, c'est un certain Nabil.

- Et ce Nabil ? Il existe ?

- Non, des salades afin de foutre la merde. La scène du bon petit *bourge'*, victime de la méchante racaille. J'ai jamais su si le but était vraiment de nous la servir à nous, ou de passer pour une pauvre victime aux yeux de papa pour qu'il le sorte de taule.

- Il a déjà été condamné ?

Chapitre 2

- Non. Papa est plein de fric et connaît du monde, d'où la fameuse question. Mais elle restera sans réponse cette fois. Comme quoi, il y a une certaine justice parfois… même si ce n'est pas celle qu'on aurait souhaité à la base.

Il y avait du mépris dans sa voix ; elle n'aurait pas su dire qui, du père ou du fils était le plus visé, peut-être les deux. Lorelei en tira un certain réconfort qui fit taire un instant la panique qui menaçait de prendre possession de ses sens. Elle ressentit une sympathie particulière pour cet homme. L'autre soupira.

Lorelei était à présent pleinement consciente. Mais l'esprit avait récupéré avant le corps ; elle essaya d'ouvrir les yeux. Rien ne cilla. Elle passa en revue l'ensemble de ses membres, leur ordonnant tour à tour de réagir. Mais elle dut se rendre à l'évidence : elle n'avait pas repris possession de son corps. A moins que… Elle sentit la langue glaciale de la terreur lui lécher la colonne vertébrale. Et si ses agresseurs l'avaient rouée de coups ? S'ils l'avaient battue au point de la condamner à finir ses jours clouée dans un fauteuil ? Elle pria tout ce qui lui vint à l'esprit de ne pas devoir ajouter à l'infamie le statut de martyre.

- *Al'* ! On a trouvé un sac à main à quelques rues d'ici. Dans une poubelle. Je dirais qu'il appartient à une des victimes. On a trouvé un portefeuille, vide bien sûr, mais il restait ses papiers d'identité.

Le sépulcre de cristal

- Fais voir ça, demanda le fameux *Al'*.

Il y eut un silence puis un "Oui, c'est bien elle".

Apparemment, ils avaient identifié le cadavre de la ruelle. Lorelei se souvint de cette sensation étrange, qu'elle avait ressentie avant de s'évanouir. Comme si le cadavre de la ruelle l'avait brusquement fixée. C'était étrange car, de son visage, elle ne gardait aucun souvenir. Au point qu'elle n'aurait même pas su dire s'il s'agissait d'un homme ou d'une femme. Elle aurait cependant pu décrire jusqu'au moindre détail ses yeux, qui l'avaient fixée avec une intensité telle qu'elle s'était demandée si… Mais c'était absurde, sans aucun doute, la violence de sa chute lui avait embrouillé l'esprit. Il lui tardait qu'on la transfère à l'hôpital. Là-bas au moins, on lui donnerait un médicament antidouleur quelconque, susceptible de calmer ce mal de tête effroyable qui lui tamponnait le crâne. Et ensuite elle demanderait quelque chose contre la nausée, qu'elle sentait naître et croître au creux de son estomac.

Elle sentit qu'on la soulevait de terre et qu'on la posait sur une surface plane mais instable. Un brancard sans nul doute.

- C'est bon pour vous ? On peut y aller ? demanda une autre voix, une voix de femme cette fois. Elle devait se tenir tout près d'elle.

- Attends, on a son identité, il faut le préciser sur le sac. Tu as une étiquette ?

Chapitre 2

- Vous avez de la chance, je suis la reine de l'étiquette ! Alors ? Quel nom je mets pour celui-là ?

- La reine de l'étiquette oublie que l'on doit parapher, stoppa *Al'*. Donne-moi ta planche, je vais la remplir moi-même.

Lorelei leur aurait volontiers enfoncé la planche étiquettes au fond de la gorge avec un pic à brochette, pour leur faire comprendre qu'évanouie ne signifiait pas anesthésiée. Elle se promit de clamer, haut et fort, sur les réseaux sociaux que revenir d'un évanouissement était extrêmement douloureux et qu'être inconscient ne signifiait pas ne rien ressentir. C'était tout de même un comble que l'on s'occupe d'étiqueter des trucs alors qu'elle avait besoin de soins. Sans doute lui avait-on administré les premiers secours, mais quand même…

- Tiens, t'arriveras à me relire ? demanda *Al'*.

- Sans problème. C'est parti mademoiselle Lorelei Jardel.

Il y avait comme une pointe de tristesse dans sa voix. *Al'* jeta un dernier regard au cadavre de cette pauvre fille, comme l'on contemple le désastre que laisse une tornade derrière elle. Le brancard s'éloigna. Ainsi allait le monde. Il ne remarqua pas le concierge de l'immeuble voisin, qui avait joué des coudes pour se frayer un chemin parmi la horde de curieux, que ne manquait jamais d'attirer une scène de crime. Ce dernier venait de laisser tomber son visage dans ses mains.

Chapitre 3

Ils l'avaient emportée. Non pas en ambulance, mais dans une camionnette réservée à ceux pour qui l'on ne peut plus rien. Elle avait entendu le bruit sombre d'une fermeture éclair et le bruit de portières, qui se referment à tour de rôle. Personne ne l'avait entendue hurler de terreur dès l'instant où, entendant son nom, elle avait compris qu'ils la prenaient pour morte. Elle avait fini par s'épuiser et retomber dans les limbes noirs de l'inconscience. Mais cette fois, elle ne voulait plus en sortir.

C'était étrange comme sensation. Elle avait l'impression de faire la planche sur l'étendue vitreuse d'un lac au crépuscule. Une brise à peine perceptible la poussait, de sorte qu'elle froissait la surface lisse en un sillon, qui se refermait après son passage. Elle se laissa ainsi flotter sur les eaux noires et épaisses de la lassitude. Elle respira les vapeurs de renoncement qui s'en dégageaient pour former une brume épaisse, qu'elle fendait doucement, au gré des flots.

La vie était injuste, cruelle et inutile.

Le sépulcre de cristal

Elle aurait voulu sombrer, être avalée une bonne fois pour toute par le néant qu'elle devinait, juste là, en dessous d'elle, jusqu'à ce que tout disparaisse, et au-delà de tout, le souvenir de ce qu'elle avait été. Elle voulait à jamais perdre cette conscience qu'elle avait d'exister malgré tout, jusqu'à ne plus rien penser et ne plus rien ressentir. Au dessus d'elle, une voûte sans lueur s'étendait, formant un ciel sans lune et sans étoile, aucune. Ce devait être ça, la mort. Ça ne méritait décidément pas la terreur qu'elle nous inspire.

Un bruit de fermeture éclair escorta la déchirure qui s'ouvrit dans l'horizon, d'un noir insondable. Une faible lumière venait remplir la plaie qui s'agrandissait, au fur et à mesure que l'ouverture se creusait, jusqu'à ce que les cieux, d'un noir de jais, cèdent leur place à un crépuscule grisâtre. Cela lui rappela les gros nuages qui venaient parfois cacher le soleil d'été lorsque, étendue pour parfaire son bronzage, elle restait là, à lézarder des heures sur une plage de sable fin. Sous ses paupières clauses, l'univers s'assombrissait jusqu'à ce qu'il redevienne teinté de couleurs aussi chaudes que les rayons libérés, qui lui caressaient de nouveau la peau. Sauf que cette fois, les couleurs étaient aussi ternes que la tristesse du monde et aucune chaleur n'accompagnait ce nouveau ciel sans âme.

Elle se sentit soulevée, puis reposée. Rien à faire. Elle était toujours là, consciente de tout ce qui se passait, mais privée de tout moyen d'exprimer sa présence. Ce fut l'agitation qu'elle

Chapitre 3

devina autour d'elle qui la poussa à reconsidérer le lâcher prise auquel elle avait décidé de s'abandonner. Elle arriva très vite à la conclusion que, si elle n'arrivait pas à montrer qu'elle était toujours là, elle risquait d'être inhumée vivante. La seule idée de se retrouver entre quatre planches de bois scellées, six pieds sous terre, la plongeait dans une épouvante qui accentuait encore la claustrophobie dont elle toujours souffert. Elle savait que l'on pouvait rester des jours, des mois, voire des années dans le coma. Mais encore fallait-il pour cela que l'on vous nourrisse et que l'on vous aide à respirer. Il fallait obligatoirement que quelqu'un sache, que vous vous cachez quelque part, dans cette enveloppe corporelle qui ne vous obéît plus. Et là, visiblement, ce quelqu'un manquait à l'appel. Si seulement elle avait pu s'achever elle-même…

Lorelei savait au fond d'elle-même qu'elle avait un choix à faire et ce choix était si simple, qu'il en était abominable. Elle pouvait s'abandonner à l'inconscience, en espérant que rien ne la réveille avant son trépas. Mais elle avait déjà essayé et, visiblement, cette solution n'était pas du goût du destin. L'inconscience la recrachait, quoiqu'elle fasse, à chaque tentative. Elle pouvait aussi choisir de lutter pour essayer de donner un signe de vie, qui la transfèrerait de la morgue à un service de réanimation. Bien sûr, elle se serait battue si elle n'avait douté de sa capacité à envoyer un signe vital à ceux qui avaient pris son corps en charge. Mais rien n'était moins sûr et elle le savait. Si les policiers et les ambulanciers, certainement appelés sur place, n'avaient pas su détecter qu'elle était toujours en vie, il y avait peu de chance pour qu'un agent des pompes funèbres ne voit autre chose en elle qu'un cadavre, mutilé qui plus est.

Une vision effroyable s'imposa soudain à elle. Toute à l'éventualité d'être enterrée vivante, elle n'avait pas envisagé celle de son corps nu, le torse ouvert selon un rituel maîtrisé. Considérée comme assassinée, elle allait être livrée au savoir-faire des détectives de la chair, cette race particulière qui fascine et effraie, tout à la fois. Livrée à ces personnages qui appuient ou invalident les suppositions sur les circonstances mystérieuses d'un trépas. Livrée à ces figures qui font le succès des séries policières d'un genre nouveau. Livrée aux scalpels des légistes. La question du choix était réglée.

Cette idée la projeta dans cet état de conscience impuissante, qu'elle avait ressentie quelques heures auparavant. C'était cette même sensation étrange, d'un vide intérieur immense entouré d'une fine membrane sensorielle. Cette même membrane qui tentait, sans y parvenir, d'adhérer à l'enveloppe corporelle inerte, qui la retenait prisonnière. Il y avait pourtant quelque chose de… différent. C'était comme si cette l'écorce charnelle qu'elle souhaitait réintégrer s'épaississait. Ce n'était pas net et Lorelei se demanda si le choc de s'entendre considérée comme morte

Chapitre 3

n'avait pas altéré ses sens. Cela n'aurait rien eu d'étonnant au vu des circonstances...

Soudain, il y eut un claquement semblable à un bruit de ventouse que l'on décolle, suivi d'un vacarme assourdissant, rappelant étrangement un train roulant sur des rails. Sauf que là, le bruit était amplifié par un écho venant de toute part. On se serait cru à l'intérieur d'un tunnel. Elle se sentit entraînée et ballottée lorsque le rail se bloqua, arrêté par une main dont elle crut sentir les phalanges contre son mollet gauche. Elle attendit. Des voix s'élevèrent. Impuissante, elle attendit que se scelle son devenir immédiat.

Une voix de femme s'éleva. Une voix cristalline et douce mais qui provoqua chez Lorelei la même sensation désagréable que lorsqu'on fait crisser une craie sur un tableau noir.

- Tiens donc, disait la voix d'un ton de surprise qu'elle ne cherchait visiblement pas à dissimuler. Une femme ?!! Voilà qui n'est pas dans ses habitudes... Tu es sûr que c'est pour nous ? Parce que là, ce serait une première !

- Absolument sûr, lui répondit une autre voix plus caverneuse, masculine cette fois et qui, elle, ne crissait pas. Tu penses que j'ai vérifié à deux fois, moi aussi j'y croyais pas. J'crois même que c'est la première fois qu'il en ramène une. Pour te dire : j'ai même vérifié que c'était pas un travelo tellement j'y ai pas cru !!

Le sépulcre de cristal

Décidément, rien ne devait lui être épargné…

Le rire de la crécelle s'éleva. Lorelei sentit qu'on la soulevait pour la reposer un peu plus loin. Au moins quatre paires de mains l'avaient saisie à même la peau au niveau des omoplates et des cuisses. Etait-elle nue ? Elle sentit toute la pudeur qui la caractérisait lui remonter aux joues et ressentie une timide sensation de chaleur au niveau des pommettes. Si seulement elle pouvait rougir assez pour que quelqu'un s'en aperçoive…

Hélas, ce ne fut pas le cas. Elle fut déposée et ordonnée sur une autre surface, lisse et froide. Les voix s'éloignèrent. Elle entendit une porte se refermer et resta là. Le temps s'arrêta une fois de plus, la laissant toute à ses pensées. Seule, face à l'absurdité de cette situation. Seule, à savourer le goût amer du désespoir des condamnés, bons pour l'échafaud. Le sentiment de révolte qui l'animait céda à la résignation. Elle renonça, n'espérant plus qu'une chose : s'endormir pour ne plus se réveiller. Elle se laissa aller, c'était si facile après tout… Elle sentait sa capacité sensorielle reculer sous la pression de cette écorce corporelle qui n'avait cessé de s'épaissir. Son ultime souhait d'en finir avait réduit son âme à une peau de chagrin.

Le silence avait pris possession de ce nouvel espace, qui hébergeait sa dépouille. Elle entendit un brouhaha lointain de pas et de discussions qui accompagnait un groupe de personnes. Elles ne firent que passer devant la pièce. Puis plus rien. Il y eût un ricochet de bruits sourds et saccadés qui faisaient trembler

Chapitre 3

imperceptiblement le sol à chaque impact. Lorelei sourit intérieurement : cela lui rappelait un étudiant obèse qu'elle avait bien connu. Peter était toujours en retard et on devinait son arrivée imminente par cette même trahison du sol, qui répercutait par grondement sourd, la douleur que ses pas lui faisaient subir.

Un bruit métallique la tira de sa rêverie, la porte venait de s'ouvrir. Ce devait être une porte métallique ou blindée car le son sec qu'elle produisait, se distinguait des sons traditionnels, qu'elle connaissait déjà. Lorelei aimait les vieux immeubles et le sien se composait de portes en bois dont les gonds, même blindés, rendaient un son plus lourd qui semblait s'attarder un moment dans la cage d'escalier. Aucun bruit ne lui indiqua que la porte avait été refermée. Elle entendit des pas. Un claquement puis un frémissement comme si on grattait le carrelage. Il y avait aussi un bruit de froissement mais elle n'aurait pas su dire si l'on froissait du papier ou une étoffe un peu rêche. La pièce donnait de l'écho à tout mouvement qui laissait échapper un bruit. Il lui était donc difficile d'identifier clairement ce qui se passait autour d'elle. Une seule chose était sûre : elle n'était plus seule et des pas se rapprochaient.

C'est alors qu'elle sentit la caresse glaciale d'une main qui remontait le long de sa cuisse, s'arrêta sur ses hanches, repartit vers sa toison, remonta vers son nombril, s'y arrêta pour en dessiner le contour, repartit vers sa poitrine, saisit l'un de ses seins, le pressa doucement et fit subir au téton le même rituel que celui dont avait été gratifié son nombril. Ces sensations physiques, si précises, la firent revenir complètement des limbes confortables de l'oubli qui lui avait fourni, l'espace d'un instant, un asile salvateur. Elle essaya de bouger, de crier. Rien. Mais elle entendit distinctement une voix masculine tandis que la main essayait de lui enfoncer un doigt dans la bouche :

- Dégage de là, gronda la voix.

Il y eut un petit rire salace et un gloussement de désir inassouvi. Un long soupir de regret s'éleva en même temps que la main profanatrice. La cadence ordonnée de pas qui s'éloignaient laissa supposer à Lorelei que le profanateur de cadavre s'en allait en esquissant un pas de danse à trois temps.

Il y eût un fracas inattendu. Comme si une masse était rentrée dans le mur. Elle entendit des débris chuter sur le sol. Et la voix masculine de reprendre avec un ton calme mais menaçant qui ne laissait aucun doute sur les intentions de son propriétaire :

- Si je te retrouve à roder par ici, je t'attache à cette table, et tu n'auras pas assez de l'éternité pour te remettre de tout ce que je te ferai subir. Dois-je être plus clair ? Veux-tu un avant-goût pour te faire passer l'envie de tripoter les nouveaux venus ?

Il y eu un petit rire provocant mais qui cessa brusquement. Lorelei ne comprit pas ce qu'il se passait mais une chose était

Chapitre 3

sûr : le propriétaire de la main baladeuse venait de prendre la mesure de la menace. Elle entendit une espèce de feulement puis une voix fluette. Une voix de femme.

- Comme si tu te gênais toi …

Le même petit rire, un pas de danse, sans doute, puis plus un bruit. Lorelei comprit que la femme était partie. Elle aurait ri de désespoir si elle l'avait pu. Voilà qu'après les pervers, elle attirait les perverses. Le sort n'était-il donc jamais assez rassasié ?

Elle fut brusquement interrompue dans ses pensées. Quelqu'un donnait de petits coups secs avec son index replié sur le sommet de son front. Elle n'avait pourtant entendu personne approcher.

- Ça va là-dedans ?

Tu crois pas si bien dire… Lorelei fut soudain traversée par une sensation étrange. C'était comme si son âme s'était finalement décidée à adhérer aux parois intérieures de son enveloppe corporelle. Comme si, enfin, elle réintégrait son corps. Aussitôt, elle ressentit une vive douleur qui ne laissait plus de doute sur les sévices que lui avaient fait subir ses agresseurs. Mais elle décida qu'elle s'en préoccuperait plus tard. Car, malgré l'horreur qu'elle lui rappelait, cette douleur pouvait vouloir signifier autre chose. Sans le savoir, elle lui redonnait un espoir qu'elle avait perdu : revenir à elle pour sauver sa peau.

Le sépulcre de cristal

- Bon, reprit la voix de l'homme dont elle avait complètement oublié la présence, ça pique un peu à la découpe. Et après quand on vide aussi. Mais ne t'inquiète pas ! Je remets tout bien en place après ! Bon, des fois, c'est pas dans l'ordre. Mais bon. Au moins, je garde rien pour moi, juré !

Il avait l'air enjoué. Mais de quoi pouvait-il bien parler ?

- C'est pas comme l'autre là, comment il s'appelait déjà ? Je sais plus. Il gardait toujours un morceau pour lui, un petit souvenir en quelque sorte... Je suis presque sûr qu'il les bouffait. Jusqu'au jour où, à son premier repas, le défunt est devenu tout rouge à l'intérieur : il lui avait pas remis l'estomac ! Ça a gueulé, j'peux te l'dire !

La voix éclata de rire et le bruit suraigu d'une machine électrique se fit entendre. On aurait dit une fraise de dentiste dont on aurait amplifié le volume ou encore, le bruit d'une petite meuleuse.

- Thomas, tu ne devrais pas jouer à ça. Tu oublies ce qui peut arriver.

Un autre individu venait d'entrer dans la pièce.

- Des foutaises, rétorqua Thomas. J'en crois pas un mot.

- Tu veux que je te rappelle ce qui est arrivé à Bob ?

Le bruit de la fraise s'éteignit et Lorelei entendit le bruit sourd de métal que l'on heurte. Sa jambe droite trembla

Chapitre 3

légèrement. Elle en déduit que le légiste venait de poser l'engin de torture sur ce qui devait être une table d'autopsie et qui lui servait de plan de travail. Elle en éprouva un profond soulagement même si, dans le fond, elle savait que ce sursis ne serait que de courte durée. Il fallait absolument qu'elle arrive à bouger.

- Comment veux-tu qu'un *non-réveillé* devienne un *Mordeur*? C'est impossible et tu le sais bien ! Quant à Bob, il s'était fait refiler un Mordeur voilà tout. A tous les coups, il a voulu s'amuser un peu et paf ! Le Bob…

Puis, prenant le ton d'un aristocrate qui sermonne un domestique, il ajouta :

- Oui très Cher, des billevesées afin de me gâter mon plaisir, rien de plus!

Il partit d'un éclat de rire et l'autre abandonna la partie en soupirant, visiblement résigné à ne pas poursuivre cette conversation, qu'il savait ne devoir mener nulle part. Lorelei l'imaginait sans mal, en train de secouer la tête à la façon d'un enfant qui exprime son désaccord.

C'est alors que la pellicule opaque qui recouvrait les yeux de Lorelei se mit à fondre. Ce n'était pas flagrant. Dans le premier moment, Lorelei pensa même que l'un des hommes avait changé l'intensité de l'éclairage pour une raison qui lui était inconnue. Mais au bout d'un temps qui, pour la première fois depuis les événements tragiques qui l'avaient amenée dans ce lieu, ne lui sembla pas traîner en longueur. L'opacité s'éclaircissait, cédait à la transparence. Le retour à la lumière offrit à Lorelei la vision d'un simple morceau de plafond, que barraient quatre néons au halo aveuglant. Par réflexe, elle tourna la tête de côté.

- Ca y est, ça commence ! Jamais le temps de jouer ! S'exclama Thomas.

Tout était allé très vite. L'un des deux hommes avait bloqué sa tête pendant que le second lui passait une espèce d'élastique, large d'au moins une dizaine de centimètres, autour de sa tête et de ce qui s'était avéré être un brancard. Ils menottèrent ses poignets et ses chevilles avec d'épais bracelets de cuir, qu'un jeu de sangles et une chaîne épaisse reliaient au brancard. Après avoir tiré sur les sangles pour limiter ses mouvements, pourtant quasi inexistants, ils l'empaquetèrent dans une housse comme celle prévue pour protéger les matelas. Une secousse lui indiqua qu'ils venaient de déverrouiller le frein du brancard et, en toute logique, elle sentit celui-ci tourner et s'élancer à une allure soutenue vers une destination inconnue.

Cela ne lui disait rien qui vaille même si elle ne pouvait qu'être rassurée par son mouvement de tête, pourtant bien involontaire, qui avait été aperçu par au moins deux personnes. Elle n'aurait pas su évaluer la distance qu'elle avait parcouru lorsque le brancard ralentit sa course, prit son élan, passa un frêle obstacle et se mit à hoqueter sur un sol mou et apparemment en relief. Très vite, il s'arrêta. Lorelei senti que l'on tirait sur la housse, qui s'envola soudain, lui ouvrant une vue de l'endroit où elle se trouvait. Elle ne vit d'abord rien d'autre qu'un mur alvéolé. Se trouvait-elle dans une ruche ? Tout ceci n'avait aucun sens.

- La tête en dernier, on ne sait jamais…

- Et c'est moi la tête de mule de la famille ! Qu'elle injustice ! Un jour viendra où le monde entier me rendra grâce, mais ce n'est pas encore pour aujourd'hui, parce qu'il n'y a encore pas de témoins ! N'empêche, je te dis que c'est impossible et qu'on a forcément refilé à Bob le mauvais colis !

Il y eut un moment d'arrêt. Lorelei devina que les deux acolytes devaient se jauger sur ce point essentiel de leur conversation. Elle supposa même qu'ils n'en étaient pas à leur première passe d'armes.

- La tête en dernier, insista le premier.

- Mais c'est qu'il est peureux le petit frère ! se moqua celui qui s'appelait Thomas et qui ne voyait apparemment pas le danger que son compagnon redoutait. Allez, c'est mon jour de bonté, je suis de trop belle humeur pour me disputer avec toi.

Le sépulcre de cristal

Elle entendit l'autre pouffer de rire - ou de chagrin - et sentit qu'ils s'attaquaient à ses chevilles. Puis vint le tour des poignets.

- Tu as sanglé la housse ?

- Housse sanglée, mon maître… répondit Thomas.

Sa voix était traînante comme peut l'être celle d'un serviteur maléfique dans les vieux films d'épouvante. Lorelei l'imagina courbant le dos avec humilité.

- Alors allons-y.

Lorelei sentit l'élastique se dilater, tirant sur les chairs de son visage, tandis qu'ils libéraient le brancard en même temps qu'elle. D'un coup sec, l'élastique s'échappa ; elle bascula et se tomba lourdement sur une surface molle et alvéolée, elle aussi. Les deux frères venaient de renverser le brancard. Elle sentit à travers les alvéoles que les transporteurs et leur véhicule s'éloignaient. Un autre bruit métallique lui indiqua qu'elle était désormais vraisemblablement seule et prisonnière de la ruche.

Pourtant, les deux hommes n'étaient pas loin. Ils venaient de refermer une lourde porte en acier percé par une sorte de hublot, qui leur permettait de voir ce qui se passait à l'intérieur. Ce dernier était assez large pour qu'ils n'aient pas besoin de se serrer l'un contre l'autre pour profiter du spectacle. D'épais vérins encadraient le blindage si bien qu'on aurait pu croire qu'il s'agissait d'une porte de sous-marin. Le seul inconvénient était

Chapitre 3

que le lourd blindage de la porte ne leur permettait pas d'entendre ce qu'il se passait à l'intérieur de la pièce capitonnée.

- Ça commence, constata Thomas à voix haute, pour lui-même.

Son frère acquiesça. Il n'était plus question de l'infortune de Bob. Ils attendirent, anxieux, la suite des événements.

Lorelei était restée dans la position provoquée par sa chute du brancard. Même si elle ne se faisait plus aucune illusion, force lui fut de constater qu'on n'avait, visiblement, aucun respect pour les morts dans cet établissement. C'est alors qu'elle ressentit quelque chose qui lui sembla complètement nouveau. Une sensation de chaleur, qui prenait sa source à l'intérieur de son avant-bras gauche, se diffusait en elle, lentement. L'image fugace d'elle-même plongeant la main dans un bain chaud et parfumé, après une longue promenade, un matin d'hiver, lui traversa l'esprit. Pour la première fois, depuis ce qui lui semblait être une éternité, elle se laissa aller à cette douce caresse. Elle enveloppa sa main, remonta vers son épaule.

La chaleur s'intensifiait peu à peu, devenait plus prégnante, plus insistante. Elle devait avoir perdu l'habitude. Pourtant, son bras commença à lui faire mal. Sous l'onde douceâtre qui l'envahissait, un poison en sommeil venait de s'éveiller. Il remonta le flux et contamina tout sur son passage. Sa langue brûlante poursuivit sa course, lente et inexorable, à travers veines et artères. Il rampait, infectant les chairs, meurtrissant chaque parcelle de son corps jusqu'à la transformer en une autre, altérée, dénaturée. Chaque cellule qui succombait provoquait une douleur vive lui rappelant étrangement le dard du poisson du même nom, sur lequel elle avait marché un jour d'été, alors qu'elle n'était encore qu'une enfant.

C'est alors que le corps de Lorelei fut pris de tremblements. Le venin venait d'atteindre le cœur et de l'enserrer telle une main putréfiée, s'enroulant autour de lui, l'altérant de toute part, le meurtrissant à loisir. Elle s'amusa un moment à le meurtrir puis, lassée de ce jeu puéril, finit par y planter un ongle qui le traversa de part en part. Lorelei eu un sursaut involontaire puis fut projetée à terre.

Derrière le hublot, les deux hommes assistaient à la scène.

-Hum, grommela Thomas, d'un air grave qui ne lui ressemblait pas, pas bon ça…

Son frère acquiesça mais demeura silencieux. Mais lorsque Thomas avança la main pour saisir la poignée de la lourde porte, il retint son geste.

- Attends, murmura-t-il sans même le regarder.

Ils attendirent de longues minutes. Jamais la jeune femme n'avait autant ressemblé à un cadavre : inerte, les yeux fixes, exorbités, et le corps tordu dans une position improbable que seule la rigidité cadavérique pouvait maintenir figée. Ses

Chapitre 3

membres étaient tordus comme si, fauchée en pleine course par le regard assassin de Méduse, elle s'était changée en statue de pierre et avait basculé sur le sol. C'était un spectacle qui faisait froid dans le dos.

Brusquement, un haut-le-cœur secoua son torse. Ses doigts et ses orteils se crispèrent blanchissant chaque phalange jusqu'à la rendre exsangue. Le tremblement reprit. Ses genoux et sa cage thoracique se décolèrent du sol tandis que ses épaules, pieds et bassin semblaient combattre une force invisible, bien décidée à les maintenir au sol. Le venin avait pris possession de tous les membres et tourbillonnait autour de l'épicentre, où s'était réfugiée la petite étincelle qu'il convoitait. En proie à une véritable terreur, celle-ci cherchait à se cacher, à fuir l'infection qui semblait s'amuser avec elle comme le font certains prédateurs avec leur proie. Mais le cercle des possibilités s'amoindrissait au fur et mesure que le venin étendait son empire.

Lorelei se tordait de douleur. Tout son corps se consumait dans une brûlure que seule la morsure de la glace savait provoquer. Mais quelque part, en elle, elle aussi avait décelé l'existence de cette petite étincelle aux abois. Et peu importait qu'elle soit le dernier vestige de ce qu'elle avait été, ou l'incarnation matérielle de ce que l'on appelait une âme, Lorelei était bien décidée à ne pas la laisser disparaître. Elle s'accrocha désespérément à cette petite lueur apeurée et la défendit avec hargne et férocité.

Un spasme violent fendit son corps, ses muscles se raidirent. Ses poings se refermèrent et vinrent se figer sur ses tempes. Sous l'effet du poison, sa bouche s'était déformée en un rictus hideux. Les dents découvertes semblaient vouloir se briser sous la pression qu'exerçait sa mâchoire. Ses paupières avaient fini par se chevaucher tant et si bien que l'on ne distinguait même plus l'arc de ses cils.

C'est alors que le poison submergea tout. L'étincelle retint son souffle un instant puis tenta une ultime ruade, dictée par le désespoir. Au moment où les enfers allaient l'avaler, le dos de Lorelei se souleva, prenant appui sur son bassin et ses épaules. Sa tête se renversa en arrière. Ses lèvres se décollèrent, s'écartèrent, la mâchoire s'abaissa et un hurlement envahit la petite pièce capitonnée. Les deux frères ne pouvaient pas l'entendre, mais il leur glaça le sang. L'étincelle s'échappa par cette issue inespérée. La frêle jeune femme avait préféré cracher son âme, plutôt que la laisser damner.

Le cri mourut. La gravité sembla reprendre ses droits pour imposer à ce corps la position attendue. La faible lueur qui dansait encore dans ses iris figés sur des cieux, désormais inaccessibles, se rétrécit. Bientôt, elle ne fut plus qu'un point qui s'éteignit doucement jusqu'à disparaître totalement.

Chapitre 3

Les deux frères n'avaient pas bougé. Ce fut Thomas qui rompit le silence. Il s'ébroua comme un voyageur revenant d'une promenade un soir d'hiver devant un bon feu de cheminée.

- J'm'y f'rais jamais, grommela-t-il. Mais il faut bien en passer pas là, hein Jimmy ? En tout cas, chapeau bas pour le spectacle, plus résistante qu'on aurait pu le croire, la p'tite…

Jimmy ne répondit pas, mais son silence valait approbation et Thomas le savait. Il donna une légère accolade de l'épaule à son frère, reflet presque parfait de lui-même, et dont l'immobilité commençait à le mettre mal à l'aise.

- Allez frérot, insista-t-il avec ce ton affable qui le caractérisait si bien. L'équipe de préparateurs prendra le relais à la première heure demain matin.

- Si tôt ? S'étonna Jimmy.

Thomas hocha la tête.

- Oui, apparemment c'est prévu demain dans l'après-midi. Je n'ai pas compris pourquoi. Mais c'est pour ça qu'on ne pouvait pas attendre que Glenn s'en occupe. Il n'y a donc plus rien à faire avant la nuit prochaine.

Jimmy ne répondit pas. La rapidité avec laquelle les évènements s'enchaînaient semblait le préoccuper. C'est pourquoi Thomas reprit, sur le ton désinvolte de la plaisanterie :

Le sépulcre de cristal

- On ne gagne pas à tous les coups hélas, mais comme vous avez été un candidat très sympathique je vous propose de remettre vos gains en jeu dès demain soir ! Je vous attends donc sur le plateau de notre grand jeu *À qui le tour ?* Demain après le repas ! Alors ?????…. Que décide notre sympathique candidat ???…

Jimmy détacha enfin son regard du cadavre, tordu et immobile, que renfermait la pièce aux murs d'une mollesse toute étudiée, et sourit.

- A la bonne heure, on applaudit bien fort notre candidat de la nuit !! s'écria Thomas en lui serrant frénétiquement la main. Allez, pour fêter ça, je vous invite ! C'est moi qui régale !

Il posa la main sur l'épaule de son frère, le contraignant gentiment à s'éloigner du hublot hypnotique. Jimmy ne résista pas et se laissa entraîner, mais non sans s'être assuré d'un tour de clef, que rien ne viendrait perturber la suite du processus, qui venait de s'enclencher pour la nouvelle recrue.

Ils s'éloignèrent le long de cette impasse si particulière qui aboutissait à *la couveuse*, comme ils l'appelaient. C'était le seul endroit de l'institut médico-légal où l'on était certains d'être seuls. Ici, comme partout, les murs avaient des oreilles, et ces oreilles appartenaient parfois à des êtres aux mains baladeuses. Thomas saisit la poignée de l'unique porte qui les séparait du reste de l'institut mais il ne la tourna pas. Il attendit. Le silence

Chapitre 3

qui s'en suivit fut lourd de questions, de doutes. Les deux frères réfléchissaient. La question était déterminante et ils n'auraient pas de seconde chance. Ils n'avaient pas le droit à l'erreur et ils le savaient. Mais où qu'ils regardent, il n'y avait aucune issue satisfaisante. Cette fois, ce fut Jimmy qui rompit le silence.

- On attend de voir. Et on ne dit rien à Dunkan.

Thomas acquiesça au même moment, comme si lui-même était parvenu à cette conclusion. Pourtant le soulagement qu'il avait ressenti, en constatant que son frère et lui étaient, pour une fois, sur la même longueur d'onde, ne dura pas. Il faut croire que Jimmy le sentit car il ajouta : « On a un peu de temps, Dunkan est en chasse. »

Chapitre 4

A cette heure du jour, où les oiseaux se taisent pour célébrer le crépuscule naissant, les lumières artificielles veinaient déjà la ville de mille nuances d'orange et de jaune. Paris ne méritait jamais autant son appellation de *Ville lumière* qu'à ce moment de la journée. C'était précisément pour cette raison, que Dunkan se rendait presque quotidiennement sur l'un des plus hauts toits qu'offrait la capitale, afin de pouvoir y admirer à son aise les différentes faces de ce joyau urbain. Il restait là, immobile, contemplant les nervures chaudes et nuancées des artères de la ville. Il appréciait le brouhaha de la circulation, le désordre de la populace condensée dans ce territoire devenu trop exigu pour la contenir et cet éternel mouvement qui animait la ville sur laquelle il régnait en maître, depuis quelques siècles déjà.

Il l'avait vue se transformer, se ciseler, s'embellir. Les marécages avaient été assainis, les habitations s'étaient métamorphosées en de splendides immeubles que l'on admirait encore aujourd'hui. Il avait vu les gibets devenir des échafauds.

Le sépulcre de cristal

Il avait vu les charrettes réservées aux brigands, voleurs et assassins s'ouvrir aux nobles, aux rois, aux femmes. Il était resté caché aux yeux des hommes, prudence oblige. Il les connaissait assez pour savoir le danger qu'ils pouvaient représenter. Mais la solitude l'avait gagné, creusant son emprise un peu plus chaque nuit. Il avait donc décidé de s'entourer. Il avait mis un soin particulier dans le choix de son entourage. Il avait observé, suivi, éprouvé, avant d'élire ceux qui deviendraient ses compagnons d'infortune. Et cela avait payé : aucun d'entre eux n'avait jamais eu la velléité de le trahir ou de tenter quoi que ce soit pour lui ravir sa souveraineté.

Dans les premiers temps pourtant, il s'était systématiquement séparé des compagnons qu'il s'était attachés. Il avait découvert qu'avec le temps, les liens qui unissaient un maître et son disciple s'amoindrissaient, jusqu'à disparaître, ce qui constituait un risque qu'il n'était alors pas prêt à courir. Mais il avait très vite éprouvé une certaine lassitude à recommencer sans cesse le même processus de repérage, de mise à l'épreuve, d'éducation et de mise à mort. Il avait traversé la Manche en quête de sang nouveau et avait trouvé trois de ses actuels soutiens les plus fidèles. Il y avait eu un quatrième dans le groupe de compagnons avec lequel il avait regagné la France et son cœur parisien. Mais lors de la traversée de retour, une imprudence du novice l'avait fait mettre aux fers, à fond de cale. Il y était resté plusieurs jours. Et plusieurs nuits. La faim d'une

Chapitre 4

nourriture bien différente de celle qu'on lui portait ne tarda pas à le rendre fou. Un soir, que le bosco lui apportait une cuisse de poulet et un quignon de pain, il l'avait déséquilibré et avant que le pauvre homme ait pu se relever, il s'était assis sur lui, avait maintenu ses bras de sa victime à l'aide de ses genoux, et lui avait ouvert la gorge en se servant d'un de ses bracelets de prisonnier, dont le bord était tranchant comme du silex. Le malheureux avait hurlé. L'équipage était descendu. Le spectacle auquel les hommes avaient assisté ce jour-là devait à jamais rester graver dans leur mémoire. Il avait même dû alimenter leurs cauchemars jusqu'au jour de leur mort. Dunkan était persuadé que même ses compagnons rescapés revivaient cette scène à chaque fois qu'ils fermaient les yeux.

Sa faim apaisée, le quatrième, dont il avait depuis oublié le nom, avait eu le temps de recouvrer quelque peu ses esprits, juste assez pour comprendre que c'en était fini de lui. Il avait été victime d'une justice, aussi instantanée qu'expéditive. Comme un seul homme, tout l'équipage l'avait saisi, soulevé à bout de bras et jeté par-dessus bord. Juste avant d'être lâcher au-dessus des flots salés, le criminel avait jeté un regard suppliant à Dunkan qui, lui-aussi, faisait partie des bourreaux, prudence oblige. Dunkan le revoyait, la face dégouttant du sang frais du jeune bosco. Malgré la terreur qui dansait dans ses yeux, il ne pouvait pas s'empêcher de passer sa langue sur ses lèvres, aussi

Le sépulcre de cristal

loin que la nature le lui permettait, afin de ne rien perdre du fabuleux festin dont il venait de se repaître.

Dunkan l'avait vu basculer et s'était penché pour le voir disparaître au fond des eaux profondes et calmes sur lesquelles le navire s'était momentanément figé. C'est là qu'il avait appris le danger que représentait la mer pour son espèce. Le quatrième avait à peine touché l'onde que ce fut comme si un bras d'une force extraordinaire le tirait brusquement vers les profondeurs. Il y eut un bruit sourd semblable à celui que fait une pierre particulièrement lourde, lorsqu'on la laisse tomber tout droit dans un collecteur d'eau de pluie. Un bruit rauque, bref, puis plus rien. Il ne réapparut pas. Un murmure parcourut la foule agglutinée sur le pont. Les hommes se signèrent. Sauf Dunkan. Le spectacle lui avait fait oublier la prudence. Fort heureusement, personne n'y prêta attention. Et lorsque les hommes de l'équipage se débarrassèrent du cadavre du bosco par le même procédé, un frisson de terreur les parcourut. Car cette fois, le corps flottait au gré des vaguelettes tandis que le navire s'éloignait.

Dunkan ferma les yeux un instant. La brise fraîche qui lui léchait le visage lui permit de chasser de son esprit le regard du quatrième, qui venait de se planter devant lui, dans l'air du soir. Il faisait chaud, en cette fin d'été, dans la capitale étouffée par une épaisse pellicule de particules qui lui cachait les étoiles.

Chapitre 4

Encore une raison qui le poussait à revenir chaque soir, ou presque, à cette période de l'année sur le toit du cinquante-sixième étage de cette haute tour, plantée au sud de la Seine. Il y contemplait la ville, méditait, jusqu'à ce que la faim lui ordonne de redescendre pour se repaître de quelque imprudent, qui croiserait son chemin au détour d'une rue mal éclairée.

Mais ce soir, même la faim ne parvenait pas à lui faire oublier la menace sombre qui se dessinait dans l'ombre des ruelles étroites, se faufilant entre les immeubles nés de l'esprit du baron Haussmann, qu'il avait bien connu. Elle avait été annoncée, sans qu'il veuille y croire. Elle avait été confirmée, sans qu'il s'en inquiète. Et elle le menaçait déjà, sans qu'il semble s'en douter.

Il lui avait pourtant fallu se rendre à l'évidence : il est un jour où les prophéties se rappellent à votre bon souvenir. Avec un rictus narquois et leur air supérieur, elles vous susurrent à l'oreille : « Je te l'avais bien dit ! ». Et elles ricanent ensuite, jusqu'à instiller une graine de doute qui fleurit à mesure que vous l'abreuvez d'un sentiment de malaise, dont vous ne pouvez plus vous défaire. Dunkan pensait pourtant avoir pris toutes les précautions nécessaires : il avait placé des goules dans les quatre coins de la ville et à l'entrée de chaque boulevard. Rien ne semblait pouvoir respirer dans cette ville sans qu'il en soit

Le sépulcre de cristal

averti, et pourtant… Pourtant l'ennemi avait réussi à se frayer un chemin jusqu'au cœur de la capitale insouciante.

Au début, il ne s'était pas méfié : perdre des goules faisait partie de la routine et il en avait tellement… Pourquoi s'en serait-il privé ? L'avantage des goules était qu'elles vivaient leurs vies sans avoir conscience des moments où, appelées par leur maître grâce au lien télépathique qui les unissait, elles redevenaient ses esclaves, corps et âmes, pour le servir quels que soient ses desseins. Quand les circonstances s'y prêtaient, il lui arrivait même de passer la nuit avec l'une d'elle, le plus souvent une fraîchement créée. Il aimait particulièrement la totale désinhibition que provoquait la réduction en esclavage et le lien télépathique lui permettait d'obtenir toutes les faveurs qu'il souhaitait, au moment où il le souhaitait. Les goules reprenaient ensuite le chemin de leur vie normale, sans le moindre souvenir de ce qu'il s'était passé et sans se douter, le moins du monde, qu'elles seraient capables de tuer pour l'inconnu qui, sans un regard, s'éloignait sur le trottoir d'en face.

C'était ainsi. Et la plupart du temps, elles continuaient leur existence sans qu'il ait besoin de les solliciter à nouveau. Il éprouvait toujours une sensation étrange, comme une griffure au niveau des organes que protège la cage thoracique, lorsque l'une d'entre elle mourrait. Cela ne durait pas longtemps et ne

Chapitre 4

constituait pas un handicap en soi. Il ressentait l'information, lorsque le lien était à jamais perdu. Lorsqu'il s'agissait d'une goule avec laquelle il avait connu une forme servile d'intimité, la douleur était un peu plus vive mais ça n'allait pas plus loin.

Ces derniers temps, il avait bien perçu la disparition de certaines de ces entités particulières, mais il ne s'en était pas formalisé. Pourquoi l'aurait-il fait ? Mais la multiplication des disparitions avait pris des proportions anormales. Ces goules qui, jusque-là, n'étaient rien de plus qu'un moyen de veiller sur son territoire, voire, un loisir sexuel agréable, étaient soudain devenues les cibles favorites d'un mystérieux tueur. Un tueur qu'il n'avait pas réussi à identifier. Un tueur qui rodait là, quelque part, dans la ville insouciante. Un tueur qui, un beau soir, ne s'était plus contenté de goules.

Il devait à la douleur plus appuyée de la griffure le fait d'avoir compris que la victime faisait cette fois partie de son espèce. Mais c'est le hasard qui lui permit de découvrir ce qu'il s'était passé. Il avait croisé un homme, qui lisait son journal, adossé à un tronc d'arbre. Un fait divers sans intérêt, qui n'aurait jamais dû attirer son attention, faisait la *Une* du quotidien consacré en des termes qui avaient éveillé ses soupçons. Le journal titrait : « Noyade dans la Seine : "Elle a coulé à pic!" ». Il avait pris sur lui pour ne pas se jeter sur le badaud et lui arracher son journal. Au lieu de cela, il l'avait contourné et

Le sépulcre de cristal

laissé là, les crampons bien ancrés dans la grille circulaire qui emprisonnait la face émergente d'épaisses racines. Prudence oblige. D'un pas rapide, il avait rejoint le premier kiosque à journaux et avait attendu, avec une indifférence toute feinte, que les deux jeunes gens devant lui aient fini d'explorer toutes les poches que comptaient leurs vêtements, afin de rassembler les quelques pièces nécessaires au paiement d'une revue pleine de fantasmes retouchés. Pauvre et triste jeunesse, condamnée à s'exciter sur des mirages préfabriqués… Il avait négligemment tendu un exemplaire du quotidien au petit homme tassé dans son exigu refuge mais ne lui avait pas rendu son sourire. Il avait glissé la précieuse édition dans la poche de son pardessus et attendu pour l'ouvrir d'être assis à la terrasse du premier troquet qu'il avait croisé, à la vue de tous, donc à l'abri des regards. C'était cela aussi la magie de Paris : s'exhiber parmi la foule était la meilleure garantie de rester anonyme et discret.

L'article tenait presque une demi-page ; le fait divers concernait une femme, apparemment assez jeune, qui avait été poussée par-dessus le garde-fou en pierre du célèbre pont *Alexandre III*. Le journaliste avait excellé dans le maniement du verbiage dramatique pour couvrir le manque de substance de ses informations. Faire dans le sensationnel ou dans le mélodrame sauvait souvent un article assez pauvre. Jouer sur la corde sensible attirait immanquablement les âmes égoïstes, toujours prêtes de se repaître du malheur d'autrui. Le corps n'ayant pas

Chapitre 4

été encore retrouvé, l'identité de la malheureuse demeurait inconnue. Il y avait eu plusieurs témoins de la scène - vu le lieu, le contraire eut été étonnant. Pourtant, le criminel avait pu s'enfuir sans difficulté. Dunkan parcourut l'article sans intérêt jusqu'aux dires d'un des témoins, un touriste, plus prolixe que les autres, auquel le journaliste devait d'ailleurs volé son titre si accrocheur : "Elle a coulé à pic". Le quidam expliquait que, revenant de l'embarcadère des bateaux de croisière, il traînait sur les quais lorsqu'il avait entendu une femme hurler. Il avait vu deux bras soulever la victime et la projeter dans les eaux noires du fleuve. "Ça a fait un bruit sourd, affirmait-il, comme si elle était tombée sur une péniche ou je ne sais quoi. Mais, y' avait pas d' bateau. Elle est même pas revenue à la surface. Elle a coulé à pic."

Dunkan avait réglé le demi de bière auquel il n'avait pas touché et avait pris la direction du *repère*. C'est ainsi qu'il désignait un lieu secret, connu seulement de son clan. De là, il avait fait convoquer l'ensemble de ses troupes par les goules qui servaient de vitrine à leur principal refuge : l'institut médico-légal. C'était la solution la plus sûre qu'il ait trouvé pour masquer aux yeux du monde les cadavres qui n'en étaient pas vraiment. Il avait, avec ses compagnons, asservi tout le personnel. Vivants, morts et non-morts se côtoyaient ainsi, sans que rien de cet étrange arrangement ne transpire à l'extérieur. Ils avaient même aménagé une pièce dédiée aux transformations et

Le sépulcre de cristal

à leurs conséquences, parfois dramatiques. Tout ceci lui conférait une sécurité dont il se félicitait souvent. Prudence oblige.

Mais cette nuit-là, l'institut fut déserté par tous ceux qui n'y avaient normalement pas leur place. Une procession discrète avait rejoint le fameux pont dont les nuances bleutées se transformaient en nuances de gris, une fois la nuit tombée. A l'abri des regards, les marcheurs avaient subitement disparu, glissant sur les pierres, puis aspirés derrière l'un des bas-reliefs figurant une espèce marine quelque peu monstrueuse, vestige des décors traditionnels d'un siècle passé, qui terminait le pont d'une empreinte menaçante. Son clan était venu se ranger à ses côtés dans l'espèce de cave voutée qui lui servait de repère. Il n'eût pas à attendre longtemps pour avoir la réponse qu'il cherchait. Eamon, l'un de ceux qu'il avait ramené d'outre-Manche, s'était glissé jusqu'à lui. L'espace d'un instant, Dunkan avait espéré qu'il allait lui communiquer le nom de celui qui avait osé s'en prendre à l'une de ses maîtresses. Mais hélas, ce ne fut pas le cas.

- Marilyne, avait simplement dit ce dernier.

Marilyne était un tout nouveau vampire, qu'il avait créé lui-même. L'amusement que lui procuraient les goules avait ses limites et les aléas d'un ébat avec une partenaire insoumise présentaient des attraits d'une toute autre saveur. Il s'était donc

Chapitre 4

choisi une partenaire au physique élogieux dans un des bars de la ville. Elle était étrangère, avec un fort accent de l'Est. Belle à damner un saint. Et avec la personnalité forte de quelqu'un qui sait ce qu'il veut et se donne les moyens de l'obtenir. Une étudiante. L'année scolaire se terminant, elle devait retourner en famille pour les vacances dans une de ces lointaines et vallonnées contrées. Il s'était introduit à la petite fête organisée pour célébrer son départ. Il l'avait séduite durant la soirée, avait proposé de la ramener et l'avait transformée sur la banquette arrière de sa voiture. Le lendemain, des goules s'étaient présentées à son appartement, où sa colocataire ensuquée par l'abus de boissons en tout genre leur avait laissé prendre ses affaires. Elle n'avait jamais revu les contrées lointaines de son enfance. Et ne les reverrait jamais.

Sans cet article, sa disparition aurait pu passer presque inaperçue : il n'était pas rare qu'une *Juvénile*, comme on les appelait, soit victime de son ignorance quant à la manière de préserver sa nouvelle existence. Une fois, Karl, un compagnon de plusieurs siècles, en avait retrouvé une, coincée depuis une quinzaine de nuits dans une baignoire. L'imprudente avait voulu prendre un bain mais, à peine avait-elle touché l'eau, qu'elle était devenue aussi lourde que de l'acier. La baignoire avait tenu bon, mais elle n'avait pu en sortir. Elle était restée immergée jusqu'à ce que Karl la découvre, quinze nuits plus tard, gonflée comme une baudruche, claquant des mâchoires au fond de sa baignoire dès qu'elle devinait un mouvement au-dessus d'elle. La faim lui avait fait perdre l'esprit. Karl avait décapuchonné le tuyau d'évacuation de la baignoire et l'eau s'était échappée. La pression exercée par la masse corporelle exacerbée de la Juvénile avait disparue en même temps que le liquide. Mais, malheureusement pour lui, Karl ne s'était pas méfié. Affamée, elle s'était jetée sur lui et lui avait arraché un morceau de chair de la taille du poing au niveau du cou. Karl avait fini par la maîtriser mais lorsque Dunkan était arrivé sur place, il n'y avait plus rien à faire.

La putréfaction générée par la morsure avait gagné le cou de Karl et gangrenait déjà une partie de son visage et de ses bras. Quant à la Juvénile, l'infection étant née au niveau de la bouche, elle ne ressemblait déjà plus à ce qu'elle avait été quelques instants auparavant. Ses yeux s'étaient crevés et une espèce de mucus noirâtre coulait des cavités profondes qui les abritaient. Le cartilage du nez avait comme fondu sous la puissance dissolvante du venin qui se répandait en elle. La blancheur saisissante de l'arrête osseuse apparaissait au milieu des chairs tuméfiées et cette forme sans visage se jeta sur Dunkan dès qu'il passa la porte. Mais Dunkan avait l'expérience qui manquait à son imprudent compagnon. L'élan belliqueux de la créature fut stoppé par stylet de métal qu'il portait toujours à la ceinture. Aigu et tranchant comme le fil d'un rasoir, ce dernier lui traversa le crane aussi facilement qu'une aiguille une motte de beurre. Quant à Karl, il l'avait ligoté et bâillonné, puis ramené et

Chapitre 4

enfermé dans la pièce qui leur servait désormais de couveuse. Il avait essayé de le nourrir à l'aide de marginaux avinés, à qui il promettait un coup à boire s'ils l'aidaient à porter un lourd carton à l'intérieur de l'institut. Ça ne ratait jamais.

Les humains passaient un sale quart d'heure ; ça décuitait vite et ça cavalait à s'en faire péter les poumons. Ils n'auraient pas couru plus vite s'ils avaient eu le diable aux trousses… C'était un spectacle qui ne manquait jamais de réjouir ceux qui avaient la chance d'y assister. Mais malgré ses bons soins, Karl ne guérit pas. Il lui fallut prendre une décision. Dunkan fit creuser une alcôve dans le Repère. Il y mura Karl, rendu méconnaissable par le mal qui gangrenait ses chairs, et fit ajouter une épaisse porte en acier que des goules des travaux publics firent descendre, en creusant une ouverture sur le trottoir juste au-dessus du Repère. Une fois le travail terminé et la voirie refaite à neuf, les ouvriers allèrent fêter la fin du chantier autour d'un verre dans un bar miteux de la banlieue où était située l'entreprise qui les employait. Un formidable incendie se déclencha au sous-sol de l'endroit où ils sirotaient leurs bières. Pas un ne survécut. Prudence oblige.

La porte que Dunkan avait fait descendre pour sceller son dangereux ami avait la particularité d'être équipée d'une trappe à sens unique. Elle était assez grande pour contenir un corps, humain ou non. A intervalle régulier, Dunkan y faisait passer une de ses goules. Il l'installait dans la trappe et au moment de la pousser dans l'antre du Mordeur, il lui rendait ses esprits. C'était cruel, il le savait. Mais il adorait ça ! Karl était capable de venir à bout d'un humain en quelques jours et on l'entendait, ensuite, jeter les os sur la porte, dès qu'il entendait de l'agitation au Repère. Chaque repas du vampire déchu se faisait en présence des plus proches compagnons de Dunkan. La terreur qu'inspirait ce spectacle aux Écorcheurs suffisait à lui garantir la fidélité la plus sincère qu'un souverain puisse attendre de ses sujets. Il n'était pas certain que ce soit un mal nécessaire, mais on n'est jamais trop prudent.

Chapitre 5

Il devait être deux heures du matin. L'institut commençait à bruire des pas et des conversations des nombreux vampires qui, rassasiés, rentraient de leur escapade, sustentatrice ou non. Rares étaient ceux qui se nourrissaient exclusivement à l'extérieur. La chasse, pour qu'elle reste discrète aux yeux du monde, devait être méthodiquement préparée. Il ne fallait rien laisser au hasard si on ne voulait pas éveiller les soupçons. C'était un processus lent, pour lequel il fallait avant tout une grande patience. Et la patience n'était pas le fort de l'espèce, surtout lorsque la faim lui tordait les entrailles. C'est pourquoi elle était réservée exclusivement aux *Écorcheurs*. Le terme désignait les sept ministres de Dunkan.

Il était arrivé, par deux fois, qu'un maître vampire d'une lointaine contrée vienne disputer à Dunkan son territoire. Le sang putride des damnés avait alors souillé les pavés parisiens. La première tentative d'invasion ne dura pas plus d'une nuit : l'imprudent convoiteur n'avait pas mesuré la force de

Le sépulcre de cristal

l'adversaire ; il avait bravé Dunkan sans se soucier de lever une armée, persuadé qu'il était de constituer, à lui tout seul, les forces nécessaires à l'avilissement de ce vampire faisant figure de bourgeois, confortablement installé dans une routine avilissante. Il n'avait compris que trop tard son erreur d'appréciation. Et c'est ce qui avait valu à la petite bande son si pertinent surnom.

La seconde invasion avait permis à Dunkan de parfaire le schéma défensif de son royaume. L'envahisseur était cette fois à la tête d'une armée de vampires, brutaux et sanguinaires. Tous se méfiaient de leurs adversaires, vampires eux aussi, mais ils ne s'étaient pas assez méfiés des humains qu'ils croisaient. Or, nombreux de ces humains s'étaient révélés des goules. Elles avaient mouchardé leur position, leur nombre, leurs intentions. Les différents groupes avaient été décimés sans que leur maître ait pu comprendre d'où venaient les attaques, et encore moins les anticiper. L'armée dissidente s'était réduite à peau de chagrin et les Écorcheurs avaient ajouté un chapitre à leur légende.

Mis à part ces deux tentatives de prises de contrôle finalement avortées, rien n'était venu troubler le quotidien nocturne de cette société tapie dans l'ombre. Dunkan avait organisé la mise à disposition de l'hémoglobine nécessaire à la survie de ses sujets. Les campagnes de dons de sang

Chapitre 5

regorgeaient de goules qui détournaient sans relâche autant de pochons noirâtres que nécessaire à la survie du clan. La chasse était encadrée et la crainte qu'inspiraient les Écorcheurs dans les rangs suffisait à limiter les débordements. Dunkan avait même trouvé un compromis qui permettait de ne pas frustrer l'instinct prédateur des vampires… et de leur procurer la dose nécessaire à l'entretien de leur nature sadique.

Le procédé était d'une simplicité épouvantable. A intervalles réguliers, un des Écorcheurs était invité à rappeler à lui une goule de son choix. La malheureuse se rendait alors dans un hôtel particulier au cœur du septième arrondissement de la ville, propriété privée de Dunkan, qu'il avait transformée en labyrinthe façon *Laser Game* sur le rez-de-chaussée et le premier étage. Le second et dernier étage avait été aménagé en vitrine sur cour pour les autres membres du clan. Un miroir sans teint permettait aux spectateurs de suivre la traque de la proie, de se délecter de sa terreur, de se gorger de ses hurlements et de ses larmes. Et le jeu durait souvent bien plus longtemps que nécessaire.

Une fois les spectateurs installés, la goule était placée au centre du labyrinthe qu'éclairait une lumière, juste assez forte pour qu'elle puisse distinguer sur les murs et le sol, les traces de sang laissées par ses compagnons d'infortune, qui avaient joué une partie avant elle. L'Écorcheur lui rendait alors sa pleine conscience et son total libre arbitre. Cela constituait le lancement de la partie. Il fallait généralement un moment à la proie pour comprendre où elle se trouvait et la gravité de sa situation. Une fois qu'elle mesurait l'horreur du tragique destin qui l'attendait, elle tentait de s'enfuir. C'était ça qui était le plus drôle.

Le meilleur prétexte à l'organisation de ces parties était l'arrivée d'une nouvelle recrue. Cela permettait de la présenter à cette grande famille que constituait le clan Dunkan. Et cela évitait aussi qu'elle soit trucidée dans un coin de rue par un vampire la prenant pour une intruse ou un indic' d'un autre clan. Avant de commencer, on présentait le vampire nouveau-né à l'assemblée réunie, ce qui permettait à tous de l'identifier et de le considérer désormais comme un des leurs. Il n'existait pas de meilleur moment pour resserrer les liens de la meute car, après tout, ces anciens humains gardaient les stigmates de leurs faiblesses passées. "Que voulez-vouuuus ???"

"Du sang et des jeux !!!"

Peu avant minuit, une équipe de trois goules était venue chercher Lorelei, toujours figée dans la position où Jimmy et Thomas l'avaient laissée. Elles avaient patiemment fait pression sur les membres de Lorelei, la modelant doucement pour lui

Chapitre 5

faire adopter une position plus conforme à celle d'une femme endormie. Puis elles l'avaient hissée sur un brancard – encore un – et l'avaient emmenée dans une salle entièrement carrelée, qui n'était pas sans rappeler les thermes ou bains publics d'autrefois. Délicatement, on l'avait lavée, rincée, séchée avec un soin appliqué. Il avait fallu insister sur les endroits où son sang avait coagulé et séché. C'étaient ces empreintes croûteuses qui laissaient deviner ce que Lorelei avait vécu et qui l'avait conduite à l'institut. Pourtant, une fois le sang éliminé, aucune plaie, ni aucune marque n'apparaissait.

Elle se sentit coiffée, habillée avec des vêtements, neufs sans doute, dont l'étoffé douce caressa sa peau, lorsqu'elle lui fut enfilée. Une des goules, un jeune homme au teint mat, passa un temps certain à lui enfiler différents anneaux aux doigts, se reculant pour mesurer l'effet qu'ils produisaient de loin, et de plus près, tel un peintre qui mesure chaque touche picturale et la manière dont elle sublime son œuvre. Il finit par arrêter son choix sur un anneau en forme de cobra aux yeux sertis de deux rubis qui s'enroula autour de son annulaire droit. Il habilla le pouce d'un anneau argenté sur lequel étaient gravés des signes cabalistiques et releva le tout d'un large bracelet d'argent dans lequel avait été gravée une chauve-souris famélique dont la couleur sombre contrastait avec la clarté du métal.

Le sépulcre de cristal

La main gauche, quant à elle, était au centre de l'intérêt d'une goule un peu plus âgée, au faciès particulier que peuvent faire naître les tatouages lorsqu'ils envahissent bras, cou et visage. Ses lobes d'oreilles étaient percés et écartés plus que ne l'aurait permis la nature si on lui avait laissé le choix. Un stylo, prolongé d'une aiguille et relié à un fin boyau de plastique, s'agitait, vrombissant doucement en fonction de ses allées et venues, et infligeait d'élégantes meurtrissures que Lorelei pouvait ressentir. Elle sentit la douceur d'un pinceau sur ses lèvres et sur ses joues et le froid d'un trait sur ses paupières closes. Le troisième élément du trio aux petits soins devait être chargé du maquillage.

Un vent de panique souffla néanmoins sur Lorelei lorsqu'elle sentit le dard d'une aiguille percer son bras. Une torpeur douce l'envahit et malgré son expérience désastreuse, qui lui avait apprit qu'une sensation de douceur pouvait être le signe avant-coureur d'une intense souffrance, elle se laissa aller. La torpeur embrassa l'ensemble de son corps. Une torpeur lourde mais qui, paradoxalement, insufflait la vie à chacun de ses membres. Elle sentait une énergie nouvelle prendre possession de son être. C'était comme si ses muscles atrophiés se réhydrataient.

On l'allongea sur une couche dont elle pouvait sentir les bords relevés au niveau de ses épaules. Sans doute était-elle sécurisée pour parer à une chute éventuelle. Elle était aussi

Chapitre 5

légèrement molletonnée et un timide coussin lui permettait d'avoir la tête un peu surélevée. Le tissu devait être extrêmement doux car elle sentit sa tête glisser sur l'étoffe. Des mains délicates s'appliquèrent à creuser le coussin afin que la tête de Lorelei puisse y reposer confortablement. Cela lui rappela un rhume mémorable qu'elle avait attrapé la nuit où elle avait étrenné des draps en satin neufs, qui la faisaient rêver depuis des mois. Elle avait fini par en acheter une paire au terme d'une longue période d'économies drastiques. Les draps avaient glissé dans la nuit, entraînant avec eux les couvertures. Elle, qui éteignait toujours les radiateurs avant de se coucher, s'était réveillée avec une bronchite carabinée. A l'évocation de ce souvenir, elle eut l'impression de se sentir sourire.

Quoi qu'il en soit, c'était agréable d'être enfin l'objet d'attention et de soins. Elle sentit un pinceau lui glacer les ongles. Chaque passage se terminait par un souffle léger sur l'extrémité de ses mains. Elle se demanda quelle couleur de vernis ses bienfaiteurs avaient bien pu choisir. Elle espérait un rouge brillant. Pourquoi rouge ? Elle l'ignorait. Elle n'avait pourtant jamais aimé cette couleur… Elle entendit alors une voix lui murmurer à l'oreille. Une voix douce et bienveillante qui réchauffa un instant le cœur de Lorelei.

- Voilà, j'espère que tu es bien installée. Je glisse la perfusion à coté de toi, elle te donnera des forces et t'aidera à rester endormie. On te récupèrera demain soir. Et il y aura une petite surprise pour tous les deux. Cela vous plaira, j'en suis sure. Dors, ma belle, demain est une autre nuit…

Elle sentit qu'on dégageait une mèche de cheveux rebelle de son visage. Qu'entendait la voix par *tous les deux* ? Et de quelle surprise pouvait-elle bien parler ? Une brume soudaine embua son esprit. La voix avait parlé de dormir. Les forces qu'elle recouvrait petit à petit se mirent en veille. Dans le lointain, elle crut entendre le grincement d'un couvercle que l'on referme.

Lorelei eut l'impression de se perdre dans un rêve, entre conscience et inconscience. Il lui arrivait de distinguer des bruits, mais ils se noyaient très vite dans la nébuleuse floue qui l'enrobait. A un moment pourtant, elle crut entendre pleurer sa mère. Elle se persuada très vite qu'il n'en était rien, cette idée lui était insupportable. A un autre moment, elle perçut les chants d'une foule à l'unisson. C'était d'une épouvantable disharmonie, d'autant plus qu'une voix suraiguë essayait de couvrir les autres afin de donner le ton. "Aux lions !!!!", songeait Lorelei, ne trouvant aucun motif légitime de grâce, si humble soit-il. Elle eut aussi l'impression qu'un fond musical accompagnait chaque mouvement de l'alcôve dans laquelle on l'avait bordée. Elle finit

Chapitre 5

par se rendormir complètement, d'un sommeil sans rêve, lourd du plus complet épuisement.

Elle s'éveilla en sursaut, comme à la suite d'un long cauchemar, et peina à recouvrer ses esprits. Elle crut mourir de joie en s'apercevant qu'elle était assise, les yeux ouverts et que bras et jambes répondaient parfaitement à toutes ses injonctions de mouvement. Elle regarda immédiatement ses mains : un superbe vermillon ornait ses ongles impeccablement ciselés par des soins experts. C'était vraiment magnifique !

Elle découvrit qu'une montre, or blanc et or jaune entremêlés, ornait son poignet gauche. Chose étrange, le cadran ne révélait aucune aiguille. A leur place brillait une inscription, comme peut briller la lune lorsqu'aucun nuage ne l'éclipse. Lorelei lut : "Nuit noire". Sous le cadran semblait s'échapper un petit groupe de chauve-souris. Voilà donc ce qu'on s'était amusé à lui tatouer sur la main. Ce n'était pas laid mais si elle avait eu le choix, elle aurait sans doute choisi un autre motif. Délaissant les chauves-souris, elle s'intéressa à sa main droite et sourit au cobra, qui la regardait d'un air vindicatif. Une vive douleur lui déchira alors la lèvre inférieure et elle sentit couler entre ses dents un liquide épais et chaud, à l'arrière goût ferreux. Elle passa alors prudemment sa langue contre sa lèvre inférieure mais ne découvrit aucune entaille. A croire que la blessure s'était instantanément refermée.

Bien que ce fait soit surprenant et aurait sans doute mérité qu'elle s'y arrête, Lorelei remarqua à peine l'absence de blessure. Sa langue venait de découvrir deux protubérances, épaisses et verticales, qui lui barraient la lèvre. Elle les tâta prudemment. C'était comme si deux fins cylindres, d'approximativement deux centimètres de long, lui avaient été implantés de part et d'autre de la lippe. Elle entrouvrit la bouche afin de pouvoir explorer sa lèvre supérieure et, cette fois, resta interdite. Les deux cylindres s'étaient relevés en même temps qu'elle abaissait sa mâchoire. Quel sale tour lui avait-on encore joué ? Elle ouvrit tout à fait la bouche et laissa sa langue explorer sa lèvre inférieure : il y avait deux fourreaux de peau parfaitement symétriques découpés à l'endroit précis où elle avait senti les deux cylindres. Et tandis qu'elle réfléchissait à quoi pouvait bien servir ces deux entailles, elle sentit la pointe de deux aiguilles se poser sur sa langue.

Elle resta stupéfaite. Les aiguilles étaient, en réalité, les pointes de ses canines qui avaient pris des dimensions surnaturelles. N'arrivant pas à croire ce que sa langue révélait, elle se servit de son index pour tâter ces protubérances émaillées, persuadée qu'un plaisantin mal intentionné lui avait apposé une prothèse. Mais où qu'elle fit pression, le nerf répondait. Elle referma la bouche et sentit ses canines se

Chapitre 5

rengainer dans les fourreaux creusés à l'intérieur de sa lèvre inférieure. Se pouvait-il que, par un procédé dont elle n'osait pas imaginer les subtilités, on l'ait transformée en une espèce de créature démoniaque qui faisait rêver les adolescents romantiques ? Ces crocs laissaient peu de doute quant à la nature du monstre.

Il y avait forcément une explication à tout cela. Faisait-elle partie d'une superproduction quelconque ? Avait-elle rêvé tous ces souvenirs horribles qui la hantaient? Ou bien, était-elle tout simplement droguée et en plein trip? Peut-être même bien les trois…

C'était à peine croyable : malgré la terreur que lui inspirait d'être sous l'emprise d'une quelconque substance hallucinogène, et malgré la difficulté apparente qu'elle avait manifestement à en sortir, elle ressentit comme une vague d'insouciance ; elle était presque euphorique. Si les drogues pouvaient vous maintenir dans une autre dimension le temps qu'elles soient assimilées par le corps et le cerveau, il se pouvait aussi qu'elles aient transformé une simple partie de jambes en l'air en un viol collectif des plus sordides ! Mais si ! C'était tout à fait concevable ! Sans doute allait-elle se réveiller à côté de son cher et tendre dans une belle chambre d'hôtel réservée, à l'occasion d'une saint-Valentin ou d'un truc du même genre… Ils se raconteraient leurs délires respectifs et remettraient le couvert afin de définitivement sceller cette dangereuse expérience.

Mais si ! C'était possible ! Il le fallait… Absolument.

Elle saisit alors l'un de ses poignets, cherchant le pouls, comme on lui avait appris à le faire quand elle avait fait un stage de secourisme. C'était idiot, mais elle ne pu s'en empêcher. Après tout, à part elle, qui le saurait si elle n'en soufflait mot à personne ? C'était juste histoire de se rassurer. Malheureusement, elle ne le trouva pas. Elle changea de poignet. Elle tâta sa gorge. Se contorsionna pour parvenir à poser sa tête près d'une veine, une artère, n'importe quoi qui puisse lui faire entendre la pulsation régulière d'un organisme dont la pompe fonctionne. Dans un ultime et ridicule effort pour trouver un nouveau point d'écoute, elle s'intéressa à ses jambes. Tout d'abord, elle ne vit qu'un pantalon de tailleur gris souris, puis d'élégantes ballerines vernies, d'un noir éclatant et relevées d'une boucle argentée, qui ajoutait encore à l'élégance de sa tenue. Les couleurs sombres de ses vêtements tranchaient avec l'ivoire satiné, qui dentelait sous ses membres et sur les bords de sa couche. Les contours embrassaient parfaitement l'harmonie du corps : larges au niveau des hanches, ils se resserraient jusqu'aux pieds.

Qu'il circule ou pas, son sang se glaça. Lorelei resta figée d'horreur. Elle, qui ne supportait pas d'être enfermée dans un

Chapitre 5

ascenseur, voyait sa pire angoisse se dessiner devant ses yeux. Elle prit appui sur le rebord de la boîte qui la contenait toute entière et essaya de passer sa jambe par-dessus. Mais sa jambe était d'une lourdeur qu'elle ne lui avait jamais connue. Ses muscles devaient être quelque peu atrophiés, peut-être mal irrigués du fait de la position allongée. La circulation sanguine n'entrait pas dans le cahier des charges de ce genre de couche. Elle insista et parvint à faire basculer son genou, puis son pied par-dessus bord. Le poids de son corps fit osciller dangereusement la boîte mortuaire, dont le lourd couvercle protesta en grinçant.

Heureusement pour elle, le cercueil était posé sur le sol, elle parvint donc à s'en extraire en prenant appui sur le carrelage à l'aide de ses mains, puis de ses coudes. Ses jambes commencèrent enfin à lui répondre. Elle rampa à la manière d'un crapaud sur le sol froid jusqu'à ce qu'elle rencontre un mur contre lequel elle se colla. C'est dans cette position que Jimmy et Thomas la retrouvèrent, une heure plus tard.

Chapitre 6

Ils avaient passé un temps fou à essayer de la calmer, puis un temps considérable à lui faire entendre raison. Non, elle n'était pas devenue folle. Non, le monde n'était pas devenu fou lui non plus. Oui, c'était théoriquement impossible. Non, elle n'était pas en plein cauchemar. Oui, elle avait toute sa tête – on le lui avait déjà dit trois fois d'ailleurs. Non, ce n'était pas une mauvaise blague. Non, on n'était pas dans un asile d'aliénés. Oui, elle allait pouvoir prendre une douche. Si elle se calmait… Oui, on lui trouverait d'autres vêtements, elle n'aurait que l'embarras du choix. Si elle voulait bien consentir à se calmer... Non, ce n'était pas un piège. Non, personne ne lui ferait de mal. « Enfin, pas pour l'instant… » Avait plaisanté Thomas.

Ils avaient alors passé un temps considérable à essayer de regagner le peu de sérénité, que cette joyeuse plaisanterie avait ruiné en un instant. Jimmy était furieux après son frère et pour une fois, Thomas était bien forcé d'admettre que son courroux était légitime. Il attendit patiemment que la crise d'hystérie de la

Le sépulcre de cristal

Juvénile soit retombée et ait laissé place à un torrent de larmes. Il valait sans doute mieux qu'il s'éloigne. Entre deux sanglots, où se mêlaient à la fois incompréhension et terreur, il prévint Lorelei qu'il allait lui chercher de quoi se vêtir. Oui, il s'agissait de vêtements neufs. Non, personne, vivant ou mort, ne les avaient portés à quelque moment que ce soit. Non, ils n'étaient pas rangés dans des cercueils mais dans des cartons. Oui, il y aurait sans aucun doute sa taille. Non, entendu : ni chemisier, ni tailleur. Euh… Oui, les sous-vêtements seraient coordonnés. Il n'ajouta rien cette fois, mais pensa qu'elle était sur la bonne voie.

Lorsque thomas eut refermé la porte derrière lui, Jimmy tendit une main vers Lorelei. Elle se tassa encore davantage contre le mur. Il lui parla alors sur un ton à la fois doux et ferme, comme l'aurait fait un grand frère qui tente de faire comprendre que la sécurité est une chose qui passe avant toute autre considération.

- Je ne suis pas ton ennemi, commença-t-il, posant les bases sur lesquelles elle devrait désormais s'appuyer. Rien ne t'oblige à le croire, bien sûr, mais fie toi à ton instinct et tu verras que tu n'as rien à craindre de moi.

Lorelei le regarda sans comprendre. Il crut un instant qu'elle n'avait pas décroché de la discussion vestimentaire qu'elle avait eu avec Thomas. Se pouvait-il qu'un ensemble de lingerie ait le

Chapitre 6

pouvoir de vaincre la terreur qu'inspire le surnaturel ? Pourtant, sans que ses yeux aient changé d'expression pour autant, il l'entendit murmurer.

- Et rien à attendre de bon non plus, j'en suis sûre.

Il ne releva pas. Il connaissait la difficulté que les Juvéniles avaient à accepter leur mort, leur nouvelle existence, les nouvelles règles pour survivre. Il savait qu'il n'obtiendrait rien en la brusquant. Même si cette situation l'ennuyait au plus haut point, il savait qu'il lui fallait prendre soin de cette nouvelle-née, si particulière compte tenu des circonstances tragiques qui l'avaient menée jusqu'à cette pièce carrelée. Il fallait tout particulièrement prendre soin d'elle, c'était une évidence. Pour elle d'abord, et pour la sécurité de tous ceux que l'institut abritait. Mais il savait aussi qu'il aurait de la chance s'il arrivait à la convaincre avant le lever du soleil.

- Ecoute, finit-il par dire. Je sais que ce que tu vis n'est pas facile. Non ne dis rien ! ajouta-t-il voyant qu'elle allait l'interrompre. Il y a certaines choses que tu dois savoir et admettre au plus vite. Non, non, insista-t-il en levant l'index devant ses yeux rougis de larmes, laisse-moi finir et écoute bien car ton salut peut en dépendre et je ne me répéterai pas.

Lorelei se tut et le fixa avec une attention soutenue qui ne manqua de surprendre. L'instant d'avant, il ne l'en aurait pas cru capable. Néanmoins, il tâcha de ne rien en faire paraître et reprit d'une voix basse, à la manière d'un confident ou d'un informateur qui a peur d'être découvert. C'était moins pour le côté mystérieux que pour s'assurer qu'elle resterait bien attentive.

- Je suis Jimmy, et mon frère s'appelle Thomas. Ou Tom, précisa-t-il, il préfère.

Il accompagna cette affirmation d'un léger signe de tête vers la porte par laquelle son double s'était volatilisé, en quête d'une tenue assortie. A l'évocation de son frère, Jimmy songea un bref instant à la surprise de ce dernier quand aux précisions sur l'ensemble de lingerie. Il n'avait probablement toujours pas dû s'en remettre ! Il l'imaginait dans les cartons de vêtements dont regorgeait la lingerie cherchant deux morceaux coordonnés de soie fine.

L'air idiot qu'il lui prêtait dessina un sourire sur le visage de Jimmy, découvrant des dents d'un blanc à faire pâlir d'envie n'importe quelle marque de dentifrice. Il chassa rapidement cette vision si plaisante de son esprit pour se concentrer sur sa tâche. Il n'avait pas de temps à perdre.

Il se pencha en arrière, saisit le couvercle du cercueil, dont il avait essayé de faire oublier la présence au tout nouveau vampire horrifié qui en était sorti. Il jeta un coup d'œil à la petite plaque de laiton qui y était vissée, puis revint vers son interlocutrice.

- Lorelei ?

Lorelei hocha la tête sans répondre.

- Lorelei, admit-il. C'est sans doute brutal de te l'asséner ça comme ça, mais hélas, je n'ai pas le temps de faire autrement. J'ignore quels souvenirs tu conserves de ces dernières quarante-huit heures mais sache que tu as été violée et assassinée par un groupe de gars dont tu as eu la malchance de croiser le chemin.

Il attendit une réaction qui ne vint pas. Il poursuivit.

- Pour une raison que j'ignore, un Écorcheur, c'est-à-dire, un membre de notre clan, autorisé à transformer des humains en ce que nous sommes, t'a transformée afin que tu ne meures pas… Pas complètement du moins. C'est grâce à lui que tu as pu sortir de ce cercueil…

Il fit un signe de la tête pour désigner la boîte dont la gueule béante s'ouvrait en direction du plafond.

… faute de quoi, tu étais condamnée à y rester. Définitivement.

A l'évocation du cercueil, Lorelei avait pâli, son teint cireux virant dangereusement au translucide. C'est alors qu'il remarqua un imperceptible changement dans le regard de la nouvelle-née. C'était comme si une ombre l'avait voilé. Cela ne dura que le temps d'une seconde, mais durant cette seconde, ses yeux firent rapidement le tour de la pièce et le dévisagèrent. L'ombre s'évapora, aussi rapidement qu'elle était apparue, laissant derrière elle une sensation de malaise que le vampire ne parvint pas à expliquer.

Contrairement à Thomas, Jimmy n'aimait pas jouer avec les nerfs des jeunes recrues. Mais les ébranler un peu était souvent un des rares moyens de leur faire entendre raison sur leur nouvelle existence. Il fallait faire vite. La nuit ne tarderait pas à ramener leur maître à tous et, compte tenu des circonstances, ce n'était pas le moment de laisser un nouveau-né apeuré se balader dans les couloirs. Si jamais il y croisait Dunkan, les agents d'entretien auraient droit à une prime exceptionnelle pour travaux pénibles.

L'air incrédule et perdu qui s'était réinstallé sur le visage de Lorelei ne lui augurait rien de bon. Que faisait Tom ? Il n'aurait pas été de trop ! Et où était l'Écorcheur qui l'avait créée ? D'après la rumeur, il s'agissait de Glenn, ce qui était en soi très surprenant. Quelle idée avait bien pu traverser l'esprit de Glenn quand il avait mordu cette fille ? C'était bien la première fois qu'il s'autorisait ce genre de fantaisie. Et après cela, il avait disparu, laissant à d'autres la tâche délicate et absurde de lui annoncer qu'elle était devenue…

- Tu es un vampire, Lorelei.

Chapitre 6

Il avait eu beau chercher, il n'avait trouvé pas d'autre moyen pour lui annoncer ce qu'elle était devenue. Etait-elle prête à l'entendre ? Et pire encore, à l'accepter ?

- Je sais que cela semble impossible à croire mais très vite, tu vas ressentir des choses que tu n'as encore jamais ressenties, ni même imaginées. Tu viens d'être projetée dans une réalité qui n'est plus que le reflet déformé de ce que tu as connu jusqu'à présent. Et à laquelle il va falloir que tu t'adaptes très vite.

Il crut alors voir de nouveau passer un petit nuage sombre dans le regard vide et apeuré de la jeune fille. Il se demanda ce que cela pouvait bien pouvoir signifier lorsqu'un éclat de rire, dans lequel on sentait poindre un sentiment de profonde satisfaction, s'éleva de la porte. Jimmy et Lorelei levèrent les yeux et découvrir Thomas, rayonnant de bonheur et d'hilarité, le visage à moitié caché par un tas de sachets et de boîtes multicolores. Il se laissa tomber sur les genoux devant eux et lâcha sa précieuse cargaison qui se déversa sur le sol. Il resta quelques instants immobile, savourant avec béatitude sa légèreté retrouvée.

- Alors ? Gloussa-t-il en jetant un coup d'œil amusé vers Lorelei dont le teint était toujours aussi pâle. On a été sage pendant mon absence ? Qu'est-ce qu'on dit à tonton Tom qui vous a ramené toute une garde-robe ???

Le sépulcre de cristal

- Merci, murmura Lorelei d'un ton mal assuré tout en se tassant encore un peu plus vers le mur.

- Mignonne et bien élevée ! s'écria Thomas. Voilà qui fait plaisir à tonton ! Et à tonton bis, hein tonton bis ?

Il se pencha vers Lorelei et lui chuchota assez fort pour que Jimmy puisse l'entendre :

- C'est moi l'original et lui, c'est la copie. C'est pour ça qu'il a toujours cet air sérieux. On dit *jumeau* mais il sait bien, dans le fond, qu'il n'est que le terne reflet de mon infinie beauté. Mais je ne t'apprends rien, tu l'avais certainement déjà remarqué.

Lorelei hocha tout doucement la tête, ne voulant surtout pas contrarier le vampire qui s'était dangereusement approché d'elle. Mais elle comprit soudain qu'elle risquait d'avoir vexé le frère qui, à bien y regarder, ne se tenait pas très loin non plus. Elle jeta un regard effrayé dans sa direction. Fort heureusement, il avait l'air plutôt amusé.

- Ah, tu vois frangin ? S'écria Thomas. Je te l'ai toujours dit !

Thomas saisit alors la main de Lorelei et se pencha pour y déposer un chaste baiser. Il fit semblant d'y trouver une saveur particulièrement plaisante et recommença plusieurs fois

Chapitre 6

jusqu'au moment où un visiteur vint interrompre cette scènette, si improbable dans un pareil endroit.

De taille moyenne mais mince et bien proportionné, Glenn était la parfaite illustration du jeune homme de bonne famille. Coupe de cheveux courte et étudiée, vêtements simples mais savamment coordonnés, il jurait par le contraste entre sa silhouette et celle des deux frères. Lorelei se hasarda à détailler les trois hommes compte tenu qu'à cet instant, l'attention s'était détachée d'elle. Les jumeaux étaient tous deux grands et minces. On ne pouvait douter de leur lien de parenté tant leurs visages semblaient sortis du même moule. Il fallait vraiment s'y arrêter pour découvrir quelques rares et infimes différences, telle une cicatrice de bouton de varicelle sur la joue de l'un ou ce qu'il restait de la probable griffure d'un chat au-dessus de l'œil de l'autre. Mais contrairement à certains vrais jumeaux, ces deux-là ne cultivaient pas leur ressemblance au delà de celle qui leur avait été imposée par Dame Nature.

Bruns tous les deux, Thomas avait les cheveux qui dévalaient en cascade le long de son dos. Il les tenait enchaînés par un élastique grossier. Jimmy, quant à lui, les avait aux épaules et sa silhouette était plus élancée que celle de son frère. Lorelei pensa qu'il misait davantage sur l'agilité que sur la force, à l'instar de Thomas, dont on devinait les muscles saillants sous son pull de laine de couleur sombre. S'il ne lui avait pas montré les dents, au sens propre comme au sens figuré, elle aurait eu tendance à penser que Jimmy était le plus fragile des deux. Mais elle n'en était plus du tout sûre à présent.

L'arrivée de Glenn sembla raviver le goût prononcé de Tom pour l'improvisation théâtrale. Il garda la main de Lorelei dans la sienne et fit mine de la tendre à son frère.

- Si vous voulez bien me tenir cela un instant ? demanda-t-il d'une voix doucereuse. Voyant que son frère ne rentrait pas dans le jeu, son visage se teinta d'une déception boudeuse. Lorelei, elle, se réjouit intérieurement de récupérer sa main. Délaissant Lorelei, Thomas se tourna vers Glenn. « Acte un, scène trois... » Pensa Lorelei sans oser le formuler.

- Bienvenue, lança Tom les bras ouverts en direction de Glenn. Bienvenue mon cher... mon cher...

Il fit semblant de consulter une fiche imaginaire tout droit sortie de sa poche.

-... Glenn, mon cher Glenn ! Comment allez-vous ? Avez-vous bien dormi ? Le petit déjeuner n'a pas été trop copieux ? Non ? Voilà qui est parfait. Mesdames, messieurs, permettez-moi de vous présenter Glenn, notre grand vainqueur de ce soir, catégorie... – encore un coup d'œil à la fiche imaginaire –

Chapitre 6

catégorie « J'ai paumé mon repas et je laisse les autres se démerder avec » ! On l'applaudit bien fort !

Joignant le geste à la parole, il se fendit d'une salve d'applaudissement que ni Jimmy, ni Lorelei n'imitèrent.

- Quel public ! Jeta Thomas d'un ton de reproche dans leur direction. Mais revenons à vous. Glenn. Alors ? Que penser de ce géniteur fou qui sévit au moment où l'on a besoin de tout sauf de nouvelles têtes ?

Il leva le doigt, intimant l'ordre silencieux de ne pas broncher à son auditoire et se précipita sur le couvercle replié du cercueil, qu'il referma pour en lire l'inscription sur le couvercle. Il ne prit pas la peine de le rouvrir et grimpa dessus, toisant Glenn de toute sa nouvelle hauteur. Lorelei le vit appuyer sur le bouton d'une télécommande imaginaire et reprendre le fil de sa tirade.

-… Lorelei ! Lorelei est jeune, Lorelei est belle, elle cherche un gentil papa pour la consoler d'un viol collectif et d'un odieux assassinat. Alors ? Alors ? Glenn, que dites-vous ? Je n'entends pas. Glenn ? Vous prenez ? Vous prenez ?

La réponse de Glenn ne fut pas celle qu'il attendait et cela ficha définitivement la représentation par terre. Glenn, quoique pourtant amusé par le débit et l'imagination débordante de Thomas auquel, il est vrai, le rôle de présentateur de jeu télévisé seyait à merveille, se rembrunit dès qu'il eut compris ce que l'on attendait de lui. Au jeu du « Quitte ou Double », il quitta.

- Qu'est-ce que tu veux que je fasse de çà ? demanda-t-il en désignant Lorelei du menton. Non mais sans déconner…

Il leva les yeux au ciel comme si Thomas lui avait posé une question, à laquelle il avait déjà répondu un millier de fois. La transformation de Thomas fut immédiate et Lorelei fut surprise de découvrir que ce clown désinvolte, et si enclin à la dérision, pouvait devenir le plus sérieux des hommes. Enfin, des vampires s'il fallait être plus précis.

- T'aurais peut-être dû y penser avant ? Rétorqua Tom.

Il avait détaché chacun de ses mots et il y avait dans son ton quelque chose d'abouti, comme s'il avait mûri sa question depuis déjà un bon moment. Il y avait aussi un relent de reproche qui n'échappa à personne. Pour toute réponse, Glenn se contenta de rouler des yeux comme si son interlocuteur avait lâché un vent bruyant lors d'une minute de silence.

- Dites les frères siamois, vous voudriez pas me lâcher un peu ? J'ai d'autres chats à fouetter, si vous voyez ce que je veux dire…

Il avait insisté sur le mot "chat" afin de leur faire passer un message et avait même ajouté un petit clin d'œil, qui en disait long sur ce qu'il estimait relever de l'initiation du nouveau venu.

Chapitre 6

Il s'approcha de Jim et lui donna deux petites tapes amicales sur l'épaule.

- Je suis sûr que t'en tireras très bien, c'est parfaitement ce qu'il te faut.

Disant cela, il s'était approché de Lorelei et avait glissé sa main dans sa chevelure fine et encore humide. Elle n'arriva pas à réprimer un frisson, qui la parcourut sur tout le corps. Ce n'était pas tant qu'elle redoutait celui qui l'avait engendrée dans ce monde de ténèbres, mais elle estimait qu'elle avait été bien assez tripotée ces dernières quarante-huit heures.

- Toute fade et sans saveur… quelle tristesse…, soupira-t-il d'un air empreint d'une mélancolie factice. Il déshabilla Jimmy du regard et une lueur lubrique brilla au fond de son œil.

- Tu m'excuses, mon biquet, mais j'ai à surveiller le petit frère. Il devrait pas tarder à éclore...

Sa voix trahissait l'excitation et, comme pour appuyer ses dires, il se passa la langue sur les lèvres avec délectation. L'excitation semblait transpirer par tous ses pores quand il évoquait un objet de fantasmes. Et ils étaient nombreux comme l'apprit plus tard Lorelei. Il fit claquer sa langue contre son palais, tel un expert qui vient de savourer le meilleur des crus qu'on ne lui ait jamais présenté.

- Je m'en réjouis d'avance… Messieurs ! Mademoiselle ! Je vous salue ! Conclut-il en se fendant d'une révérence.

Il lança un baiser de la main en direction de Jimmy et s'élança ensuite d'un pas sautillant vers le couloir qui donnait sur la couveuse.

Un silence s'ensuivit. Les trois vampires restèrent figés, les yeux fixés sur la porte par laquelle Glenn avait disparu. Ce fut Thomas qui, le premier, rompit le silence.

- Mais quel taré… murmura-t-il.

Même Lorelei hocha la tête.

Chapitre 7

Brutalement arraché du sommeil profond dans lequel il était plongé, Gordon resta un instant qui lui parut une éternité, assis, à essayer de recouvrer ses esprits. Son cœur battait à coups rompre et un sentiment de profonde angoisse lui enserrait l'estomac.

C'est alors que Lula recommença à aboyer et il comprit alors ce qui l'avait réveillé. Saleté de chienne ! Elle allait réveiller tout le quartier ! Comme s'il n'avait pas assez de problèmes avec les voisins. Déjà que ces derniers avaient vu d'un très mauvais œil l'arrivée du bas-rouge dans leur si paisible lotissement… Si en plus elle réveillait tout le monde la nuit, la clôture neuve et la lourde chaîne qu'il avait installées ne suffiraient plus à éviter la pétition contre la chienne et une visite des flics. Et les flics, il fallait pas trop les chatouiller avec des histoires de clebs dangereux, après ce qui était arrivé.

Deux ans plus tôt, une fillette avait été défigurée par un chien. La petite jouait dans le quartier où la circulation était quasi inexistante. Avec une amie, elle se lançait une petite balle rose, sur laquelle était dessiné un poisson dodu jaune et bleu, souriant à une sirène aux cheveux rouges et la queue verte. La balle lui avait échappé des mains et avait glissé sous un véhicule, garé non loin de là. La petite s'était agenouillée pour essayer de voir de quel côté sa balle avait roulé. Elle n'avait pas vu le chien qui grignotait avidement un os de gigot, gracieusement offert par sa maîtresse. C'était dimanche pour tout le monde!

La morsure avait atteint l'œil et la joue. La petite s'était mise à hurler et quand la mère s'était précipitée dehors, le chien était toujours accroché au visage de sa fille. L'œil n'avait pu être sauvé. La petite était restée atrocement défigurée. Le maire en avait fait son cheval de bataille lors des dernières municipales et, après son écrasante victoire, plusieurs foyers s'étaient vu retirer la garde de leur animal pour des motifs plus ou moins convaincants. Il avait même obtenu une amende record à l'encontre d'une petite dame, âgée de quatre-vingt-onze printemps. La pauvre veuve, malgré sa maigre pension, s'était vu facturer la somme de deux mille euros, auxquels s'ajoutaient les frais d'euthanasie de son épagneul breton, qui avait eu le malheur de mordre la belle-fille de son premier adjoint. Le fait que la jeune femme était en train de lui écraser la patte avec son talon n'était pas rentré en ligne de compte.

Chapitre 7

Cela faisait le bonheur des chats, qui ne manqueraient assurément pas de soutenir le maire aux prochaines élections. Mais pour Lula, l'amende risquait donc d'être salée et au deuxième avertissement, elle partirait à la fourrière. Non pas que ça le dérangeait de se débarrasser de la chienne, mais il y avait Éléonore. Cette chienne était tout ce qu'elle avait hérité de sa mère. Elle n'avait plus d'autre famille de côté-là. C'est d'ailleurs pour ça qu'il avait accepté d'adopter le molosse de trente kilos ! Ça n'avait pas été de gaîté de cœur mais comment aurait-il pu dire non au seul témoignage vivant que la petite avait encore de sa mère ?

Par bonheur, Lula était bien dressée et elle avait, semblait-il, bien accepté son nouveau maître. C'était une bête plutôt gentille et même assez peu agressive si l'on considérait qu'elle se contentait de hérisser le poil, quand les rares chats du quartier se mettaient en tête de terminer sa gamelle. Elle les sentait pourtant approcher et aurait pu les mettre en fuite d'un bond. Mais elle préférait visiblement les laisser tourner autour de son territoire, hésiter, reculer, jauger la distance qui les séparait de leur butin et celle nécessaire à leur salut le jour où elle déciderait que la plaisanterie a assez duré. Elle attendait son heure. Patiemment. Et ses propriétaires se doutaient qu'un jour, il leur faudrait essayer de couvrir le crime odieux qu'elle fomentait, en secret, contre l'un de ces félins trop téméraires. C'était d'ailleurs l'argument phare du projet que lui avait servi Eléonore, afin de

Le sépulcre de cristal

faire dormir la chienne à l'intérieur de la maison. Mais là, elle s'était heurtée à un mur : Lula resterait dehors et ça, il n'en démordrait pas. Ce n'était pas vraiment qu'il en avait peur, mais ce n'était pas raisonnable. Lula restait un animal dangereux et en chef de meute, il ne pouvait se résoudre à exposer les siens à un danger, même supposé.

La chienne aboya de plus belle. Il y avait dans ses aboiements une harmonique que Gordon n'aimait pas. Lula n'aboyait vraisemblablement pas après un chat ou un passant, qui n'aurait fait que traverser sur le trottoir d'en face. Cela lui était déjà arrivé bien sûr, il n'allait pas le nier, mais pas comme ça.

Les aboiements s'amplifièrent. Gordon bondit de son lit et chercha à tâtons le fil reliant la prise de courant à sa lampe de chevet. Un juron lui échappa lorsque cette dernière s'écrasa bruyamment sur le sol, entraînant avec elle une bonne partie de ce qu'il avait l'habitude de laisser traîner sur sa table de nuit. Il renonça et suivi d'une main le mur de papier peint, qu'il avait choisi en relief, afin de masquer aux yeux du monde son incapacité à poser deux lais sans laisser de décalage entre eux. Il finit par trouver l'interrupteur du plafonnier de sa chambre et la lumière de l'ampoule basse consommation commença timidement à éclairer la pièce.

Chapitre 7

Il n'attendit pas que l'ampoule donne le maximum d'elle-même. Il se jeta sur un tas informe que formaient ses vêtements de la veille au pied de son lit. Il enfila rapidement le pantalon et le tee-shirt avant de se précipiter hors de la chambre. Il constata, à la clarté qui s'alluma sous la porte d'Éléonore, qu'il n'était pas le seul à avoir été réveillé par les aboiements de la chienne. Pourtant Éléonore avait le sommeil lourd. Les lumières du quartier n'allaient pas tarder à percer les volets des maisons avoisinantes. Il devait se dépêcher.

Il dévala l'escalier et se jeta sur la poignée du volet roulant qui couvrait la grande baie vitrée qui donnait sur le jardin et, par conséquent, sur la niche de l'animal. Il entendit Lula hurler à la mort. Il releva le volet de quelques centimètres. Une lumière bleutée filtra par l'ouverture et éclaira ses pieds nus. C'était une chance : la clarté de la pleine lune baignait le jardin de ses rayons. Cela suffirait à distinguer la chienne sans allumer la lumière du jardin. Gordon s'en réjouit intérieurement. Les voisins auraient davantage de difficulté à identifier le canidé coupable. Du moins il l'espérait.

Brusquement, alors qu'il avait presque relevé le volet à mi-hauteur, Lula se tut. La surprise de ce soudain changement interrompit les élans rotatifs, qu'il donnait avec vigueur à la manivelle du volet, rendue capricieuse avec le temps. Il écouta. Plus rien. Il ne distingua que le pas léger d'Éléonore qui

Le sépulcre de cristal

descendait à son tour l'escalier, anxieuse de ce qui pouvait bien générer un tel déploiement vocal chez sa chienne. Un pressentiment lui glaça l'échine.

Il hésita. La présence d'Éléonore compliquait tout. Fallait-il qu'elle voit ce qui se passait dehors ? Mais que se passait-il vraiment dehors ? Il n'arriva pas à se décider avant qu'Éléonore soit à ses côtés et qu'un aboiement suraigu brise le silence, qui s'était approprié la nuit quelques instants auparavant. Il lui fallut encore près d'une minute pour relever entièrement le rideau de plastique ajouré, qui se levait certes, mais avec force de protestations grinçantes. Enfin, le jardin apparut. Le spectacle qu'il révéla le laissa sans voix. Et la respiration coupée de sa fille lui confirma que la scène qui se dessinait devant ses yeux était réelle.

Une silhouette sombre se découpait très nettement sur l'étendue grisâtre du jardin. Elle se penchait sur la chienne dont la position révélait son hésitation entre l'attaque et la fuite. Mais fuir lui était impossible, la lourde chaîne à laquelle il l'avait attachée y veillait. Ses yeux s'habituèrent à l'obscurité. C'est alors qu'il remarqua que l'ombre mystérieuse et la chienne étaient reliées : par le bras de l'une… et par la gueule de l'autre. Lula avait les crocs plantés dans la main ou le poignet de l'inconnu qui lui faisait face, sans bouger et plus surprenant encore, sans gémir.

Chapitre 7

Il ouvrit la porte fenêtre et repoussa machinalement sa fille à l'intérieur.

- Ferme derrière moi. Et à moins que je te l'demande, tu n'ouvres pas ! Tu as bien compris ? Tu n'ouvres pas ! Éléonore ?

Sa fille acquiesça, mais il ne fut pas convaincu qu'elle lui obéirait. Il fit quelques pas sur la terrasse.

- Hé ! cria-t-il d'une voix forte et claire en direction de la silhouette que la chienne retenait prisonnière. À moins que ce ne fut le contraire…

- Lula ! Lula lâche ! cria-t-il à la chienne. Lâche ! Veux-tu lâcher ?!!! Lula !

La masse sombre s'était redressée en l'entendant crier et la chienne se retrouva soudain suspendue par la gueule. Seules ses pattes postérieures adhéraient encore au sol humide. C'est ce moment précis que choisit un rayon de lune pour venir baigner de sa lumière fantomatique le carré de pelouse tapissant la propriété de "Gordon & fille", comme il le disait souvent. Cela faisait toujours beaucoup rire Éléonore.

Il se précipita dans le jardin, mais le spectacle qui s'offrit alors à lui stoppa net sa course. Les muscles de ses épaules se figèrent en une douloureuse crampe, modelée par l'effroi. La silhouette encapuchonnée avait tourné la tête vers lui, découvrant un visage crayeux, un visage de femme, dont les yeux sombres semblaient fendillés de petites veinules d'un rouge presque phosphorescent. Ce regard, profondément noir, dégorgeait d'une malveillance si enfiévrée, qu'elle propagea la crampe jusqu'aux muscles de son dos. De sa bouche entrouverte dégoûtait un liquide aqueux et noir. Il était parvenu à déborder la lèvre inférieure lorsque l'apparition l'essuya, lentement, du plat de sa main libre. C'est alors qu'elle laissa échapper un rire. Un rire qui le glaça jusqu'au plus profond de son âme. La mâchoire de Lula s'ouvrit, libérant l'étrange apparition et la chienne chuta lourdement sur le sol. L'instant d'après, il ne restait plus que Gordon et sa chienne dans le jardin.

- Ce n'est pas négociable Éléonore !!! Éclata-t-il.

Devant les yeux de sa fille, où se lisaient à la fois la surprise et la peur – de perdre sa chienne ou bien était-ce le cri de son père ? – Gordon se radoucit.

- Écoute, dit-il d'une voix douce. Je ne sais pas ce que cet individu a fait à Lula mais je ne peux pas courir le risque de la laisser dans la maison. S'il l'a empoisonnée, c'est terrible, mais imagine que ce soit autre chose et que, dans la nuit, elle pète un câble et nous attaque… Je ne peux pas courir ce risque. Tu es ce que j'ai de plus cher au monde. Ne me le demande pas… Pas ça.

Chapitre 7

Il avait plongé ses yeux dans le regard embué de larmes de sa fille en disant ces deux derniers mots. Éléonore soutint ce regard franc et sincère. Elle savait l'enjeu que représentait sa sécurité pour son père. Elle jeta un coup d'œil à l'animal qui haletait, couché sur le flanc, et dont les membres se perdaient dans une pantomime de course éperdue dans le vide. Elle hocha imperceptiblement la tête.

Gordon saisit la chienne par les pattes et la traîna jusqu'à l'ouverture qui marquait l'entrée de la petite maison de bois au-dessus de laquelle était écrit en lettres rouges « Lula's Home ». Il fit attention que sa tête ne heurte pas le rebord en bois qui l'isolerait de la froidure du sol. Il fit même l'effort d'aller chercher une couverture, dans laquelle il enveloppa le Bas-Rouge. Mais bien qu'il n'aimait pas voir souffrir une bête, ce n'était pas vraiment pour elle qu'il le faisait.

Il lui avait posé sa muselière et choisit de la lui laisser. Quoiqu'il se passe, Lula ne mordrait plus personne avant qu'il soit fixé sur son sort. Il contempla un moment le canidé gisant comme un sac de linge sale sur le sol de sa niche, puis finit par éteindre la lumière et ferma à double tour derrière lui.

Éléonore l'attendait en haut des escaliers. Il la prit dans ses bras tandis qu'elle grelottait de sanglots contre sa poitrine. Il l'embrassa.

- Ça va aller ma chérie. Ça va aller…

Le sépulcre de cristal

Il n'en croyait pas un mot. Elle non plus.

Lorsque son réveil sonna, Gordon resta un long moment les yeux ouverts, le regard perdu dans la contemplation des souvenirs de la nuit. Tout cela s'était-il vraiment passé ? Les évènements de la veille étaient-ils réels ou avait-il fait un mauvais rêve ?

Il s'était finalement levé et s'était rendu, comme chaque matin, dans la cuisine pour y préparer le chocolat d'Éléonore. Mais, pour la première fois depuis que, par la force des choses, il avait récupéré la garde de sa fille, il avait dérogé au rituel "bol, lait, micro-onde, chocolat en poudre". Il s'était approché de la porte vitrée qui donnait sur le jardin à droite duquel, contre la haie de buis, se dressait la niche de Lula. Il avait relevé le volet roulant et l'avait suivi du regard jusqu'à ce que la pâle clarté matinale ait pris ses quartiers dans le petit salon en désordre. Il soupira et s'obligea à regarder dehors, prêt à toutes les éventualités : une procession de voisins furieux, des représentants de l'ordre public ou, plus simplement, le cadavre de son chien qu'il avait laissé là, au milieu de la nuit.

Ébloui par la lumière du jour naissant, il attendit que ses yeux s'habituent. Puis il parcourut du regard la petite étendue d'un vert relativement clair, encadrée par des murs végétaux

Chapitre 7

d'un vert un peu plus foncé. Pas de voisin en colère à l'horizon, mais il ne fallait pas s'y fier. Pas de policier non plus, et ça, c'était plutôt bon signe. Et, dans l'encadrement de la petite porte, découpée sur l'un des quatre murs en bois de la petite maison, Lula dormait, paisiblement, la tête posée ses deux pattes avant, gentiment croisées devant elle.

À partir de ce jour, le comportement de Lula changea. La jeune chienne semblait assagie. Plus de cavalcade délurée où elle manquait de renverser un vélo sur son passage, plus de jappement intempestif lorsqu'un quidam passait à proximité et surtout, plus un seul hurlement nocturne. Elle devint même l'attraction du quartier. Pour les enfants d'abord. Puis les adultes, eux-mêmes, se laissèrent prendre au jeu. Il suffisait de dire "Bonjour Lula !" et, systématiquement, la chienne s'asseyait sur son derrière, hochait une fois la tête et levait la patte dans un geste de salut. Les promenades devinrent interminables car Lula mettait un point d'honneur à répondre poliment à chaque salut qu'on lui adressait. Et ils étaient nombreux. Mais cette lenteur était compensée par le grand sourire qui illuminait le visage, d'habitude si triste, d'Eleanor, à chaque fois que sa chienne faisait son petit manège tant apprécié.

À partir de ce jour, les relations de Gordon avec ses voisins changèrent du tout au tout. La vie s'organisa avec sérénité.

Le sépulcre de cristal

Finalement, Lula devint la meilleure chose qui leur soit arrivée depuis que la mère d'Eleanor avait choisi d'en finir.

La chienne, populaire comme ne l'avait jamais été aucun habitant de la commune, faisait pâlir d'envie les dresseurs les plus éminents et les plus reconnus. Son comportement, doux et obéissant… Sa soudaine et pérenne empathie pour les chats du quartier qu'elle laissait même dormir près d'elle dans sa niche… Tout concordait dans son tempérament, tout à la fois docile et protecteur. À l'exception d'une chose. Une seule. La chienne ne supportait plus d'être attachée à la lourde chaîne, fixée au sol par un piquet, à quelques mètres de sa niche. Dès que Gordon s'approchait du mousqueton, qu'il fixait pourtant avec une facilité déconcertante à son collier d'habitude, son poil se hérissait et ses babines retroussées laissaient poindre les crocs aigus qui dentelaient sa gueule. Il avait fini par renoncer.

Jamais Lula ne constitua plus une menace dans le quartier. Pour personne. Depuis cette fameuse nuit, Gordon dormit du sommeil du juste, il finit même par la chasser de ses souvenirs. Il rangea la chaîne dans un coin du garage et arracha le piquet, dont il oublia jusqu'à l'existence, au bout de quelques temps. Il ne put cependant jamais oublier le rire de cette femme mystérieuse et l'entendit souvent raisonner au cœur de ses pires cauchemars. Le rire coïncidait toujours avec le moment où, tremblant d'émotion et baigné de sueur, il s'éveillait en sursaut,

Chapitre 7

croyant entendre Lula aboyer. Il ne l'avoua jamais. À personne. Mais ces nuits-là, il n'osa plus jamais descendre pour jeter un coup d'œil dehors.

Pourtant, s'il s'était armé de courage, il se serait aperçu que, chaque nuit de cauchemar, la chienne disparaissait.

Chapitre 8

Lorelei avait passé une bonne partie de la journée, allongée sur le sol matelassé de la couveuse, les bras repliés sous sa tête, à scruter le plafond sans étoile. Lorsqu'elle avait compris qu'ils allaient l'enfermer jusqu'à la nuit suivante, elle avait voulu protester. Mais les deux frères avaient été très clairs : elle n'avait pas le choix. "Trop fraîche." Avait ajouté Tom. Elle n'avait pas demandé de précision, pensant avoir globalement saisi le sens de sa pensée. Et elle n'avait pas protesté davantage. Son tête-à-tête avec le dénommé Jimmy et la brutalité dont il avait fait preuve avaient au moins eu le mérite de lui inculquer la prudence. Et dire que c'était le plus posé de tous ceux qu'elle avait pu… disons, entrevoir… ou même, sentir entre… Elle secoua la tête pour chasser les images qui se mirent à danser devant ses yeux avec un plaisir sadique.

Elle avait pu mesurer à quel point cet univers devait être dangereux. C'est pourquoi, elle avait accepté son sort, avec une docilité affligeante et s'était laissée enfermer dans une pièce sans autre issue que celle qu'ils avaient verrouillée à double tour en partant. Mais il n'y avait pas que ça. Car, bien qu'elle ne se soit jamais vraiment intéressée aux romans ou autres films fantastiques, elle connaissait les bases du folklore touchant aux revenants. Et la terreur que lui inspirait l'éventualité de devoir dormir dans un cercueil avait joué son rôle dans l'acceptation pleine et entière de la solution proposée par les deux frères. Elle n'avait rien dit, ni même posé de question, ne voulant surtout pas leur suggérer l'idée d'une mauvaise plaisanterie allant dans ce sens. "Essaie de te reposer, une longue nuit nous attend demain" avait simplement dit Jimmy. "Bonne journée ! Fais de beaux rêves mon ange…" avait rajouté Tom, visiblement très satisfait par ce trait d'humour si maternel qui pourtant n'avait rien d'improvisé, Lorelei en était certaine.

Maternel. Lorelei repensa au songe qu'elle avait fait durant son sommeil artificiel de la veille. Sa mère était là. Elle l'avait presque sentie lui caresser la joue, comme elle le faisait souvent : c'était son geste le plus tendre et, petite fille, Lorelei adorait le contact de ses doigts fins et toujours légèrement frais sur son visage. Mais pas cette fois. Pas cette dernière fois.

Elle l'avait entendu lui parler et elle l'avait entendu pleurer. Elle n'avait aucune idée de ce qu'elle avait bien pu lui dire tant sa voix se brisait, sur des vagues de sanglots irrépressibles. Tout cela avait l'air si… lointain.

Chapitre 8

"Maman…" murmura-t-elle.

Ce n'était qu'un simple mot, le premier que l'on apprend, mais son cœur se serra lorsqu'elle l'eut prononcé. Quand la reverrait-elle ? Si elle la revoyait un jour… Car si tout ceci était bien réel, pourrait-elle s'empêcher de faire de sa mère une des leurs ? Et le lui permettrait-on ? Il lui semblait que rien n'était moins sûr. Et puis, dans le fol espoir que cela soit effectivement possible, est-ce qu'elle ne risquait pas de la tuer, tout simplement ? Elle se souvint soudain que sa mère croyait en Dieu. Encore une lubie que Lorelei avait déjà bien du mal à comprendre en temps normal. Alors maintenant… Son amour pour sa fille serait-il plus fort que celui qu'elle ressentait pour l'Être Suprême ? Accepterait-elle d'être damnée pour combler le vide que Lorelei ressentait à cet instant ? Est-ce qu'elle l'aimait seulement assez pour cela ? Et en supposant que ce soit le cas, l'aimerait-elle toujours sachant ce qu'elle était devenue ? Sachant que les cieux lui seraient désormais à jamais fermés ? Elle voulait croire que oui. Mais rien n'était moins sûr. Hélas.

Elle s'assit, comme s'il s'agissait là du meilleur remède pour chasser ces idées sombres, qui venaient de creuser de douloureux sillons à l'intérieur de son être. Elle releva un genou et s'y accouda, la main posée sur son front, comme l'on fait pour jauger une température anormalement élevée. Comme sa mère le faisait lorsque, petite, elle se plaignait de maux de tête pour ne pas aller à l'école. Parfois, elle était chaude, effectivement. Mais pas cette fois. La fraîcheur saisissante de son front répondit à la fraîcheur saisissante de sa paume. Elle laissa retomber sa main par-delà son genoux et la regarda se stabiliser au-dessus du vide. En temps normal, une marabunta de picotements plus ou moins intenses n'aurait pas tardé à envahir son bras. Elle attendit. Mais rien ne se passa. Elle attendit encore, tout en réfléchissant à sa situation présente. Sans en avoir conscience, elle passait et repassait sa langue sur les fourreaux pulpeux de sa lèvre inférieure, ceux qui contenaient les précieux appendices propres aux créatures des ténèbres, dont on voulait lui vendre l'existence. Et sa nouvelle appartenance.

"Bande de tarés" pensa-t-elle. Même si, tout au fond d'elle-même, elle devait bien admettre qu'elle commençait à douter. "Un vampire. Tu comprends ? Tu es un vampire, Lorelei." C'est ce que Jimmy lui avait glissé à l'oreille avant de lui faire signe en direction de la porte de la couveuse, qu'ils lui avaient spécialement réservée pour l'empêcher de… De quoi, au juste? Avaient-ils peur qu'elle morde quelqu'un ?

Cette seule idée la fit sourire et elle sentie immédiatement le dard d'une déchirure au niveau des fourreaux. La nature, ou plutôt sa forme de négation la plus intense, semblait avoir décidé que sourire serait le lot de ceux qui possédaient encore la capacité d'apparaître aux yeux de Râ…

Chapitre 8

Râ. Le département d'Égypte. La plus belle rencontre de sa vie au milieu des vestiges d'une civilisation disparue. Elle aurait peut-être dû y voir un signe. Mais tout cela lui semblait si loin. Son sourire mourut sur ses lèvres et avec lui, la déchirure et la légère douleur qu'il avait engendrées.

Son esprit revint à la pièce qui lui servait de cellule. Elle s'appliqua à en détailler chaque pan de mur. Mais ils se ressemblaient tous. Dépitée, elle se laissa retomber en arrière, sur les coudes, dans une position qui lui rappela celle qu'elle adoptait systématiquement sur le sable fin des plages où elle allait durant les vacances d'été. Reverrait-elle jamais ce soleil qui lui dorait si joliment la peau ? Le mythe était-il vrai ? C'était probable.

Mais la question la plus importante à se poser dans un moment pareil s'imposa soudain à elle, comme évidence à laquelle elle n'avait pas songé: reverrait-elle un jour – une nuit ! – l'extérieur de cette cellule ? Ou même l'extérieur de ce bâtiment, de ce repère de dégénérés ? Dégénérés dangereux. Dégénérés dangereux et... immortels ? Le destin avait quand même bien dû prendre son pied quand il l'avait vu faire demi-tour vers le café et revenir sur ses pas... Et maintenant, que lui réservait-il ?

Le sépulcre de cristal

Lorelei sursauta en entendant le cri rauque de la lourde porte que l'on déverrouillait de l'extérieur. Malgré sa profonde angoisse et les nombreux sujets de réflexion qui l'avaient agitée une bonne partie de la nuit – de la journée !! – elle ne s'était pas sentie partir et s'était assoupie, d'un sommeil sans rêve. Elle se redressa d'un bond, et bras et jambes s'accordèrent pour la traîner en arrière avant même qu'elle ait retrouvé ses esprits et donné l'ordre à son corps de se lever. Quelle chose fabuleuse que l'instinct de survie ! Elle alla se tapir dans l'angle le plus éloigné de la pièce et attendit, le cœur battant – ah oui, non, c'est vrai – en proie à une frayeur qu'elle ne chercha pas à dissimuler. Elle se tint là, immobile, prête à bondir.

Prête à bondir ? Voilà qui était étrange.

La porte s'ouvrit et elle vit Tom sauter dans la pièce, bras écartés tel un clown entrant en scène et visiblement prêt à recevoir les acclamations du public. Devant le silence glacial qui l'accueillit, il haussa les épaules et, avec une moue trop appuyée pour être sincère, abandonna la pose.

- Alors la belle au jour dormant ? Bien dormi ?

Il fit bondir ses sourcils plusieurs fois et s'approcha d'elle en arrondissant la bouche.

Chapitre 8

- Un p'tit bisou au prince charmant ???

Lorelei se surprit à sourire et s'étonna de ne ressentir, cette fois, aucune douleur lorsque ses lèvres s'étirèrent. Elle crut deviner pourquoi. Aucune trace d'attendrissement ne venait ternir ce sourire, amusé certes, mais qui, selon elle, devait davantage ressembler à un rictus narquois qu'à autre chose. Une théorie qu'il lui faudrait vérifier. Quand elle serait en sécurité, très loin d'ici.

- Joli, lança Tom, admiratif devant cette bouche qui ne s'était pas fendue sous l'effort.

Méfiante, Lorelei ne répondit pas. Il avait pourtant l'air sincère… Décidément, les premières minutes de la matinée – comment fallait-il dire ? Du début de la nuitée ? – étaient pleines de surprises. Elle choisit d'essayer de se détendre. Pour une raison qu'elle ignorait, la confrontation avec le vampire un peu dingue l'impressionnait beaucoup moins que la veille. Tom sembla le remarquer, bien qu'il n'en souffla pas mot ; cela avait même l'air de vraiment le réjouir.

- Cadeau ! s'écria-t-il en libérant sa main droite qu'il avait furtivement glissé derrière son dos sans même qu'elle s'en aperçoive.

Lorelei resta interdite et afficha un second sourire sans douleur. Expression d'une profonde satisfaction. Le jumeau fou tenait dans sa main l'accessoire indispensable à son quotidien et auquel elle attachait tant d'importance. Elle qui croyait les avoir perdues…

Elle se leva d'un bond, approcha prudemment de Tom et saisit timidement la paire de bottes qu'il lui tendait. Elle pensa un instant qu'il n'allait pas les lâcher, ou bien qu'il profiterait de cette proximité pour lui jouer un mauvais tour. Mais, à sa grande surprise, Tom se contenta de lâcher l'objet de sa convoitise et recula même d'un pas. Lorelei recula aussi mais à peine. Elle s'assit et enfila avec un infini plaisir la paire de bottes impeccablement cirées, dont les talons étaient toujours armés de leurs fléaux métalliques. Une fois chaussée, elle bondit sur ses jambes et faillit basculer sur le sol mou et matelassé de la pièce. Tom voulut l'aider à retrouver son équilibre, mais elle eut un geste de recul à son approche. Résigné, Tom se fendit alors d'une révérence et dégagea l'accès à la porte, qu'il avait volontairement laissée ouverte.

- Hé ben, approche, l'encouragea-t-il voyant qu'elle regardait la porte sans oser bouger, j'vais pas t'bouffer, t'inquiète ! D'ailleurs, s'il y a un truc, un seul, qui ne doive pas t'inquiéter, c'est celui-là ! De ce côté-là, t'as rien à craindre. On se bouffe pas entre nous sinon… comment dire…

Il réfléchit, un doigt posé sur ses lèvres soudainement étirées dans un effort de concentration intense.

Chapitre 8

- Sinon c'est putréfaction instantanée ! Tu vois ce que je veux dire ?

Devant les grands yeux verts subitement remplis d'interrogation, il poursuivit :

- Tu vois le principe de la combustion spontanée ? Ben c'est à peu près la même chose… Mais en putréfaction, quoi ! Tu peux bouffer à peu près ce que tu veux et surtout, qui tu veux ! Dans l'absolu, parce qu'il y a des règles ici, mais j'y reviendrai plus tard. Mais interdiction formelle de te risquer à essayer de bouffer l'un d'entre nous. De notre espèce, je veux dire… Cela provoquerait une sorte de réaction chimique et tu commencerais à pourrir de partout, instantanément ou presque. Et pareil pour le mec qui t'auras servi de hors-d'œuvre.

Lorelei ne le lâchait pas du regard. Tom se demanda si elle comprenait bien tout ce qu'il lui disait.

- Tu vois ce que je veux dire ? Demanda-t-il pour s'en assurer.

Elle hocha timidement la tête. Il crut bon d'ajouter :

- Et après ça, tu deviens une espèce une bête féroce complètement tarée, qui ne reconnait rien ni personne et qui ne pense plus qu'à une chose : bouffer tout ce qui lui tombe sous la dent. Bouffer de la chair vivante, ça ralentit le processus il parait. Mais ça ne change rien au problème de fond : une fois que tu mords ou que tu es mordue, c'est fini pour toi.

Il opina du menton, n'arrivant visiblement pas à trancher la question de la capacité de Lorelei à comprendre ce qu'il lui racontait. Lorelei s'en aperçut et décida de le rassurer, de la manière qu'il affectionnait le plus :

- Moi pas manger toi, ni personne qui, comme nous, a les crocs beaucoup longs. J'ai bon ? Demanda-t-elle, les yeux soudain parfumés de malice et d'un zest de provocation.

Le sourire dont il se fendit pour toute réponse lui fit ravaler sa témérité. Lorelei jura intérieurement que, plus jamais, elle ne se risquerait à jouer sur le terrain de prédilection de cet individu. Il lui tendit pourtant la main dans un geste tout ce qu'il y a de plus amical et lâcha, d'un ton affable :

- Prenez ma main, mon ange déchu, et laissez-moi vous faire découvrir vos nouveaux appartements.

Elle se risqua à oublier son appréhension, s'approcha de Tom et posa délicatement sa paume, puis ses doigts sur la main que lui tendait son compagnon démoniaque. Il replia son autre bras derrière son dos et, tel un marquis qui accompagne sa promise à la promenade, l'entraîna vers la porte.

Au moment où il s'écartait pour la laisser franchir le seuil, Tom l'attira vers lui et lui roucoula à l'oreille un :

Chapitre 8

- Et mon bisou ????

Elle lui jeta une œillade sans sourire et se dégagea de son emprise. Elle regarda par l'ouverture et avança, sans hésitation, aucune.

En franchissant la porte, elle ne put s'empêcher de penser qu'elle laissait derrière elle une partie de son humanité.

Jimmy attendait dans le couloir sans issue qui menait à la couveuse.

Décidément, ces deux-là ne se quittaient jamais, pensa Lorelei. Mais elle ne s'aventura pas à formuler sa remarque à haute voix. Malgré son nouvel aplomb, qui la surprenait beaucoup d'ailleurs, elle restait prudente. Il le fallait. Jimmy l'avait observé lorsqu'elle avait passé la porte. Il n'avait manqué aucun de ses gestes et avait détaillé son visage comme un orfèvre détaille un bijou de collection. Lorelei vit un sourire de satisfaction se peindre sur ses traits. Elle n'aurait jamais imaginé que celui-là sache sourire. Encore une surprise. Elle était décidément gâtée ce matin. Cette nuit. Enfin… Bref.

Elle remonta le couloir, flanquée de ses deux gardes du corps. A moins qu'il ne s'agisse que d'Escort boys, moins chargés de sa sécurité que là pour l'aider à faire son entrée dans

Le sépulcre de cristal

le monde des morts qui marchent. Les morts qui marchent. Elle pensa aux morts-vivants que combattait Rick Grimes. Elle préférait de loin sa transformation à elle, moins avariée, en guise de cadeau de bienvenue dans l'immortalité. Cette réflexion lui arracha un sourire et elle sentit presque instantanément sa lèvre se fendre, puis la plaie se refermer. Mais cette fois, elle n'y fit à peine attention : ils venaient de dépasser le couloir et de pénétrer dans le hall de l'institut.

Lorelei aurait eu bien du mal à décrire la pièce si on le lui avait demandé : un seul élément absorbait à lui seul toute l'attention dont elle était capable : la porte qui menait à l'extérieur. Prudence néanmoins, ce n'était pas le moment de s'élancer vers la sortie sans réfléchir…Combien même elle réussirait à fausser compagnie aux deux clones, elle n'était pas certaine d'échapper aux autres, tapis quelque part, peut-être prêts à se jeter sur elle. Sa mère lui avait dit un jour de se méfier, qu'il y avait des yeux partout et que, même si on ne voyait personne, il y avait toujours quelqu'un, quelque part. Se pouvait-il que la ligne de prudence de sa mère ait traversé la limite entre le monde des vivants et celui des morts ? "Aïe" songea Lorelei en se sentant sourire.

La porte extérieure s'ouvrit brusquement, avec une violence qui visiblement n'était pas habituelle en ces lieux. Lorelei entendit des pas. Ils venaient de toute part et se dirigeaient vers

Chapitre 8

eux. Sans s'en rendre compte, elle se colla aux jumeaux. Ils firent semblant de ne pas le remarquer.

Un flot de cadavres pâles et resplendissant d'une énergie insultante se déversa dans le hall. En quelques instants, l'endroit se mit à grouiller de morts qui, une fois tous rassemblés, se turent et attendirent. Lorelei n'eut pas le temps de se demander ce qu'ils pouvaient bien attendre. Elle vit la silhouette d'un homme s'encadrer dans l'embrasure de la porte béante. C'était un homme grand, ténébreux et dont la seule présence semblait glacer d'effroi l'assemblée. Son regard noir scruta la foule qui s'était rassemblée et s'arrêta sur les jumeaux. Lorelei sentit que Jimmy la prenait par le bras et l'entrainait vers ce qui devait être le vampire dominant de la meute. Terrorisée, elle le suivit sans résister. Il la planta devant lui et rompit le silence d'une voix forte, afin que chacun puisse l'entendre.

- Voici Lorelei, dit-il, notre nouvelle-née. Lorelei, je te présente notre maître à tous, Dunkan.

Il recula et la laissa seule face au maître des lieux. Ce dernier lui sembla aussi imposant qu'une montagne. Voyant l'effet qu'il produisait sur la Juvénile, Dunkan sourit, d'un sourire carnassier et sans chaleur, qui ne manqua pas de remplir la nouvelle-née d'effroi. Elle le vit la détailler de la tête aux pieds. Une fois qu'il eut terminé, il la contourna, décrivant autour d'elle un cercle lent. Ses pas résonnaient aux oreilles de Lorelei comme le glas de l'Ankou. Elle ferma les yeux et il lui sembla que son être se vidait de sa substance.

Lorsqu'elle les rouvrit, elle se demanda si elle ne s'était pas évanouie un court instant. Dunkan avait terminé son inspection et il lança à l'intention de Jimmy et Thomas :

- Des nouvelles du petit frère ?

- Aucune, répondit Jimmy en secouant la tête. Mais la couveuse était occupée la nuit dernière. Je suppose que Glenn doit l'y avoir déposé.

Dunkan sembla réfléchir. Il jeta un coup d'œil à la foule qui semblait animée d'un désir impérieux dont elle ignorait la substance.

- Bien, trancha Dunkan, souhaitons comme il se doit l'arrivée de notre nouvelle-née !

Un murmure de satisfaction s'éleva de la foule. Dunkan quitta la pièce, avec trois autres vampires que Lorelei ne connaissait pas. L'ambiance devint plus légère et une forme d'enthousiasme se peignit sur les visages de cendre qui peuplaient la pièce. Une horde de vampires envahit la nuit, déferlant par vagues dans la rue, chacune prenant une direction différente. Ils finirent par rester seuls, tous les trois.

Tom tendit son coude replié à Lorelei.

Chapitre 8

- Mon bras, Madame ? lui lança-t-il avec un regard interrogateur.

- Mais certainement, très cher ! Miaula-t-elle en refermant ses doigts sur l'intérieur de celui-ci.

Ils entendirent Jimmy soupirer et partirent d'un grand éclat de rire. Lorelei se sentit gonflée d'une énergie nouvelle. Il y avait pourtant quelque chose de changé dans ce rire, quelque chose de démoniaque, dont elle ne se serait jamais crue capable.

Ils traversèrent Paris dans une voiture si classique que Lorelei crut à une plaisanterie lorsque Jimmy y inséra la clé. Elle aurait cru les immortels plus enclin à l'ostentatoire et au luxe. "Inutile d'attirer l'attention" avait simplement répondu Jim à la question muette qu'il avait lue sur son visage. Ils s'enfoncèrent dans le cœur de Paris. Au bout du trajet qui lui sembla très court, Lorelei descendit du véhicule de fortune et suivit les jumeaux dans la nuit, sans lune et sans étoile. D'épais nuages s'étaient rassemblés et semblaient tergiverser sur l'opportunité d'une bonne averse. Lorsque les jumeaux s'arrêtèrent, Lorelei les imita. Comme un seul homme, ils se tournèrent vers un bâtiment. Lorelei leva les yeux.

Le sépulcre de cristal

C'était un hôtel particulier, haut de deux étages et qui affichait avec insolence une indépendance dont les bâtiments alentours ne pouvaient se targuer. Ces derniers semblaient le toiser de toute leur mitoyenneté dépitée. Un feuillage dense l'entourait et Lorelei songea qu'elle aurait bien du mal à en reconnaître toutes les essences, si savamment assorties. Une petite allée de pavés bien entretenus conduisait à une entrée, petite elle aussi. Lorelei saisit la poignée du minuscule portillon vert acier sur lequel un panneau mettait en garde les curieux : " Propriété Privée – Défense d'Entrer". Elle hésita en découvrant un deuxième panneau, planté lui sur un piquet juste à l'intérieur de la propriété. "Attention aux CHIENS" prévenait-il. Elle jeta un coup d'œil interrogateur à Tom qui répondit par la négative d'un signe de tête. Le portail ne grinça pas quand elle l'ouvrit. Ils entrèrent.

Après avoir soigneusement refermé le portillon que les jumeaux auraient presque pu enjamber sans effort, Lorelei prit la courte allée qui menait à une salve de trois marches. "Il n'y a pas de sonnette" fit-elle remarquer. Pour toute réponse, Tom lui prit les épaules et la fit se décaler d'un pas vers la droite, sur la plus grande des pierres qui composait le mini-escalier. Lui-même prit position sur la deuxième marche, complètement à gauche cette fois. Jim se hissa sur la dernière, bien au-milieu. On entendit le claquement discret d'un mécanisme et la porte s'ouvrit de quelques centimètres.

Chapitre 8

- Si Madame veut bien se donner la peine…, roucoula Tom, mais avec un entrain moins marqué que celui dont il était capable.

- On ne prévient pas de notre présence ? demanda Lorelei, étonnée de ce manque de savoir-vivre manifeste.

- Ils sont déjà prévenus, répondit Jim. Ils nous attendent.

Il y avait dans sa voix quelque chose que Lorelei n'aimait pas, une sorte de satisfaction mal assumée comme s'il attendait qu'elle se jette d'elle-même dans un piège. La gueule du loup était entrouverte, elle ne pouvait plus faire demi-tour. D'une main ferme, elle ouvrit la porte et s'avança, lentement mais résolument, dans cet antre sombre qui allait devenir le théâtre d'événements qui allaient marquer le clan maléfique au fer rouge.

Lorelei avança dans la pénombre, dans ce qu'elle pensa être l'entrée du bâtiment qui lui parut immense tant l'écho de ses pas était profond et persistant. Quand elle eut fait quelques pas, elle entendit la porte d'entrée se refermer derrière elle. Un frisson de panique la traversa quand son regard fut attiré par une lueur bleutée, qui se reflétait en kaléidoscope sur la voute d'un plafond en alcôve. Elle vit s'allumer une à une les alvéoles de ce plafond étrange, semblable à une ruche ou à un nid de guêpes. Une fois toutes les alvéoles éclairées, une lumière cristalline s'alluma et vint consteller la pièce de reflets voluptueux. Lorelei resta sans voix devant la magnificence de l'endroit.

Ce ne fut que lorsque ses yeux se furent habitués à ce clair-obscur savamment orchestré, qu'elle remarqua sur le sol et les murs, les tâches noirâtres si particulières que laissent des doigts ensanglantés.

- Montons, dit Jim en l'entraînant vers un escalier qui longeait fidèlement les murs de la pièce et qu'elle n'avait jusqu'alors pas remarqué. Ils ne vont pas tarder.

Elle le suivit, docilement, mais tout en ayant beaucoup de mal à détacher ses yeux des traces sanglantes qui laissaient deviner un scénario intriguant et sans le moindre doute, morbide. Elle prit garde à relever les talons afin de ne pas risquer de glisser sur les marches de marbre veinées de bleu. Ils arrivèrent au premier étage, devant un épais rideau de velours rouge, qui n'était pas sans rappeler à Lorelei celui qui l'avait tant fasciné lorsqu'elle était allée applaudir *Dom Juan*, sur la scène de la Comédie Française. Elle était au lycée à l'époque. Au lycée… Que cela lui semblait désuet à présent… Mais elle n'eut pas le temps de pousser plus loin sur le sentier des souvenirs. Le rideau s'ouvrit en son milieu pour les laisser entrer dans une salle étroite et toute en longueur, aussi fidèle à la forme du bâtiment que l'étaient les escaliers. Un néon bleu barrait le plafond sur toute la longueur de la pièce. Lorelei comprit qu'il

Chapitre 8

était à l'origine de la coloration des alvéoles. La pièce donnait sur un mur transparent, par lequel on distinguait très nettement le hall de l'hôtel. Lorelei comprit qu'il s'agissait d'un miroir sans teint, permettant à l'assemblée de voir, sans être vue.

L'espace de la petite pièce était noir de monde. D'instinct, elle comprit qu'il s'agissait des vampires de l'institut. Un murmure de satisfaction s'éleva de la foule lorsqu'ils entrèrent. Lorelei se demanda par la suite si ce murmure lui était adressé, à elle, ou s'il n'était que la traduction de l'enthousiasme ambiant pour ce qui allait suivre. Au fond d'elle-même, elle espérait quand même qu'une part de ce murmure lui revenait de droit.

Les visages d'une pâleur cadavériques s'étaient tournés vers elle lorsqu'ils avaient franchi la frontière de velours. Ils l'observèrent un long moment d'un œil à la fois, curieux pour la plupart, amusé pour certains et malveillant pour tous - Leur naturel, rien de plus, songea Lorelei. Elle leva les yeux et s'aperçut que ceux qui n'avaient pas trouvé de place au sol couvraient les murs et certains même, le plafond. On aurait dit de petites poupées qu'une habile couturière aurait agrémentées d'aimants à certains endroits du corps. La seule chose qui les en différenciait était leur capacité à se mouvoir sur les parois avec une facilité déconcertante.

C'est alors qu'il y eût un grincement sourd. Les portes de l'entrée s'ouvrirent, et avec elles deux pans du miroir sans teint.

Le sépulcre de cristal

Lorelei, qui ne s'y était pas intéressée jusque-là, s'en approcha et pu constater qu'il offrait une vue imprenable sur le hall. Elle entendit un bruissement et constata que mur et plafond s'étaient vidés presque instantanément : les ouvrières avaient pris rang pour l'arrivée de leur reine.

C'est à ce moment que Dunkan fit son entrée. Lui aussi était flanqué d'Escort-Boys dont l'attitude ressemblait à s'y méprendre à celle de Jimmy et Thomas. Lorelei n'était pas certaine que leur présence se justifiait. La reine de la ruche semblait, à première vue, très capable d'assurer seule sa protection.

Grand et noueux, Dunkan en imposait décidemment. Ses cheveux courts et noirs comme le fond d'une grotte, soulignaient particulièrement la pâleur de son teint, pourtant leur lot à tous. Il avait la démarche assurée d'un homme de pouvoir, et qui l'assume pleinement. Sa tenue contrastait assez peu de celles que l'on voyait portées par des hommes d'une trentaine d'années qui, espérant en paraître vingt, restent immuablement abonnés au jean classique et tee-shirt délavé. Une paire de bottes, armée de coques et de boucles d'acier au niveau de la cheville, hurlait « Eh, j'suis un rebelle », venait compléter l'ensemble. "Espèce de beau" ne put s'empêcher de penser Lorelei. Et elle sursauta lorsqu'elle entendit Jimmy lui chuchoter à l'oreille :

- On lit sur ton visage comme dans un livre ouvert. Méfie-toi. Dunkan est bien plus dangereux qu'il en a l'air.

Chapitre 8

Lorelei resta stupéfaite. Elle ne l'avait pas entendu s'approcher.

Elle ne répondit pas mais l'avertissement de Jimmy l'avait mise mal à l'aise. Non pas que la menace l'ait effrayée, mais que Jimmy ait pu deviner ce qu'elle pensait au moment précis où elle le pensait la dérangeait au plus haut point. Était-ce vrai que son visage trahissait tous les secrets de son esprit ? C'était peu probable. Il avait de la chance. Uniquement de la chance. Car si ce n'était pas le cas, la perspective d'être continuellement percée à jour ne la réjouissait que fort peu et compromettait salement ses chances de survie dans ce milieu, monstrueux et hostile. Une fois encore, elle ne put pousser plus loin la réflexion. Les Escort-Boys venaient de se diviser en deux groupes et chacun empruntait l'escalier qui se trouvait le plus à proximité. Seul Dunkan demeura au centre de la pièce.

Une fois les accompagnateurs arrivés en haut de l'escalier, une main invisible actionna un mécanisme bruyant qui venait du sol. Lorelei vit le sol s'ouvrir au pied de Dunkan et des lames d'acier en sortir et se déployer en un escalier, qui vint se positionner à l'endroit précis, où les pans du miroir s'étaient ouverts. Ce devait être un scénario bien réglé mais cela n'enlevait rien à l'effet que cela produisait. Ou bien peut-être était-ce parce qu'elle y assistait pour la première fois ? Elle jeta un œil sur l'assemblée figée dans un pieux respect : elle semblait tout aussi impressionnée par la scène qu'elle-même. « Pas entièrement une bleue » songea-t-elle, rassurée.

Dunkan s'engagea sur l'escalier, d'une démarche lente et assurée : celle du despote qui se sait craint et qui y trouve une satisfaction qu'il ne cherche pas à dissimuler. La foule le suivit du regard et se tassa un peu afin de lui laisser assez d'espace une fois entré dans la salle. Derrière lui, les marches s'ébrouèrent et réintégrèrent le sol dans un grincement métallique légèrement plus aigu que lors de leur montée. Une fois l'escalier rangé, le sol se referma et avec lui, la plaie qui s'était ouverte dans la glace sans teint qui constituait le quatrième mur de la pièce. Lorelei avait les yeux désormais rivés sur Dunkan. Ce dernier lui fit signe d'approcher, ce qu'elle fit, non sans appréhension.

Il attendit qu'elle se soit placée à son côté et embrassa la pièce d'un seul regard. Un sourire mauvais vint relever la commissure de ses lèvres. L'armée de visages blafards attendait dans un silence de mort. La tension était presque palpable.

- Êtes-vous prêts pour le spectacle ? demanda-t-il d'un ton détaché qui n'avait rien de sur-joué.

Pour toute réponse, un sourire carnassier vint barrer le visage de la cinquantaine de convives maléfiques. Il se peignit instantanément sur tous les visages. Sauf un. Lorelei n'avait pas cillé, se demandant toujours en quoi pouvait bien consister la petite sauterie macabre qui se préparait. Dunkan tourna

Chapitre 8

instantanément les yeux vers elle et les quelques vampires qui se trouvaient près d'eux s'écartèrent. Jimmy et Thomas vinrent se placer derrière Lorelei qui sentit son être se figer de terreur.

- À y regarder de plus près, voilà qui est tout à fait délicieux, grinça Dunkan. Et à qui devons-nous ce plat de maître ? lança-t-il avec un regard interrogateur aux jumeaux.

Il y eut comme un frisson gêné qui sembla traverser la pièce. Jimmy prit la parole, soulageant du même coup le mal-être ambiant.

- Glenn, dit-il simplement.

Lorelei vit la surprise couvrir les traits de Dunkan. Il en perdit presque le fil de la représentation.

- Glenn ? répéta-t-il, visiblement en proie à une foule d'interrogations qui n'avaient nul besoin d'être formulée.

Jimmy plissa les lèvres et inclina la tête, d'un air qui semblait à la fois vouloir dire que lui-même était surpris mais que les faits avaient été vérifiés et ne laissaient aucune place au doute.

- Et... où est-il ? demanda Dunkan

Un vampire que Lorelei n'avait pas remarqué fendit la foule, comme un aileron l'onde épaisse et bleutée, et se glissa prêt de Jimmy.

Le sépulcre de cristal

- Avec le petit frère. Pas tout à fait mûr, se crut-il obligé d'ajouter.

Dunkan hocha la tête d'un air satisfait. L'affirmation du squale remettait visiblement de l'ordre dans la confusion qu'avait créée l'identification du géniteur de Lorelei. La discussion autour de Glenn étant close, l'intérêt de Dunkan se porta de nouveau sur Lorelei. Elle aurait préféré que le mystère entourant les motivations de sa naissance au monde de la nuit, perdure encore un peu, car elle supportait mal ce regard insistant, qui la traversait de part en part comme une aiguille une motte de beurre. Mais une fois qu'il l'eut percée de part en part, Dunkan s'adressa à la foule en des termes qu'elle désignerait plus tard comme *sa tirade de bienvenue au nouveau-né*.

- Eh bien… Lorelei. Bienvenue dans ta nouvelle famille. Tu fais désormais partie de mon clan. Tu en apprendras rapidement les règles et les us.

Il jeta un imperceptible coup d'œil aux jumeaux.

- Jimmy et Thomas se chargeront de te les enseigner. J'ignore ce qui est passé dans la tête de Glenn, mais il est évident qu'ils feront un bien meilleur boulot que lui, compte-tenu de… - il se pencha vers elle - …des circonstances. Mais en attendant, ma Chère, afin de fêter l'arrivée d'une nouvelle recrue dans nos rangs, nous organisons ce que nous appelons dans

Chapitre 8

notre jargon une *Partie*. Pas besoin d'en connaître les règles, il suffit d'observer. Écorcheurs ?

La foule recula pour permettre aux interpellés de prendre rang devant Dunkan. Lorelei fut surprise de voir Jimmy et Thomas se ranger parmi ceux que Dunkan avait désignés sous le terme d'Écorcheurs. Ils étaient au nombre de six. Dunkan reprit à son attention.

- Lorelei, je te présente ceux que l'on nomme « les Écorcheurs » : Eammon, Sebastian, Lavastar, Tobias, Thomas et Jimmy que tu connais déjà. Glenn en fait également partie comme tu t'en doutes, sinon tu ne serais pas parmi nous cette nuit. Ils sont les seuls autorisés à créer d'autres vampires.

- Sais-tu ce qu'est une goule ? demanda-t-il à Lorelei.

Elle le savait, mais la peur l'empêcha de répondre.

- Une goule est un humain qui a été mordu mais qui ne deviendra pas un des nôtres. Il se crée un lien psychique entre la goule et l'Écorcheur qui l'a mordue. Un lien qui fait d'elle une parfaite et obéissante marionnette. L'esprit de l'Écorcheur remplace le sien et il a la possibilité d'entendre, de voir mais également de diriger cette dernière. Lorsqu'il brise le lien, la goule reprend le fil de son existence sans autre forme de procès, si l'on excepte un inévitable mal de tête.

Le sépulcre de cristal

Lorelei hocha la tête et sembla en déduire que cela satisfaisait pleinement Dunkan.

- Voilà tout ce dont tu devais être informée pour comprendre la suite. Nous allons pouvoir commencer. Lavastar ?

Le dénommé Lavastar, grand blond à la carrure impressionnante, que l'on aurait aisément pu trouver au casting d'un film de vikings, se fendit d'une légère révérence et la porte d'entrée s'ouvrit sur un homme, âgé d'une quarantaine d'années. Il referma consciencieusement la porte derrière lui et vint se positionner à l'endroit exact où Dunkan avait attendu son escalier privé. Il ressemblait assez à une statue grecque, tant il était harmonieusement ciselé. Lorelei regretta un instant qu'il ne soit pas entièrement nu afin de parfaire la comparaison, puis se souvint qu'hormis les satyres, aucune de ces statues ne méritaient d'intérêt, dans ce qu'elles avaient à offrir aux regards. L'Apollon resta là, parfaitement immobile, le regard fixe, comme victime d'un hypnotiseur. Grâce aux explications de Dunkan, Lorelei n'eût aucun mal à comprendre de quoi il s'agissait. Il n'y avait que la suite des évènements qui demeurait pour elle un mystère.

La main invisible déclencha un autre mécanisme et cette fois, ce fut des parois, ressemblant étrangement à des pierres tombales, qui sortirent lentement du sol. L'espace d'un instant, Lorelei s'attendit à entendre James Hetfield entonner son

Chapitre 8

célèbre « Master ! Master ! ». Les parois s'élevèrent lentement puis se figèrent, à deux mètres cinquante du sol. Lorelei s'aperçut qu'elles n'étaient pas toutes pleines, certaines étaient comme rongées par endroit. Il serait possible à l'Apollon de se glisser par certaines de ces ouvertures mais jamais, il ne pourrait passer par dessus ces murs sortis de l'enfer, dessinant un labyrinthe dont Lorelei devina quel genre Minotaure le hanterait. Apollon n'avait pas réagi aux grondements du sol et s'était docilement laissé enfermer au cœur du labyrinthe.

La voix de Dunkan s'éleva, sonnant un glas que la goule n'entendit pas.

- Lavastar, si tu es prêt… Que la Partie commence !

Chapítre 9

Alban ouvrit les yeux et fut surpris de ne pas se retrouver assis dans son lit. D'abord il ne vit pas grand chose, l'éclairage était assez faible et il ne devinait rien d'autre que des murs sombres partout où se posait son regard. Lorsque ses yeux se furent habitués à l'obscurité ambiante, il se découvrit dans une espèce de petite pièce confinée. On aurait dit un placard à balais. Sauf qu'il n'y avait aucun balai, rien que des pans de murs sombres. Qu'est-ce que c'était que ce bordel ? Où était-il ? S'était-on amusé à lui faire une mauvaise blague ?

- Ohé ! Appela-t-il, timidement d'abord. Son appel résonna plus que pouvait le permettre une pièce de cette taille. Il réitéra, plus fort cette fois. Même écho. Puis le silence.

Quoique… Au loin un petit bruit lui parvenait, comme un rire d'enfant, s'amusant à la marelle ou à la corde à sauter. Ce rire semblait se perdre dans le lointain. Alban décida d'essayer d'en trouver la source. Il se leva et commença à avancer, prudemment, tâtonnant autour de lui pour trouver son chemin sans risquer de se cogner. Le rire cessa. Alban s'arrêta et écouta attentivement.

- Y'a quelqu'un ? Petit, hé, petit ? lança-t-il.

C'est alors qu'il entendit un hurlement qui lui glaça l'échine et fit naître en lui un sentiment de panique, qu'il n'avait encore jamais ressentit avec une telle violence. C'était l'enfant. Il s'était mis à hurler. De terreur ou de douleur ? Il l'ignorait, mais il pressa le pas, tâtonna plus vite.

- Où es-tu ? Appela-t-il. Réponds-moi !!!

L'enfant ne répondit pas mais ses cris redoublèrent. Alban ne tâtonnait plus, il rebondissait sur les parois, cherchant son chemin, jurant quand celui qu'il empruntait l'éloignait de l'enfant. Il devait courir un épouvantable danger. Il fallait qu'il le trouve avant… Avant que quoi ?

Les cris se turent. Le silence se fit. Alban n'entendait plus que le râle de sa propre respiration, congestionnée par la terreur. Il murmura une prière, inaudible pour quiconque à par lui-même.

- Je vous en supplie… Je vous en supplie…

Et Dieu lui répondit. Du moins, il eut la faiblesse de le croire. Il entendit comme un pleurnichement, tout près. Il hâta le pas, il sentit qu'il était sur le point de s'évanouir, mais il tint bon.

Chapitre 9

Il le fallait. Il fallait qu'il sauve cet enfant de... de quoi au juste ?

Il se cogna le genou contre une paroi et laissa échapper un juron. Il prit le temps de masser son genou douloureux. Il n'avait pas le choix, la douleur l'irradiait et l'empêcherait d'avancer tant qu'elle ne serait pas calmée. Afin de ne pas perdre l'équilibre, il prit appui sur la surface Elle était dure et froide, comme toutes celles qui l'entouraient.

Les pleurs cessèrent. Il prit un instant pour jeter un coup d'œil à son genou meurtri, toujours traversé par des élans douloureux, comme seuls des chocs violents ou bien placés peuvent en provoquer. Mais sa maladresse lui apparut soudain comme un don du ciel. Il remarqua sur le sol, un timide faisceau de lumière qui formait comme une petite flaque. Il y avait une ouverture dans ce mur, assez large et assez haute pour qu'il puisse s'y glisser. Il se pencha, puis s'agenouilla, prenant garde à ne pas s'appuyer sur sa blessure encore fraîche. Il jeta un regard prudent par l'ouverture.

Tout d'abord, il ne vit rien. La lumière l'éclairait malheureusement lui, et pas les recoins de ce nouveau couloir. Il hésita. C'était risqué de s'exposer sans pouvoir s'assurer qu'aucun danger ne le guettait. Il y avait forcément quelque chose qui avait effrayé le gosse et ce quelque chose devait rôder alentour. Il allait renoncer lorsque des reniflements se firent entendre, tout près. Il se pencha de nouveau et cette fois, il crut distinguer dans un angle, une petite forme recroquevillée sur elle-même. Il écouta. Il n'y avait aucun doute possible: les reniflements émanaient bien de la petite masse accroupie dans l'angle droit du couloir.

- Psitt... Hé... Petit… Petit, viens par ici, n'aie pas peur, je suis là pour t'aider… Hé… Petit…

La masse sursauta mais ne bougea. Alban crut même la voir se tasser encore un peu plus sur elle-même. C'était logique, si l'enfant était terrorisé par quelque chose ou par quelqu'un, il était évident qu'il ne ferait pas confiance à un étranger. Il fallait faire vite. Quel que soit le danger que l'enfant redoutait, il fallait agir avant qu'il ne revienne. Et Alban était quasiment sûr que si l'ombre du danger se profilait, l'enfant se remettrait à hurler, ce qui l'alerterait. Il se décida donc, s'arma de courage et se glissa par l'ouverture au pied de la paroi. Son cœur battait à tout rompre et il priait intérieurement pour que le danger soit loin, particulièrement à ce moment où il était si vulnérable. Il glissa à la manière des commandos, s'aidant des coudes, des pieds et du seul genou qu'il pouvait poser à terre sans avoir envie de gémir. Dès que ses cuisses furent passées, il se redressa, se plaqua contre la paroi et remit debout. Il regarda partout autour de lui. La zone semblait être sécurisée. Il laissa échapper un discret soupir de soulagement.

Chapitre 9

Il se mit alors en quête de la petite silhouette qu'il avait distinguée, à l'angle droit de la pièce, mais fut traversé par un sentiment d'effroi qui lui glaça l'échine, lorsqu'il constata que celle-ci avait disparu.

Il s'élança vers l'angle où il avait vu et entendu l'enfant et ressentit comme la caresse d'une plume chaude derrière son mollet gauche. Focalisé par la disparition de l'enfant, auquel il avait certainement fait peur sans le vouloir, il n'y prêta aucune attention. Ce n'est que lorsqu'il posa sa jambe qu'il sentit que cette dernière ne le portait plus. Il s'affala au sol.

Que venait-il de se passer ? Et où était passé le gosse ? Alban roula sur le dos et couvrit son visage avec ses mains. « Putain de merde, c'est quoi ce bordel ? » s'entendit-il gémir.

Sa tête tournait à présent. Il se rassit pour ne pas défaillir et inspira de longues bouffées d'air. Sous l'effet de l'oxygène, son esprit parvint à se désembuer. Il jeta un coup d'œil à sa jambe et resta pétrifié d'horreur et d'incompréhension. Le mollet avait été profondément entaillé comme à l'aide d'un scalpel et il lui manquait un triangle de chair gros comme le poing. Alban vit une flaque sombre grossir sous lui, au rythme des giclées saccadées, que crachaient ses artérioles sectionnées. Il sentit la nausée envahir le fond de sa gorge et dut détourner le regard et inspirer de nouveaux de longues bouffées d'air pour ne pas vomir. Ou s'évanouir. « Au Diable le gosse. » pensa-t-il. Il

Le sépulcre de cristal

regretta immédiatement cette pensée et pria pour que le Seigneur ne l'ait pas entendue. Il saisit son tee-shirt et tenta de le déchirer. Il avait vu faire ça dans les films. Le héros déchirant son tee-shirt ou sa chemise afin de faire un garrot à son bras, à sa jambe, ou à la jolie jeune femme qu'il se tapera à la fin du film. Mais l'étoffe résistait. Il l'attaqua avec les dents et gémit lorsque l'étoffe lui griffa la mâchoire en se glissant insidieusement entre sa canine et sa pré-molaire. Il sentit la panique le gagner et une larme de rage vint même briller au coin de son l'œil. « Calme-toi… Calme-toi… »

Comme une réponse à ses prières muettes, il se souvint brusquement qu'il portait autour du coup une chaîne en argent et qu'au bout de cette chaîne, il avait une lame de rasoir en guise de pendentif. Une vraie lame, dans laquelle il avait fixé un anneau afin qu'elle reste bien plaquée à son torse. Il arrivait qu'elle lui cisaille quelques poils et ces coupes involontaires engendraient parfois quelques démangeaisons. C'était le prix à payer, mais compte-tenu de l'effet produit par la lame auprès des filles, c'était un prix dérisoire. Il détacha sa chaîne et s'appliqua à fendre le tee-shirt récalcitrant. Il put enfin faire son garrot.

Les artérioles crachouillèrent avec humeur puis semblèrent vouloir se tarir. Il s'en réjouit. Crever exsangue ne faisait

Chapitre 9

décidément pas partie de ses projets immédiats. Immédiats et futurs d'ailleurs.

Lorsqu'il fut certain que l'hémorragie était, du moins momentanément, endiguée, il glissa la lame dans sa main et la tint fermement, prêt à s'en servir si la menace invisible se matérialisait devant lui. Il attendit, les sens en en alerte. Rien ne bougeait. La menace semblait s'être volatilisée.

Alban se mit alors en devoir d'avancer. Il fallait qu'il trouve la sortie. Avec ou sans le môme. De toute façon, il ne pourrait pas le défendre en claudiquant sur un pied. Il fallait aller chercher de l'aide. Il s'essaya à différentes techniques pour poser sa jambe gauche sans que le sang ne se remette à couler à flots. Il resserra le garrot le plus fort qu'il put et marcha jambe tendue. De cette façon, il pouvait prendre appui sans que cela ne desserre la courroie d'étoffe qui avait tendance à se desserrer. C'est ce qui lui sembla le meilleur compromis. Il se mit dos à la paroi la plus proche et commença à se traîner, jetant avec véhémence des coups d'œil de tous côtés.

Il arriva à un angle saillant. Il n'avait pas d'autre choix et tâtonna à l'aveugle jusqu'à ce que son bras se soit collé au mur. Une fois assuré que seul le mur se tenait prêt à l'accueillir, il amorça le changement de cap. Il sentit la plume lui caresser l'épaule puis la main. Un petit bruit métallique rebondit sur le sol. Il hésita. Finalement, il ne put s'empêcher de baisser les

Le sépulcre de cristal

yeux : c'était son alliance qui avait provoqué ce timide claquement. Il la vit briller, dans la faible clarté bleue qui aurait pu passer pour un rayon de lune, s'il s'était trouvé à ciel ouvert. Elle n'avait pas roulé. Pour cela, il aurait fallu qu'elle tombe sans le doigt qui la portait. Trois autres doigts l'avaient accompagnée dans sa chute.

Devant sa main amputée de ses appendices, la résistance d'Alban céda. Il se mit à hurler. Il hurlait, ne reprenant son souffle que pour hurler davantage. Le sang dégoulinant le long de son coude l'obligea cependant à réagir. Dans un ultime effort de concentration, il enroula tant bien que mal sa main ensanglantée, dans les restes de son tee-shirt déchiré. Il s'agissait moins, cette fois, d'une volonté de stopper l'hémorragie saccadée qui s'échappait des troncs de ses doigts, que de cacher à son regard son membre estropié.

Il n'entendit pas le bruit sourd du mécanisme se mettre en route. Mais il vit les parois commencer lentement leur décente, comme de lamentables zombies regagnant leur tombes. Son regard s'embua de nouveau, les longues inspirations qu'il prit ne l'aidèrent pas cette fois, tout s'éteignit et les ténèbres l'envahirent. Sa dernière pensée fut pour l'enfant qu'il n'avait pu sauver. Pas un seul instant, il ne se douta qu'il n'avait jamais existé.

Chapitre 9

Le nez presque collé à la vitre sans teint, Lorelei n'avait rien manqué de la Partie. Dunkan l'avait entrainée au premier rang, à son côté. Au début, cela lui avait paru étrange mais elle n'avait rien dit et était venue docilement se placer à l'endroit exact qu'il lui avait indiqué. Prudence avant tout. C'est vrai que Dunkan n'avait pas l'air d'un enfant de chœur. Tout chez lui respirait la promesse d'un supplice prochain dont l'issue ne pouvait être que la mort. Cette aura maléfique qui l'entourait devait indéniablement jouer un rôle important dans le respect que ses troupes nourrissaient à son égard. En tout cas, elle lui avait acquis celui de Lorelei. « Dunkan est plus dangereux qu'il n'en a l'air. » Les paroles de Jimmy flottaient encore dans l'air et Lorelei prenait cet avertissement très au sérieux.

Cependant, une fois que sa conscience avait été rendue à la goule, tout ce qui ne concernait pas sa tragique destinée n'avait plus présenté d'intérêt pour Lorelei. Jimmy et Thomas s'étaient placés de l'autre côté de leur jeune élève. Quitte à se voir décerner le rôle de tuteurs, autant profiter des quelques avantages que leur nouvelle fonction leur conférait. Ils étaient loin d'être légion après tout.

Le même frisson que celui qui avait traversé la foule avait saisi Lorelei, lorsqu'elle avait vu Lavastar s'allonger sur le sol

Le sépulcre de cristal

juste derrière l'humain et lui découper un morceau de viande gros comme le poing. Et quand il lui avait coupé les doigts… Quelle vibration intense elle avait ressentie ! Elle avait même souri, et sans la moindre égratignure. Elle avait remarqué à ce moment là que Dunkan l'observait et qu'un profond sentiment de satisfaction s'était esquissé sur son visage, pourtant fermé, de chef de meute. Voyant qu'elle le regardait, il avait détourné les yeux et ne s'était plus soucié de sa présence. Cela devait vouloir signifier qu'elle avait réussi un test dont elle ne connaissait pourtant ni les règles, ni l'existence.

Elle en était là de ses réflexions, lorsque le sol commença à trembler et se mit à lentement à avaler les murs, mettant la goule estropiée à découvert. Chacun sembla retenir son souffle quand l'imposante silhouette de Lavastar s'approcha doucement et sans bruit de sa proie.

L'humain s'était laissé tomber à genoux, maintenant son poignet dégoulinant collé à sa poitrine. Il était toujours enrubanné par les reliefs du tee-shirt, sacrifié sur l'autel de la survie et ne remarqua pas immédiatement le prédateur qui se dévoilait enfin à son regard. Son regard devint d'une fixité anormale et Lorelei crut un instant qu'il allait s'évanouir. Puis, comme s'il émergeait d'un rêve, il regarda tout autour de lui.

C'est là qu'il remarqua Lavastar. C'est là qu'il comprit.

Chapitre 9

Le sourire qui barrait le visage de Lavastar ne laissait aucune place au doute. L'humain tenta de fuir mais, soit la douleur se révéla trop intense, soit les forces lui manquèrent. Il s'écroula au sol et essaya de nager à l'aide du seul bras valide qui lui restait dans la flaque épaisse et collante qu'il avait créée, sans le vouloir. Il pataugeait ainsi, lamentablement, lorsque d'un bras, Lavastar le souleva et le remit sur ses jambes. L'assemblée retint son souffle. Toute excitée, Lorelei saisit le bras d'un des jumeaux, elle ne sut jamais lequel.

De la main qu'il avait de libre, Lavastar saisit les reliefs de celle qu'il venait d'amputer et la goule se mit à hurler. La douleur était si foudroyante que la goule pencha instinctivement la tête vers son poing meurtri, libérant ainsi l'accès à son cou. C'était rudement bien pensé. Lorelei faillit battre des mains mais elle interrompit son geste et se calma, presque instantanément. Elle jeta un coup d'œil à l'assemblée dont l'attention était focalisée sur un seul et même objet. Elle vit les regards s'allumer et tourna la tête juste à temps pour voir les canines de Lavastar s'enfoncer dans le cou de l'humain.

Tout se passa très vite. Si vite que Lorelei ne comprit pas immédiatement ce qu'il venait d'arriver. Vampires et Écorcheurs avaient laissé échapper un murmure de satisfaction lorsque

Le sépulcre de cristal

Lavastar avait mis la goule à mort. Mais ce murmure, qui aurait dû s'amplifier en une clameur admirative, s'était brusquement éteint, puis mué en un bruissement inquiet. Suite à la morsure du vampire, la goule s'était mise à trembler si fort, que toute l'assemblée avait pu le remarquer. Puis le tremblement avait semblé passer de la goule à l'Écorcheur. Lavastar avait été pris de tremblements de plus en plus violents et leur intensité semblait ne jamais devoir décroître. Lorelei chercha des réponses autour d'elle mais ne vit que des visages livides et anxieux.

C'est alors qu'ils l'entendirent. Ce profond ricanement, froid et satisfait, de celui qui est arrivé à ses fins et contemple son triomphe. Il sembla apaiser la foule et un soupir de soulagement rebondit sur les murs de la pièce exiguë, qui servait de tribune aux spectateurs. Mais il ne dura pas et se figea en un silence consterné, lorsque la foule comprit que celui qui le poussait n'était pas celui qu'elle pensait.

De sa main valide, la goule avait saisi la nuque de Lavastar et l'avait éloigné de sa gorge sur laquelle se dessinaient nettement deux perforations à l'endroit où les canines avaient percé la peau. Ébahis, les vampires virent la goule renverser sa tête en arrière et laisser s'échapper un rire franc et victorieux. Les tremblements de l'Écorcheur se muèrent en convulsions. La

Chapitre 9

goule l'envoya à terre avec autant de facilité et de mépris que s'il s'était agi d'un torchon sale.

Une fois à terre, Lavastar se contorsionna, d'avant en arrière, tenant sa gorge comme si quelque chose s'y était fiché et l'empêchait de reprendre son souffle. Il se mit à taper des pieds et essaya de prendre appui sur eux. Mais le sang que la goule avait perdu baignait le sol et chaque tentative se soldait par une glissade. Il essaya de ramper vers sa victime, qui s'était muée en bourreau mais le sang, toujours le sang, l'empêchait de s'en approcher assez pour pouvoir la saisir. C'est à ce moment-là qu'un épais liquide noirâtre s'échappa de sa gorge. Il se mit à vomir des torrents glaireux de sang coagulé. Et durant la longue minute que dura son agonie, son assassin ne lui accorda pas un seul regard.

Il regardait en hauteur, droit devant lui, avec un air de défi. Si elle n'avait pas constaté par elle-même que la vitre était sans teint, Lorelei aurait été persuadée qu'il la regardait droit dans les yeux. Lorsque Lavastar cessa de vomir, il voulut relever la tête. Etait-elle devenue trop lourde à porter ? Ils ne le sauraient jamais. Sa tête retomba dans la flaque aqueuse qui ressemblait à une immonde soupe minestrone et ne bougea plus.

La voix de Dunkan claqua comme un fouet.

- Choper moi ce salopard.

Le sépulcre de cristal

Il n'avait pas crié. Il n'en avait pas eu besoin. Le silence qui régnait à l'étage était tel que l'on aurait pu suivre un moucheron à la trace. Galvanisée par la violence de la Partie et par le tour qu'avaient pris les évènements, une meute vengeresse de vampires s'échappa de derrière les rideaux de velours, de part et d'autre de la pièce, et dévala les escaliers de marbre. A cet instant, Lorelei crut voir s'illustrer l'incarnation du lien de parenté entre les chauves-souris et les vampires. Buveurs de sang, les deux espèces partageaient également la même manière de prendre leur envol.

L'assassin ne tenta pas de fuir. Il n'esquissa même pas le début d'un geste de repli. Il se contenta de refermer les doigts, qui entouraient le majeur de la seule main intacte qui lui restait et le dressa bien haut en direction de Dunkan. « La mort ne suffira pas à nous séparer ! » lui cria-t-il, avant de se trancher la gorge à l'aide de la lame de rasoir qu'il tenait toujours fermement entre les doigts.

Lorsque les vampires fondirent sur lui, le meurtrier de Lavastar était déjà mort. Lorelei jeta un regard inquiet à Dunkan. Elle aurait juré l'avoir vu blêmir.

Chapitre 10

Ils avaient fait un grand détour, bien inutile aux yeux de Lorelei, mais Tom lui avait expliqué que c'était pour ne pas se faire remarquer. Un groupe d'une cinquantaine de personnes ne manquerait pas d'attirer l'attention des touristes, parfois encore nombreux à errer sous les jupes de la Grande Dame. Lorelei fit remarquer que la discrétion n'avait pas dû rentrer dans les critères de choix, lorsque Dunkan avait choisi d'installer leur repère à l'extrémité nord du Pont Alexandre III. Jimmy fit alors remarquer que certains Juvéniles trop téméraires avaient fini démembrés pour moins que ça. Tom hocha la tête d'un air de profond entendement. Lorelei se tut.

Ce n'était pas qu'elle tenait absolument à critiquer les choix de Dunkan, mais le bain de sang qui avait terminé la Partie la hantait et elle supportait mal le silence de ses deux mentors. Que s'était-il passé ? Elle avait d'abord supposé que, si Jimmy avait fait le choix de couvrir la distance qui séparait le quartier de l'hôtel particulier et le Pont Alexandre III à pied, c'était certainement pour avoir le temps de la briefer sur la suite des événements. Mais au lieu de cela, les deux frères étaient restés silencieux, et ce silence, elle ne supportait plus.

Les pas de Lorelei résonnaient dans la nuit, accompagnés de leur fidèle tintement métallique, mais elle ne les entendait même plus. Ses craintes d'être remarquée par des hommes aux intentions malveillantes avaient été reléguées au rang de lointain souvenir, qui appartenait à un passé désormais révolu. Le seul danger à redouter venait désormais de ses pairs. Peu importait les petits frappes qui roulaient des mécaniques, mais se gardaient bien de se mesurer à autre chose qu'à une jeune femme seule, ou à toute autre personne sans défense. Désormais, la nuit lui appartenait. Plus jamais, elle n'aurait à redouter les ruelles mal éclairées… tant que la menace restait humaine. Mais la menace resterait-elle humaine ? Avant la Partie, elle ne se serait même pas posé la question, mais maintenant… Il lui fallait des réponses. Et les seuls capables de lui en donner restaient muets comme des carpes.

Elle stoppa net. C'était risqué, elle le savait mais il fallait qu'elle sache. Trop de questions se posaient depuis que Lavastar s'était détaché du cou de la goule. Ou de ce que l'on avait pensé en être une.

- Allez-vous finir par me dire ce qu'il se passe ? Hasarda-t-elle d'un ton qu'elle aurait voulu ferme mais qui manquait

Chapitre 10

d'assurance. L'évocation du démembrement de Juvéniles insolentes y était sans doute pour beaucoup.

Jimmy et Thomas ralentirent la cadence et s'arrêtèrent à leur tour. Lorelei resta immobile, non sans se demander si elle n'avait pas déclenché un mécanisme dangereux pour sa sécurité. Tom avisa un banc, un peu plus loin. Le quartier semblait calme. Il fit un petit signe de tête à son frère qui changea immédiatement de cap. Lorelei vit Jimmy bondir sur le banc et s'asseoir sur le dossier, pieds sur l'assise, coudes posés sur ses genoux et les mains jointes. Tom, quand à lui, s'assit normalement, croisa les jambes et posa son bras le long du dossier. Il fit signe à Lorelei de s'asseoir contre lui. Lorelei crut à une mauvaise plaisanterie. Il n'avait pourtant pas l'air de plaisanter.

- Un couple d'amoureux attire moins l'attention, dit-il simplement.

C'était bien vu. Elle s'assit contre lui et laissa même reposer sa tête sur son épaule. Il inclina la sienne vers elle. Mais malgré leurs efforts, il n'y avait ni chaleur, ni sincérité ; ils n'auraient trompé personne plus d'une petite minute. Mais à cette heure-ci, les badauds ne prenaient pas le temps d'observer attentivement les couples sur les bancs. Surtout si leur étreinte était aussi sage.

Ce fut Jimmy qui prit la parole.

Le sépulcre de cristal

- Nous nous rendons au Repère. Le Repère est le nom que l'on donne à une sorte de quartier général de secours pour le clan, mais ça je pense que tu l'avais compris.

Effectivement c'était une précision inutile : comme toute l'assemblée, Lorelei avait compris tout cela depuis l'instant où Dunkan avait lâché un ultime "Tous au Repère". L'hôtel particulier s'était alors vidé par à-coups, comme la carotide sectionnée de l'assassin qui n'avait plus rien d'un Apollon. Lorelei gratifia malgré tout Jimmy d'un hochement de tête. Elle ne voulait pas l'interrompre du moins, pas maintenant. Il continua.

- Il est rare que nous nous y retrouvions tous. Généralement, Dunkan y convoque uniquement les Écorcheurs, voire un ou deux vampires quand il veut leur confier une mission. Les Juvéniles n'y ont encore jamais été conviés. Et pour cause… Mais je t'expliquerai ça un peu plus tard. Il n'y a qu'en temps de conflit que Dunkan convoque tout le clan, Juvéniles exceptés. En comptant cette nuit, c'est la troisième fois que cela arrive.

Lorelei sentit Tom hocher doucement la tête. Elle doutait qu'il eût conscience de son geste.

- Les deux dernières fois, il y avait eu tentative d'invasion. Paris est un territoire convoité et des envahisseurs s'étaient mis en tête de renverser Dunkan. Nous ne savons pas exactement combien de spécimens de notre espèce peuplent le monde mais

Chapitre 10

je pense que Dunkan doit être   l'un des seuls à avoir su s'entourer d'un cercle de compagnons. Généralement, les vampires sont solitaires. L'immortalité confère un sentiment de toute puissance qui empêche de se soumettre à des règles de vie en communauté. Il est donc plus facile de défier un chef de clan et de lui ravir son trône, que de rassembler une communauté prête à se soumettre à une autorité sans velléité de trahison.

Jimmy, dont le regard se perdait jusque-là dans la contemplation de souvenirs qui n'appartenaient qu'à lui, jeta un coup d'œil à Lorelei nonchalamment renversée dans les bras de son frère. Elle regardait devant elle, absorbée par le récit qu'il lui faisait de l'histoire du clan. Il lui sembla que ses yeux étaient plus grands qu'à l'accoutumée. Il poursuivit.

- Les deux tentatives ont été repoussées. Et cela, en grande partie grâce aux goules. Car il ne s'agit pas seulement de pâture pour nous permettre d'assouvir nos instincts triviaux. Les goules que nous créons, un peu partout dans la capitale, sont autant d'espions, bien utiles lors d'un conflit de cette nature. Mais aujourd'hui, l'ennemi a changé de visage. Et de méthode. Nous ignorons même quelles sont ses intentions.

Il y eut un silence. Lorelei pensa que Jimmy réfléchissait à la limite qu'il ne devait pas franchir dans ses révélations. Elle attendit, sagement, sans ne serait-ce que cligner des yeux afin de ne pas interrompre le cours de cette réflexion, qu'elle souhaitait voir tourner à son avantage. Fort heureusement ce fut le cas. Jimmy reprit.

- Depuis quelques temps, il y a eu un nombre anormalement élevé de morts chez nos goules. Chacun d'entre nous l'a remarqué. Nous avons d'abord pensé à une tentative d'invasion un peu plus subtile, que celles que nous avons déjà connues par le passé. Mais le phénomène a fini par cesser et nous avons fini par l'oublier. Jusqu'à il y a une quinzaine de nuits.

Sa voix s'était durcie. Lorelei sentit la colère qui bouillait à l'intérieur de l'Écorcheur mais elle n'aurait su dire si elle résultait de son attachement à Dunkan ou de l'impudence de cet ennemi qui les tenait en échec.

- Ce sont subitement les goules de Dunkan, et uniquement les siennes, qui ont mystérieusement commencé à disparaître. Une à deux par nuit. Et au bout d'une semaine, Dunkan s'est rendu compte que ces disparitions soudaines concernaient seulement celles avec lesquelles il s'était, disons… acoquiné. Et il y a deux nuits, c'est Marilyne, sa maîtresse vampire du moment qui a disparu.

Lorelei sentit qu'il n'irait pas plus loin. Elle se hasarda donc à poser les questions qui se bousculaient dans sa tête.
- Comment savez-vous que ces goules sont mortes ? Est-ce que vous tenez un registre ou bien vous avez quelqu'un qui épluche la rubrique nécrologique du vampire ?

Chapitre 10

Elle sentit Tom sourire contre sa tête à l'endroit où il avait laissé reposer la sienne.

Jimmy ne rit pas. Mais il ne se fâcha pas non plus.

- C'est plus simple que ça, répondit-il. Chaque vampire qui mord un humain crée un lien télépathique avec sa goule. Il peut prendre possession de son esprit, voir ce qu'elle voit. C'est un peu le principe de la marionnette. Quand une goule trépasse sans que son vampire soit dans un de ces moments de connexion, il en est informé par ce que l'on appelle la *Griffure*.

- La Griffure ? répéta Lorelei. Tout cela semblait si irréel.

Jimmy hocha la tête, celle de Tom lui faisant presque instantanément écho.

- Lorsqu'une goule meurt, son vampire ressent comme une sensation de griffure, qui lui traverse le thorax. S'il s'agit d'une simple goule, elle n'est pas plus douloureuse que la griffure d'un chat. Si la goule et le vampire se sont envoyés en l'air, la griffure est plus profonde et la douleur qu'elle engendre plus intense. Et même chose si deux vampires se sont un jour accouplés. Mais de mémoire de clan, ce n'est encore jamais arrivé.

- Tu disais pourtant que Dunkan avait perdu une maîtresse ? Hasarda timidement Lorelei.

Jimmy sembla une nouvelle fois se perdre dans de lointaines visions fantomatiques.

Le sépulcre de cristal

- Marilyne n'est pas morte, pas encore, elle est juste... condamnée.

Il avait lâché ce mot avec une aversion profonde, enrubannée d'un linceul de terreur. Lui qui parlait de la mort comme d'un détail sans importance répugnait étrangement à parler de ce qui était arrivé à la fameuse Marilyne. Pourtant, Lorelei n'eut pas besoin de lui demander pourquoi. Il poursuivit de lui-même.

- Il y a deux règles absolues à notre condition de vampire. La première, Tom te l'a expliquée lorsque tu es sortie de la couveuse : un vampire se condamne s'il mord un autre spécimen de son espèce. Il perd alors l'esprit et se décompose à vitesse grand V. Il ne pense plus qu'à se nourrir et peu importe de quoi, du moment que ça respire que ça se trouve sur son passage. Se nourrir de sang frais permet aux vampires de se régénérer. Mais une fois infecté du sang d'un frère, on ne guérit jamais. C'est une lente agonie vers l'enfer.

Il marqua une pause, sans doute pour permettre à Lorelei d'assimiler la règle numéro un du manuel du bon petit vampire. Au loin, un orage se préparait. Les nuages s'étaient regroupés en une masse qui assombrissait encore davantage le ciel sans étoile de Paris. Il n'allait pas tarder à pleuvoir. Cela aurait au moins l'avantage de rafraîchir les pavés encore tièdes. Les journées de cette fin d'été étaient particulièrement chaudes, même pour la

Chapitre 10

saison. Un grondement se fit entendre au loin. Lorelei songea que c'était une parfaite illustration de la menace qui couvait quelque part, contre sa nouvelle famille.

- La seconde, reprit Jimmy, c'est l'immersion. Pour une raison que l'on ignore encore, le poids de notre corps augmente au centuple lorsque nous sommes immergés. Il nous est donc impossible de remonter à la surface ou seulement de sortir d'une baignoire pleine une fois qu'on est entré dedans. Aucun moyen de s'en sortir sans une aide extérieure. On se noie, comme tout le monde, ce qui augmente encore notre masse mais on ne meurt pas. Pas immédiatement. Faute de nourriture, on dépérit jusqu'à devenir à peu près l'équivalent de ce que l'on devient lorsqu'on a mordu un frère.

- Et Marilyne ? Questionna Lorelei qui, bien que secouée par le tableau que lui peignait son mentor, n'avait pas perdu le fil de la conversation.

Il y eu un nouveau silence. Lorelei entendit l'orage gronder ne nouvelle fois, à l'horizon. Comme un fait exprès, un coup de tonnerre éclata en même temps que Jimmy concluait :

- Marilyne a été jetée dans la Seine.

Le sépulcre de cristal

Il ne fut pas nécessaire d'expliquer à Lorelei pourquoi les Juvéniles n'étaient jamais conviés au Repère.

Elle s'était engagée de mauvaise grâce sur le trottoir du pont Alexandre III dont elle aimait pourtant, autrefois, admirer les équidés dorés qui l'encadraient, avec cette magnificence désuète et unique entre toutes. Mais l'aversion nouvelle, qu'elle ressentait au plus profond d'elle-même, envers les flots lourds et si noirs du fleuve, ne laissait plus aucune place pour un autre sentiment. Ce qui jadis illustrait la plus pure somptuosité, n'était plus, à ses yeux qu'un long échafaud. Un échafaud qui enjambait un sillon mouvant vers l'enfer au fond duquel hurlait, sans qu'on l'entende, un vampire nommé Marilyne.

Afin de calmer ses angoisses qu'il sentait grandir au fur et à mesure qu'elle regardait l'eau, Tom eut l'élégance de se tenir entre Lorelei et le parapet de pierre. Elle le remarqua et lui en fut profondément reconnaissante. Ils traversèrent le pont, comme l'auraient fait trois amis, un soir d'été.

Ils avaient presque rejoint l'autre rive lorsque Lorelei reconnut un groupe, composé de quatre vampires du clan, tout à l'extrémité du pont. Ils semblaient attendre et affichaient une apparente décontraction qu'accentuait encore leur position nonchalante. Lorelei ne put réprimer un frisson d'angoisse en remarquant que l'un d'eux s'était risqué à s'asseoir sur la rambarde du pont, à un endroit où cette dernière formait comme

Chapitre 10

un coude. Etait-il donc à ce point inconscient du danger que pouvait représenter le fleuve pour les membres de leur espèce ?

- Est-ce que tout le monde est au courant de ce qu'il arrive lorsqu'on tombe dans l'eau ? demanda Lorelei en désignant du doigt le téméraire qui s'était confortablement assis sur la rambarde du pont et ne prenait même pas la peine de s'y tenir.

- Oui, tout le monde est au courant, la rassura Jimmy. Cependant, il n'y a qu'un seul moyen d'accéder au Repère. Il faut passer par une porte secrète cachée dans le mur. Seul bémol, elle est située sous le pont. Tu vas comprendre.

Ils se dirigèrent vers les quatre vampires, qui sourirent en les voyant arriver. Lorelei regarda Jimmy, espérant qu'il développe davantage le sujet de l'accès au Repère, mais il n'en fit rien. Déçue, elle reporta son regard sur le groupe de vampires qui se trouvaient au bout du pont. Mais quelle ne fut pas surprise lorsqu'elle se rendit compte qu'ils n'étaient plus quatre, mais seulement deux. Elle chercha du regard les deux vampires manquants, mais ils avaient disparu.

C'est alors qu'elle sentit le fluide glacial de la terreur ruisseler de sa nuque jusqu'au milieu de ses omoplates. Se pouvait-il qu'ils aient fait le grand saut ?

Ils s'approchèrent des deux vampires restants. L'un était grand et mince, l'autre, petit et enrobé. La disparition subite de leurs camarades n'avait pas l'air de les inquiéter le moins du monde. Par contre, ils jetèrent tous les deux un regard gêné en direction de Lorelei. Elle ne comprit pas immédiatement pourquoi.

Le grand s'adressa aux jumeaux :

- Vous allez réussir à la faire passer ?

- C'est pas comme si on avait le choix, répondit Tom.

- Faites gaffe quand même, c'est risqué de faire passer une Juvénile sans qu'elle se soit entraînée à chavirer.

- C'est pas comme si on avait le choix, répondit Jimmy.

Lorelei blêmit. Qu'entendaient-ils par *chavirer* ?

- Bon, reprit le plus grand en s'asseyant sur le rebord du garde-corps. Quand faut y aller... C'est parti...

- Bon ben... Bonne chance les gars, l'entendit-elle grommeler, avant de le voir basculer en arrière et disparaître.

Lorsqu'elle comprit qu'elle devrait se plier à l'exercice périlleux qui consistait à se laisser tomber dans le vide au-dessus du fleuve, Lorelei crut devenir folle. Elle refusa tout net d'approcher du bord.

Chapitre 10

Bien qu'ils se soient attendus à cette réaction, les jumeaux ne virent pas d'un bon œil la panique qui avait pris possession de leur protégée. Cela n'allait pas leur faciliter les choses, car eux aussi prenaient un grand risque en voulant aider Lorelei à passer sous le pont. Le moindre faux pas risquait de les entraîner tous les trois au fond du fleuve. Mais comme ils l'avaient fait remarquer aux deux vampires qui venaient de disparaître, ils n'avaient pas le choix.

Pas question de laisser Lorelei tenter le saut toute seule. Ce serait vécu comme une tentative de se débarrasser d'elle. Et Dunkan ne le supporterait pas. Lorelei faisait désormais partie intégrante du clan. Et le clan était attendu au Repère. Au complet. Dunkan avait édicté peu de règles mais déroger à l'une d'elle signifiait signer son arrêt de mort, torture comprise. Et se débarrasser d'un membre du clan en faisait partie.

Un nouveau groupe de trois vampires du clan arriva à leur hauteur. La surprise et une grande curiosité se peignirent sur leurs traits lorsqu'ils aperçurent Lorelei. L'un d'eux leur lança même un regard plein de compassion. Cela agaça profondément Tom. Les jumeaux n'étaient pas sans savoir que, si par malheur ils se rataient, Dunkan désignerait dans les rangs deux nouveaux Écorcheurs pour leur succéder. Et malgré l'apparente bonne entente qui régnait entre membres du clan, Tom savait que certains mourraient d'envie de voir un Écorcheur succomber afin de prendre sa place. Mais il était bien décidé à ne pas leur faire ce plaisir.

C'était leur tour de tenter le saut qui leur permettrait d'accéder au Repère.

- Je passe au premier, lança Jimmy à son frère. Tom acquiesça et se tint prêt.

Lorelei regarda avec horreur Jimmy s'appuyer sur la rambarde et crut perdre une nouvelle fois la raison lorsqu'elle le vit basculer en arrière, par-dessus le parapet. Elle sentit ses jambes se dérober sous elle mais Tom la retint et réussit à la maintenir debout. Craignant qu'elle ne se mette à hurler, il plaqua sa main sur sa bouche et la maintint appuyée jusqu'à ce qu'elle se calme.

- Il va bien, ne t'inquiète pas, lui murmura-t-il à l'oreille.

Il profita de l'instant d'accalmie que procura son affirmation pour l'entraîner vers l'endroit où Jimmy avait disparu. Lorelei voulu résister mais c'était peine perdue. Se mesurer à Tom relevait de la folie et les forces lui manquaient. Ses jambes répondaient à peine. Il la prit par la taille, la souleva et l'assit sur le garde-corps. Lorelei ne put s'empêcher de penser qu'elle était peut-être sur le point d'aller tenir compagnie à Marilyne... Elle ferma les yeux. Tom resserra son étreinte. Elle l'entendit murmurer à nouveau :

Chapitre 10

- Je sais ce que tu ressens mais il va falloir me faire. Ne fais rien d'autre. Accroche-toi. Ça va bien se passer.

Lorelei hésita puis referma lentement ses bras autour de Tom. Il était d'une carrure plus large qu'elle ne l'aurait cru.

Ça va bien se passer… Ça va bien se passer…

Tom savait ce qu'il faisait. Sauf que cela ne devait pas se passer comme il l'avait prévu.

Lorsqu'elle se fut solidement cramponnée à lui, Lorelei trouva malgré tout le courage d'ouvrir les yeux. C'est alors qu'elle vit l'un des trois vampires qui attendaient leur tour, simuler une perte d'équilibre et se jeter dans leur direction. On aurait dit un hockeyeur qui cherche à percer les défenses de l'équipe adverse. Elle sentit Tom se raidir, prêt à s'élancer dans le vide : il n'avait pas remarqué le danger qui se précipitait sur eux, dans une tentative factice de retrouver son équilibre. Elle sut d'instinct ce que le vampire allait tenter de faire. Lorelei délaça ses bras et, dans un élan désespéré, tenta de dévier l'épaule dont le vampire se servait comme d'un bélier dans le but de les faire basculer, Tom et elle, dans le vide. Surprise par ce mouvement inattendu, Tom lâcha Lorelei. Le vampire les percuta de plein fouet. Tom réussit à éviter la charge de justesse. Mais il n'arriva pas à rattraper Lorelei. Impuissant, il la vit basculer dans le vide.

Le sépulcre de cristal

- Que s'est-il passé ? demanda Jimmy lorsque Tom et lui parvinrent à hisser Lorelei et à la mettre en sécurité dans une sorte de renfoncement que masquait une arche en métal. Lorelei vit qu'elle se tenait non loin d'un étrange poisson à l'air belliqueux, taillé dans la pierre.

- Un des trois là-haut a voulu qu'on se loupe, répondit Tom. Il ne devait pas se douter que tu nous attendais sous le pont. J'ai vraiment cru que tu n'arriverais pas à la rattraper, ajouta-t-il en tapant affectueusement sur l'épaule de son frère.

- Heureusement qu'elle ne faisait pas le poids de celui qui est passé avant moi, répondit Jimmy en essayant d'aider Lorelei que ses jambes, sous le coup de l'émotion, avaient définitivement fini par lâcher. Mais ne restons pas là, le vampire là-haut pourrait essayer de retenter sa chance.

L'envie irrépressible de mettre le plus de distance possible entre elle et le vampire qui venait d'essayer de les faire tomber, poussa Lorelei à se remettre sur pied. Imitant son sauveur, elle enjamba une première poutre d'acier qui lui arrivait à mi-hauteur de la cuisse. Deux poutres plus tard, elle vit disparaître Jimmy à travers un pan de mur qui sembla se vider de sa substance et devint comme un hologramme de lui-même. Ils le traversèrent

Chapitre 10

comme s'il n'avait pas existé. Ils venaient de pénétrer dans le Repère.

La pièce était assez basse de plafond et étirée dans la longueur. Damée de lourdes pierres, elle décrivait un parfait arc de cercle au-dessus de leurs têtes. La moitié du clan était déjà là lorsqu'ils entrèrent et Lorelei pu lire sur les visages blafards la stupeur et une certaine inquiétude. Jimmy et Thomas s'étaient dirigés vers deux autres Écorcheurs, qu'elle reconnut comme étant Tobias et Sebastian. À moins d'en être instamment priée, elle n'avait aucune envie de s'approcher de ces deux-là. Une espèce d'aura maléfique entourait les Écorcheurs et bien qu'habituée maintenant à la présence des jumeaux, elle ne put s'empêcher de remarquer combien ils n'échappaient pas à la règle dès qu'ils s'éloignaient.

Le vampire qui avait essayé de les tuer n'allait pas tarder à entrer et elle ne souhaitait pas se trouver sur son passage. Elle profita de l'inattention de ses deux chaperons pour faire, aussi discrètement que possible, le tour de la pièce.

Il n'y avait pas grand-chose à voir : des pierres, des vampires, encore des pierres, encore des vampires. Pourtant, une chose finit par attirer son regard et fit même en sorte qu'il ne s'en détache plus. Au fond de la pièce, dans l'angle gauche, une statue de femme trônait. On aurait dit une sculpture de Rodin sauf qu'elle était en verre, et qu'elle n'était manifestement pas

Le sépulcre de cristal

l'œuvre de Rodin. Elle semblait avoir traversé les siècles. La surface polie était éraflée par endroit et avait pris une teinte verdâtre. Lorelei supposa qu'elle avait dû demeurer à l'extérieur un bon moment sans que personne n'ait pris la peine de l'entretenir.

Elle vérifia que personne ne s'intéressait à elle et s'approcha. La statue représentait une femme de taille moyenne, allongée sur le flanc, dans la position lascive souvent prêtée aux romaines dans les toiles de maîtres. Elle semblait porter une longue robe grossièrement déchirée par endroits. L'une de ces déchirures laissait apparaître une blessure profonde sur l'une des jambes de la femme. La statue avait dû être choquée lors de son transport. Il valait mieux pour le modèle.

De là où elle était, Lorelei ne voyait qu'une partie de la statue. Elle s'assura, d'un second et rapide coup d'œil, qu'elle n'avait pas attiré l'attention et alla se placer de façon à pouvoir l'admirer dans son intégralité. Elle resta stupéfaite. On était en réalité bien loin de la femme, romaine ou non, lascivement allongée sur une couche. Ses jambes étaient étendues sur le sol et le haut de son corps était suspendu, comme tiré par les fils invisibles d'un marionnettiste sadique. Elle gisait là, accrochée à une patère invisible par les poignets, eux-mêmes ligotés par des liens serrés plus fort que nécessaire. Sa tête retombait sur sa poitrine généreuse et un rideau de cheveux longs et ondulés masquait en partie son visage. Lorelei se pencha pour essayer d'en deviner les traits en contre plongée.

Par bonheur, l'artiste n'avait rien négligé. Elle découvrit un visage d'un ovale presque parfait. Les traits manquaient de finesse mais étaient harmonieux : cette femme devait être belle quoique bien différente des stéréotypes de beauté que l'on admirait de nos jours. Les yeux et la bouche étaient entrouverts. Une larme qui ne devait jamais tarir coulait sur sa joue.

Lorelei se laissa aller à la contemplation de ce visage sur lequel se lisaient la souffrance et une profonde tristesse. Elle eut la sensation étrange de la connaître. Elle était convaincue d'avoir déjà vu ce visage quelque part. Cette femme… Cette femme que la foule conspuait à hauts cris. Ses pieds meurtris se fendaient sur les cailloux tranchants qui jonchaient le chemin de terre qui la menait vers son supplice. Elle la vit tomber à genoux, mais au lieu de la relever, ceux qui l'escortaient la traînèrent sur le sol et une vive douleur lui arracha un cri lorsque le tranchant d'un quartz lui ouvrit la cuisse. Lorelei sursauta.

Une voix épouvantablement familière venait de la sortir de l'état de transe dans lequel elle s'était involontairement plongée.

- Alors chérie, prête à remettre ça ?

Le sépulcre de cristal

- Garde ton protégé loin de notre champ de vision. On a assez d'emmerdes comme ça ! Rugit Tom derrière elle.

- Compte sur moi, répondit Glenn.

Elle se sentit saisie par le bras et traînée en arrière tandis que l'Écorcheur, dénommé Glenn, faisait de même avec celui que tous appelaient *son petit frère*. Celui qui était encore dans la couveuse lorsque la Partie avait commencé. Celui qui avait été transformé par le même Écorcheur qu'elle, la même nuit, dans le même quartier, dans la même ruelle. Le destin avait décidé de la confronter une nouvelle fois au chef de la petite bande de salopards qui lui avait volé sa vie. Jean-François quelque chose… Jeff, comme l'avait appelé le connard à qui elle avait cassé le nez. Elle le vit embrasser le bout de ses doigts et souffler le baiser dans sa direction avant de disparaître dans la foule. Elle sentit une rage indicible envahir tout son être.

- Ça va ? demanda Tom, constatant qu'elle était restée muette depuis qu'ils avaient pris place dans l'une des trois rangées de vampires, qui attendaient patiemment la prise de parole de leur maître.

Elle allait lui répondre lorsqu'elle l'entendit lâcher un juron blasphématoire. Elle chercha du regard ce qui avait bien pu engendrer une telle réaction chez ce vampire aux nerfs pourtant bien accrochés. Elle n'eut pas besoin de chercher longtemps. L'ensemble du clan avait les yeux rivés sur Dunkan qui venait

Chapitre 10

d'ouvrir une trappe dans l'épaisse porte, près de laquelle trônait la statue de l'ange déchu, comme elle l'avait surnommée l'instant précédant l'arrivée de Jeff. Il y eu un bruit de lutte derrière la porte. Puis un long gémissement entrecoupé de halètements convulsifs. Autour d'elle s'abattit un silence de mort. Le temps semblait s'être arrêté dans la pièce aux voûtes ancestrales. Hormis ce qui se trouvait derrière cette porte, rien ne semblait plus exister.

Elle ressentit un profond malaise, mais elle n'aurait pas su dire s'il découlait directement de ces bruits étranges ou de l'impact qu'ils avaient eu sur cette assemblée, réputée immortelle, et pourtant demeurée si interdite. Même les Écorcheurs, d'habitude si prompts à réagir, n'esquissaient pas la moindre promesse d'une réaction imminente. Que pouvait-il se passer derrière cette porte pour qu'eux-mêmes ne réagissent pas ?

Il n'y avait que les Juvéniles et quelques vampires - les moins expérimentés, sans doute - qui, bien que n'osant pas bouger, semblaient en proie à une agitation qu'ils avaient du mal à contenir. Certains jetaient des regards perdus un peu partout en espérant trouver une réponse à cette situation encore inédite. D'autres commençaient à trembler frénétiquement et fermaient les yeux, se concentrant au maximum pour tenter de reprendre le contrôle de leur corps. Jamais encore Lorelei n'avait assisté à une scène aussi déconcertante. Et le pire de tout était qu'elle semblait ne devoir jamais finir. Appréhender l'éternité de cette façon était bien la dernière des choses qu'elle avait imaginé.

Soudain, l'assemblée sursauta. La voix ténébreuse de Dunkan venait de claquer comme un fouet sous la voute pierreuse et les murs s'en renvoyèrent l'écho pendant quelques secondes, qui parurent interminables.

- Membres du clan ! Gronda-t-il. La guerre est déclarée. L'ennemi a déjà tué l'une d'entre nous et, ce soir, il nous a privé d'un de nos Écorcheurs. Sans compter les nombreuses goules qui sont tombées en chemin. Mais c'est là qu'il a fait une erreur. Et cette erreur lui coûtera la victoire. Et plus encore…

Des rugissements de douleur et de colère s'élevèrent de la porte et flottèrent un moment au-dessus de leur tête.

- Il a, en effet, ciblé mes plus proches goules. Et si j'en crois les griffures de plus en plus nombreuses qu'il m'inflige, il ne s'arrêtera qu'une fois qu'il les aura toutes exterminées.

Un sourire démoniaque lui barra le visage. Ses yeux se rétrécirent et Lorelei devina qu'il visualisait déjà la mise à mort de l'ennemi.

- C'est pour ça que nous allons l'aider. Nous allons faire en sorte qu'il n'en reste plus qu'une. Elle nous servira d'appât afin qu'il se trahisse et nous l'exterminerons. Mais avant cela…

Chapitre 10

Il y eut un bruit d'os écrasé et les hurlements reprirent. Lorelei n'y tint plus. Elle se tourna vers Jimmy.

- Jimmy ? Jimmy ! Qu'est-ce qui se passe ? C'est quoi ce bruit ? Il se passe quoi là-derrière ?

Sa voix n'était qu'un murmure mais elle montait dans les aigus et trahissait le sentiment de terreur qui commençait à l'envahir. Jimmy ne répondit pas mais elle sentit sa main entourer son poignet et le serrer. Il tentait de lui dire quelque chose.

Elle releva immédiatement la tête et se figea. Dunkan avait les yeux fixés sur elle. Elle le vit esquisser un sourire mauvais tandis que, très lentement, il se mettait en marche. Elle constata avec effroi qu'il se dirigeait droit sur elle. Il sembla tout à coup bien plus imposant à Lorelei que lorsqu'elle l'avait vu rentrer dans le théâtre où s'étaient joués la Partie et son désastreux dénouement. "Dunkan est bien plus dangereux qu'il en a l'air ". Ces paroles prenaient soudain tout leur sens.

Il lui suffit de trois enjambées pour être dans l'allée. Il fila droit dans sa direction. Où fuir ? Il n'y avait pas d'issue. Jimmy lâcha son poignet. Elle y vit le signe de sa proche fin.

Lorsqu'il arriva à son niveau, Lorelei vit sa main s'abattre en direction de son épaule. Tétanisée, elle ferma les yeux et attendit

Le sépulcre de cristal

l'impact. C'est alors qu'elle entendit le gargouillement de chair que l'on écrase, juste derrière elle.

Dunkan venait de saisir à la gorge le vampire qui avait essayé de les faire passer, Tom et elle, par-dessus le pont. Il l'obligea à sortir des rangs, bousculant quelques vampires sur son passage. Lorelei vit que les doigts de Dunkan s'étaient enfoncés dans le cou du traître, mais sans pour autant l'entailler. Il se servit de la trachée de sa victime comme de l'anse d'un sac à main et l'attira dans l'allée centrale. Il le traîna ensuite sans difficulté. La douleur devait être insupportable. Sans doute était-ce pour cela que le vampire ne résistait qu'à peine. Lorelei remarqua que plusieurs vampires avaient instinctivement porté une main à leur cou dans un geste inconscient de protection.

Dans le silence tombal, qui avait pris possession de la salle, résonnaient les pas de Dunkan et les suppliques étouffées du vampire, entrecoupées de gargouillements infâmes. Dunkan le traîna jusqu'à la statue. C'est là que le traître comprit le châtiment qui l'attendait ; Malgré la douleur fulgurante qui irradiait son cou à chaque tentative pour se dégager, il tenta une ruade et se jeta en arrière. Dunkan tint bon. Les yeux du vampire se gorgèrent de sang. Lorelei crut même qu'il allait s'évanouir. Il s'accrocha des deux mains au poignet de Dunkan, avec le fol espoir d'en desserrer l'étau. Il n'y parvint pas. Son regard se voila, Dunkan desserra légèrement les doigts et attendit

Chapitre 10

patiemment que le vampire ait quelque peu repris ses esprits. Il tourna ensuite la lourde poignée qui saillait de la porte et tira sur la trappe. Le cri de désespoir qui s'éleva du vampire ressembla au souffle d'un ballon que l'on dégonfle. Dunkan avait dû lui briser les cordes vocales. Il le poussa dans le tiroir de la mort et le referma d'un coup sec, qui claqua avec la violence d'un coup de tonnerre.

Ils attendirent. Au début, il n'y eut qu'un bruit de chute, puis plus rien. Quelques instants plus tard, quelque chose heurta la lourde porte. La statue grandeur nature de la femme torturée trembla sous le choc. Tous sursautèrent, sauf les Écorcheurs. Lorelei jeta un regard interrogateur vers Jimmy. Ce dernier n'avait pas bougé mais son visage s'était figé, comme si c'était la seule réponse possible à ce qui venait de se passer.

C'est alors qu'elle put clairement distinguer un second heurt, moins net peut-être que le précédent, mais bien distinct quand même. C'était comme si on avait jeté quelque chose de flasque sur la porte. Il y en eut un troisième, et encore un autre. On aurait dit que quelqu'un jetait un sac de draps imbibés d'une matière collante sur la porte. Ces derniers semblaient adhérer un instant à la lourde paroi d'acier de la porte avant que la gravité ne reprenne ses droits et les traîne de force jusqu'au sol.

C'est alors que la voix de Dunkan envahit de nouveau la pièce silencieuse.

Le sépulcre de cristal

- Et vous informe que quiconque se croira au-dessus des règles de ce clan se verra, comme notre ami, invité à venir saluer Karl et Lavastar.

Chapitre 11

Lorelei fulminait. Elle s'était attendu à tout, ou presque. Les vampires, leurs esclaves, les meurtres, les putréfactions…Mais se retrouver face à Jeff transformé lui-aussi en vampire, ça, ça dépassait l'entendement. Sur le nombre de personnes que comptait Paris, il avait fallu que l'Écorcheur qui l'avait transformée morde également son bourreau. Cela n'augurait rien de bon pour la suite. À moins que lui-même glisse d'un pont ou qu'il soit victime de la mystérieuse menace que l'ensemble du clan redoutait désormais, il n'y aurait pas d'échappatoire. Et l'exécution du traître au Repère avait clairement refroidi ses envies de meurtre. Sans pourtant les avoir totalement fait disparaitre. Mais il fallait se faire une raison. Il allait falloir faire avec. Et les regards lubriques, qu'il lui avait lancés à chaque fois que leurs regards s'étaient croisés, étaient sans appel : l'éternité allait devenir pour elle l'incarnation de l'Enfer sur terre.

L'ensemble du clan était rentré à l'institut, à l'exception de quelques-uns. Elle n'avait pas posé de question et avait

Le sépulcre de cristal

acquiescé lorsque Dunkan leur avait ordonné, à Tom et elle, de se charger d'une de ses goules. Elle avait suivi Tom qui, par bonheur, n'avait pas jugé utile de traverser à nouveau le pont bleu. Ils avaient emprunté les transports en commun, en silence. Puis ils avaient parcouru quelques rues sombres jusqu'à se trouver au pied d'un escalier de pierres, dont les marches irrégulières conduisaient à la plus célèbre des buttes parisiennes. Tom s'était arrêté à la moitié de la dernière volée de marches, qui les séparait encore du sommet. « Ici, on sera bien. » avait-il dit. Il s'était assis, elle l'avait imité. Il était resté silencieux, elle n'avait pas posé de question.

Elle se perdit dans ses pensées, tant et si bien qu'elle en oublia presque la présence de Tom. Son esprit passait et repassait le film de son agression et elle entendait la voix de Jeff, qui lui murmurait à l'oreille qu'il était prêt à remettre ça. Elle le tuerait. Elle ignorait où, quand et comment mais elle le tuerait. Tant pis pour les règles, tant pis pour Dunkan. Et tant pis pour elle si elle se faisait prendre. Il n'y avait pas de place pour tous les deux, dans aucun monde. Elle crut entendre sa mère sangloter dans le lointain et sentit la colère s'instiller dans ses veines. Elle avait tout perdu à cause de cette ordure. Elle allait le lui faire payer. La seule grâce qu'elle lui accorderait serait de pouvoir embrasser ses couilles avant de mourir. Un sourire mauvais et indolore se dessina sur ses lèvres. Elle imaginait déjà la scène…

Chapître 11

Elle n'avait pas vu Tom qui s'était discrètement rapproché et se penchait sur elle.

- Hé, lui dit-t-il doucement.

Elle sursauta et, par un réflexe incontrôlé, tenta de le saisir à la gorge. Il devait s'y attendre car sa main se referma sur son poignet et le retourna d'un mouvement sec et précis. Lorelei sentit une douleur aiguë lui vriller le bras et la rage qu'elle sentait bouillir au fond de son être changea d'objet. Lui aussi elle le tuerait. Sans desserrer sa prise, Tom rapprocha sa tête du visage sur lequel se peignait désormais le concentré de haine le plus pur qu'il ait vu depuis longtemps.

- L'état dans lequel tu te trouves est le pire ennemi que tu auras à combattre. Il te fera prendre des décisions qui te conduiront à ta perte. Une seule chose peut te faire reprendre le contrôle. D'ailleurs, elle arrive…

Malgré sa fureur, Lorelei leva les yeux. Dans la nuit baignée de doux rayons de lune, une silhouette approchait d'une démarche assurée, malgré son incroyable lenteur. C'était une jeune femme, d'une trentaine d'années tout au plus. Elle portait une veste qu'elle n'avait pas boutonnée et sa chemise n'était pas entièrement rentrée dans son pantalon. Elle avait les cheveux dépeignés, comme quelqu'un qui vient de sortir de son lit. Sans doute était-ce le cas. Tout chez elle, hormis sa démarche, traduisait la précipitation.

Le sépulcre de cristal

Lorelei plissa les yeux, elle avait du mal à la distinguer précisément. Une espèce de voile vitrifié lui obscurcissait la vue. La silhouette se dirigeait vers eux, apparemment insensible à leur présence, comme à l'étrangeté de la position de Lorelei que Tom n'avait pas lâché. Elle commença à grimper les marches à la manière d'un somnambule. La vue de Lorelei s'obscurcissait de plus en plus. Que lui arrivait-il ? Elle ne distinguait plus qu'une masse sombre et informe qui s'approchait d'eux lentement. Au bout de longues minutes, elle arriva enfin à leur niveau.

C'est alors que Lorelei vit la forme noire se dépecer de ce qui devait être sa veste puis s'abaisser, lentement, jusqu'à ce qu'elle la sente s'allonger sur ses genoux. Elle entoura même la taille de Lorelei avec l'un de ses bras. C'est le moment que choisit Tom pour redonner un tour à sa clé à son poignet. La douleur fusilla Lorelei qui, le souffle coupé, ouvrit la bouche pour laisser échapper un hurlement muet. Avant même que ce dernier ait eu le temps de s'élever, Tom saisit la nuque de Lorelei et l'écrasa sur la belle endormie. Les crocs de Lorelei percèrent la peau tendre du cou que la jeune femme avait posé en offrande sur ses genoux. Un liquide chaud jaillit dans sa bouche tel un geyser de béatitude. Elle se laissa plonger dans cet oasis de saveurs nouvelles qui ne tardèrent pas à envahir son être tout entier.

Chapitre 11

Lorsqu'elle releva la tête quelques minutes plus tard, Tom constata avec satisfaction que toute animosité avait disparu de son visage. Il ne restait plus qu'une expression de profond bien-être, derrière un rideau de sang.

Son premier repas avait tellement apaisé Lorelei qu'elle ne réagit qu'à peine à la vue de la langue que Jeff se passa sur les lèvres, lorsqu'ils les croisèrent, Glenn et lui, dans un des couloirs de l'institut. Tom et elle se dirigèrent vers la pièce dont elle connaissait si bien l'un des angles. Dunkan les y attendait, flanqué de ses fidèles Écorcheurs, qui levèrent les yeux d'un immense plan de Paris sur lequel était focalisée leur attention. Lorelei remarqua qu'une table avait remplacé le cercueil dont la vue lui avait presque fait perdre l'entendement, il y avait quelques nuits de cela. Seulement quelques nuits... Ce souvenir lui semblait déjà si lointain.

Ils entrèrent. D'emblée, elle mesura la tension extrême qui régnait dans la pièce, mais elle n'eut pas le temps d'en deviner les raisons, Tom avait déjà réagi au quart de tour.

- Du nouveau ? Demanda-t-il sans prendre la peine de saluer le groupe.

Le sépulcre de cristal

Les regards se tournèrent vers Dunkan mais ce dernier resta silencieux. Ce fut Eamon qui répondit à sa place.

- Sebastian, dit-il simplement.

Tom attendit, mais aucune autre précision ne vint l'éclairer davantage. Il écarta les mains et secoua la tête en signe de profonde incompréhension.

Était-ce ce geste qui provoqua soudain la colère de Dunkan ? Lorelei se le demanderait longtemps. Son poing s'abattit sur la table sonnant le coup annonciateur du drame qui allait se jouer dans la pièce. Puis il fondit sur Tom qui, surpris n'esquissa pas même un geste pour se défendre. Dunkan le saisit par la gorge, le souleva et inversant subitement son geste, l'écrasa au sol. Il y eût un craquement sourd. Les visages se figèrent.

Jimmy fut le premier à se précipiter vers eux. Il saisit Dunkan par les épaules et lui fit décrire un demi-cercle avant de le repousser violemment loin de son frère. Eamon et Tobias réceptionnèrent Dunkan et emprisonnèrent ses épaules dans une puissante clé de bras, afin de le maintenir loin de sa victime. Dunkan n'avait pas l'habitude que ses compagnons lèvent la main sur lui et, sans doute, cela lui fit mesurer la gravité de son geste. Il se calma, presqu'instantanément, et son regard retomba sur Tom.

Chapitre 11

Il gisait là, immobile, le regard fixe tandis que Jimmy agitait les bras autour de lui sans oser le toucher. Il finit pourtant par poser délicatement le plat de sa main droite sur son torse. Il fit une légère pression et sembla hésiter. Lorelei le vit poser son autre main par-dessus la première. Il murmura quelque chose que seul Tom put entendre. Dunkan sentit l'étreinte de ses compagnons se crisper sur ses épaules lorsque Jimmy, d'un coup sec, repositionna le haut de la colonne vertébrale brisée de son frère dans l'axe qu'elle n'aurait jamais dû quitter. Les os crissèrent et les traits de Tom se tendirent comme la corde d'un arc prête à se rompre.

Dunkan ferma les yeux. Il s'était laissé emporter et savait à quel point le moment était mal choisi.

- Vous pouvez me lâcher, dit-il simplement aux vampires qui le retenaient. Ils hésitèrent, il le sentit mais ne releva pas. Il comprit alors qu'il venait de donner un coup de hache dans la confiance qui unifiait son clan autour de lui. Et il mesurait déjà les répercussions que ne manquerait pas d'occasionner son excès d'humeur. Elles formaient déjà des cercles concentriques qui s'éloigneraient doucement au-delà de cette pièce et envahiraient tout l'institut.

Il se dégagea doucement de l'emprise musclée de ses compagnons. Ils ne résistèrent pas cette fois et le laissèrent se dégager. Il s'approcha de Jimmy qui avait gardé une main posée sur le torse de son reflet meurtri. Son regard croisa celui de Tom. Il y lut la peur, le reproche et... l'incompréhension.

- Faîtes venir des goules à saigner, dit-il. Je veux deux perfusions en permanence jusqu'à ce qu'il soit en état de se mettre debout. Lorsqu'il sera transportable, installez-le dans mes quartiers, je veux deux équipes en permanence à ses côtés pour s'assurer qu'il se régénère correctement.

Il se pencha vers Tom.

- J'ai une dette envers toi, Thomas. Je m'en acquitterai.

Il resta un moment à contempler la victime de son excès de fureur. Mais ce n'était plus Tom qu'il voyait. Il voyait son erreur, et le spectre des conséquences qu'elle engendrerait.

- Allons au Repère, ordonna-t-il d'un ton qui ne tolérerait aucune réplique.

Lorelei avait suivi les Écorcheurs au Repère sans trop savoir si Dunkan s'était rendu compte que le groupe comptait une Juvénile. Elle n'avait pas osé s'éclipser, ni poser la question et aucun des Écorcheurs n'avait relevé. Elle avait vu un groupe de vampires se précipiter dans la pièce, suivi par deux jeunes femmes au regard hagard. Elle en avait conclu qu'il s'agissait là des réserves de sang frais destinées à réparer le corps du blessé.

Chapitre 11

Jimmy s'était levé. De mauvaise grâce, mais il s'était levé et avait suivi le mouvement. Elle s'était discrètement glissée à ses côtés mais elle n'était pas certaine qu'il l'eut remarqué. Lorelei se demandait à quoi il pouvait bien penser. Nourrissait-il des idées de vengeance contre Dunkan ? Cela lui semblait peu probable, mais elle avait appris que, dans ce nouvel univers, rien n'était à exclure.

Ce ne fut que lorsqu'ils arrivèrent au Pont Alexandre III qu'elle se rendit compte de son erreur. Et cette erreur risquait de lui être fatale. Elle entendit Dunkan lancer :

- Jimmy, avec moi. Les autres, tenez-vous prêts.

C'est alors qu'il remarqua la présence de Lorelei. La surprise se dessina sur son visage et un sourire sans chaleur accompagna la suite des instructions :

- Un par un.

Lorelei ne cilla pas. Elle ne lui aurait pas fait ce plaisir.

Elle avait oublié la manière dont on accédait au Repère et, cette fois, ni Jimmy, ni Tom ne serait là pour lui venir en aide. Elle sentit Eamon envahir son espace. Sans doute craignait-il de la voir essayer de s'enfuir. Mais où aurait-elle pu aller ?

La panique avait pointé sa tête hideuse au creux de son estomac et commençait à se frayer un chemin à l'intérieur de ses entrailles. Il n'avait pas suffi à Dunkan de briser Tom, il avait décidé de la condamner à mort. Et quelle mort… Elle vit un visage de femme, danser devant ses yeux. Sans doute était-ce la représentation de cette fameuse Marilyne, la compagne vampire qu'elle ne connaissait pas mais dont elle allait pourtant partager la tragique destinée. Lorelei remarqua que son inconscient lui avait prêté les traits de la statue de verre. C'était logique, après tout, ces deux femmes se ressemblaient dans leur destinée de martyre. Et elle-même n'allait pas tarder à les rejoindre.

Jimmy et Dunkan avaient déjà disparu. Tobias, qui se tenait adossé au pont disparut lui aussi, l'instant suivant. Glenn le suivit de près. Il ne restait plus qu'Eamon et elle. Et Eamon passerait le dernier. Elle devait tenter sa chance. Aussi mince soit-elle. Elle n'avait plus le choix.

Lentement, Lorelei se dirigea vers la rambarde. Elle s'y assit avec une infinie précaution. Elle regarda autour d'elle. Il n'y avait pas âme qui vive aux alentours. C'était exceptionnel malgré l'heure tardive. Elle regarda le ciel qui ne lui viendrait pas en aide. Le visage de l'inconnue du Repère lui souriait dans la nuit. Un sourire irradiant. Elle sentit une douce chaleur l'envahir. L'horizon bascula lorsqu'elle se laissa tomber en arrière.

Chapitre 11

Dépouillée de la foule des vampires que comptait le clan, la pièce semblait immensément plus grande. Lorelei eut l'impression d'émerger d'un rêve et se rendit compte qu'elle était au Repère. Par quel miracle avait-elle réussi à passer ? Elle l'ignorait. Mais elle chercha Dunkan des yeux afin de jouir de la surprise, qui ne manquerait pas de se peindre sur son visage. Mais Dunkan ne la remarqua même pas. Ni aucun des Écorcheurs. Ils se tenaient tous, immobiles, dans l'angle qui abritait la statue de verre. Ils semblaient perdus dans la contemplation du monument. Elle s'approcha.

C'est alors qu'elle le vit. La première image qui lui vint fut celle d'un poisson embroché de la tête à la queue au-dessus d'un tapis de braises. Mais il n'y avait pas ni poisson, ni braise. Seulement Sebastian. Ses mains liées étaient solidement accrochées à un énorme clou qui perçait le mur de pierre. Ses pieds, eux aussi ligotés avec soin, subissaient le même sort sur le mur opposé. Son torse et son ventre étaient empalés sur deux barres de fer plantées dans le sol, de part et d'autre de la statue. Ou de ce que l'on en devinait. Elle n'était plus qu'une vague forme noirâtre. Lorelei ne tarda pas à deviner d'où lui venait cette couleur étrange. Le manche d'un poignard dépassait du menton de Sebastian. Elle comprit que le liquide noir, qui recouvrait la statue, dégoûtait de sa gorge.

Le sépulcre de cristal

Elle entendit Dunkan hurler de rage. Il se précipita vers Sebastian, referma sa main sur le manche du poignard et tira d'un coup sec. Un flot grumeleux de sang coagulé s'échappa du gouffre béant que laissa le poignard. La tête de Sebastian bascula sur le côté. L'arme lui avait traversé la tête. Il n'y avait plus rien à faire : il était bel et bien mort.

Dunkan observa un instant le poignard qu'il tenait dans sa main et ferma les yeux. Lorelei vit ses doigts se crisper autour du manche. D'un geste qu'elle n'avait pas anticipé, il jeta le poignard dans sa direction. L'arme siffla presque à son oreille, lorsqu'il frôla son visage. Elle resta bouche bée, immobile. L'expression de surprise qu'elle avait espéré susciter chez Dunkan apparut, soudain, à la surface de ses traits. Elle comprit qu'il ne l'avait pas visée. Il n'avait même pas envisagé qu'elle puisse être là.

Jimmy et Lorelei marchaient tranquillement dans la nuit noire. Une brise soutenue s'était levée, leur donnant une sensation de fraîcheur qu'ils appréciaient, même s'ils ne l'avouèrent pas. Lorelei n'avait pas ouvert la bouche depuis qu'ils avaient quitté le Repère. Le groupe s'était séparé. Dunkan était parti chasser, seul moyen de calmer, un temps soit peu, la

Chapitre 11

rage qui le consumait depuis qu'il avait découvert le cadavre d'un de ses plus fidèles Écorcheurs.

Elle avait suivi Jimmy et celui-ci n'avait pas protesté. Elle supposait même qu'entre ce qui était arrivé à son frère et la vision de Sebastian embroché comme un vulgaire gibier, elle devait être la seule compagnie qu'il pouvait encore supporter. Elle fut surprise de le voir se diriger vers l'un des bancs qui encadraient un petit square, à l'angle du boulevard qu'ils venaient de remonter. Elle le vit s'y asseoir, croiser les jambes et étendre ses bras de part et d'autre du dossier. Il renversa sa tête en arrière et resta un moment dans cette position, savourant la brise, le regard perdu dans la contemplation d'étoiles qu'il ne pouvait pas voir.

Elle hésita, ne voulant pas troubler ce moment de répit, dont il avait certainement cruellement besoin. Mais il lui fallait des réponses. Les derniers évènements montraient très clairement que la situation avait échappé au contrôle du Dunkan. Et si Dunkan n'avait plus la maîtrise des choses, qui serait en mesure de parer au danger qui les menaçait ? L'ennemi venait d'assassiner l'un des plus redoutables vampires que le clan ait compté et qui plus est, au cœur de l'endroit le plus secret et le plus difficile d'accès qu'elle connaisse. L'endroit était pourtant réputé secret, tout comme la manière d'y accéder. L'assassin avait dû suivre Sebastian jusqu'au Repère. Il n'y avait pas d'autre explication possible. À moins que…

Elle attendit patiemment quelques minutes puis, n'y tenant plus, se lança :

- Pourquoi a-t-il fait ça ? demanda-t-elle à Jimmy d'une voix calme, mais dont le ton indiquait clairement qu'elle exigeait une réponse.

Jimmy renonça à contempler le ciel et son regard redescendit pour se poser sur la Juvénile qui l'accompagnait. D'instinct, il devina qu'elle parlait de Dunkan et de ce qu'il avait fait subir à Tom. Il soupira et prit un moment avant de répondre.

- Je suppose que ce n'est pas après lui qu'il en avait. Ces excès de colère sont plutôt rares chez Dunkan, mais quand ils arrivent, il vaut mieux ne pas se trouver sur son passage.

Lorelei hocha la tête et ressentit un profond soulagement en constatant que les conclusions de Jimmy rejoignaient les siennes. Toute autre explication au geste de Dunkan lui aurait semblé inacceptable. Mais ce n'était pas le seul point auquel il manquait des réponses. Elle ne pouvait chasser de son esprit le regard soupçonneux que lui avait lancé Dunkan, lorsqu'il avait réalisé qu'elle était parvenue à atteindre le Repère. Elle-même se demandait encore par quel miracle elle avait bien pu réussir un tel exploit. À dire vrai, elle ne se souvenait de rien. Et cela

Chapitre 11

n'augurait rien de bon dans le contexte troublé où elle voyait se débattre le clan.

Jimmy vit le malaise qui se peignait, par petites touches, sur le visage de sa compagne d'infortune, mais il se trompa néanmoins sur les raisons de ce dernier.

- Ne t'inquiète pas pour Jeff, dit-il. Il va très vite déchanter. Et crois-moi, il va comprendre ce que c'est que d'être dans la position de victime. Je ne sais si cela suffira à apaiser tes souffrances mais d'une certaine façon, tu l'auras ta vengeance. Et sans avoir à craindre de te faire dévorer en retour, ce qui, en soi, n'est pas négligeable quand on y regarde de plus près.

Lorelei ne s'était pas attendu à cela et lui lança un regard intrigué.

- Que veux-tu dire par là ? demanda-t-elle, soudain avide de connaître le détail de la destinée funeste qu'il promettait à son ennemi juré.

Un sourire malveillant accompagna la réponse qu'elle attendait.

- Tu n'as donc rien remarqué ? Pourquoi crois-tu que Glenn ait choisi de s'occuper de Jeff plutôt que de toi ? Quitte à choisir, moi je n'aurais pas hésité une seconde.

Il lui fit un clin d'œil et Lorelei se sentit flattée. Mais cela ne l'éclaira pas davantage. Jimmy le comprit et reprit :

Le sépulcre de cristal

- Qu'il s'agisse de goules ou de Juvéniles, les Écorcheurs gardent une emprise puissante sur l'esprit de leurs proies. Ils peuvent leur faire faire tout ce qu'ils veulent, sans la moindre limite. La seule différence, c'est que ce lien reste permanent chez les goules et qu'elles ne gardent aucun souvenir de tout ce qui n'est pas l'expression de leur volonté propre. Ce n'est pas le cas en ce qui concerne les Juvéniles. Les jeunes vampires, eux, gardent leur pleine conscience même lorsque leurs actes sont dictés par l'unique volonté de leur concepteur. Sauf si ce dernier choisit de substituer son esprit au leur.

Lorelei ne put s'empêcher de frémir en comprenant que Glenn pourrait la contraindre à se jeter dans la Seine, si cela lui chantait. Elle chassa rapidement cette idée de son esprit et reporta toute son attention sur Jimmy qui poursuivit :

- Ce lien qui unit Écorcheur et Juvénile s'amoindrit avec le temps et l'expérience que le jeune vampire acquiert. Mais en attendant, il peut obtenir de lui tout ce qu'il veut.

Il jeta un coup d'œil à Lorelei qui n'avait pas réagi.

- Tout ce qu'il veut, répéta-t-il sans qu'elle comprenne où il voulait en venir.

- Y compris des faveurs sexuelles... Et connaissant les goûts particuliers de Glenn en matière de sexualité, ce pauvre Jeff aura tout le loisir de prendre la mesure de ce qu'il t'a infligé. Et bien plus encore, si tu veux mon avis !

C'était inespéré. Lorelei sentit ses lèvres s'étirer. « Même pas mal ! » pensa-t-elle.

Jimmy s'était tu, laissant à Lorelei le temps de savourer l'information. La brise venait de faire frémir l'un des buissons qui bordaient le petit square. À moins que ce ne soit un chat. Il n'y en avait pourtant pas beaucoup par ici… La voix de Lorelei interrompit ses réflexions.

- Que crois-tu qu'il soit arrivé à Sebastian ?

- Ça, j'aimerais bien le savoir, répondit-il avec le plus grand sérieux. Personne, à par Dunkan et les Écorcheurs, ne connaissait l'endroit exact où se trouve le repère. Du moins, jusqu'à la nuit dernière où le clan entier y a été réuni. Je suppose que l'assassin de Sebastian l'a suivi et l'a buté une fois là-bas. C'est ce que pense Dunkan, du moins.

Jimmy réfléchit longuement à ce qu'il venait de dire. Il jeta un coup d'œil à Lorelei. Elle n'était encore qu'une Juvénile, il pouvait se risquer à lui parler. En cas de problème, sa parole ne vaudrait rien contre celle d'un Écorcheur. Et il avait besoin de parler à quelqu'un, maintenant que Tom n'était plus de la partie.

Le sépulcre de cristal

- Mais j'ai du mal à le croire, finit-il par lâcher. Pour moi, ils devaient être plusieurs. Sebastian ne se serait jamais laissé surprendre par un seul individu. Et c'était un de nos meilleurs Écorcheurs, le plus violent en tous cas.

Lorelei se contenta de hocher la tête. Elle comprenait le raisonnement de Jimmy. Mais en admettant que Dunkan ait raison, qu'il n'y ait eu qu'un seul agresseur, cela changeait terriblement la donne. Cela signifiait, entre autre, qu'aucun d'entre eux ne serait capable de se défendre. Cette idée lui fit froid dans le dos, elle préféra changer de sujet :

- Et la statue, hasarda-t-elle. Qu'est-ce qu'elle représente et que fait-elle au repère ?

Jimmy hésita. Lorelei crut qu'il n'allait pas répondre et lui lança un regard furtif. Elle comprit alors qu'il cherchait ses mots.

- En réalité, c'est bien plus qu'une simple statue : c'est un monument funéraire qui ornait la tombe de la femme qu'elle représente. Elle était déjà là lorsque Thomas et moi avons rallié le clan. Il y a eu des tas de rumeurs à son sujet…Mais on n'a jamais su quelle était sa véritable histoire. Dunkan aime entretenir le mystère qui entoure sa statue.

- Sa statue ? Répéta Lorelei, surprise. Dunkan serait-il fileur de verre à ses heures perdues ?

Chapitre 11

L'insolence dont Lorelei était capable envers leur maître pourtant redouté des plus téméraires avait fini par amuser Jimmy. Il sourit franchement et une perle brune se forma à la commissure de sa lèvre.

- Non, dit-il en léchant la goutte de sang qui tentait de couler de sa bouche, il s'est plutôt contenté d'en fournir le modèle. La légende dit qu'il est à l'origine du supplice qu'on a fait subir à cette femme.

Lorelei regarda Jimmy avec des yeux ronds. Elle vit son visage se rembrunir et resta interdite lorsqu'elle l'entendit ajouter :

- Et que c'est lui qui l'a achevée.

Un silence lourd s'était abattu sur eux tandis qu'ils ruminaient chacun d'obscures pensées. Jimmy s'étira, et lâcha le dossier du banc pour poser ses coudes sur ses genoux et entremêler ses doigts. Lorelei songea à Thomas, qu'elle avait vu adopter la même position, peu avant que la goule aux cheveux longs vienne s'offrir en guise de repas. Elle attendit. Peut-être allait-il dire quelque chose ?

Ce ne fut pas le cas. Mais peu lui importait cette fois : elle avait eu les réponses aux principales questions qu'elle se posait.

Le sépulcre de cristal

Ils restèrent là un bon moment. Lui, assis sur son banc, le regard fixe, ruminant des pensées dont elle n'osait deviner l'objet. Elle, debout à ses côtés, les yeux rivés sur son compagnon dont le reflet, qui l'accompagnait partout d'habitude, avait disparu.

C'est alors qu'ils l'entendirent.

C'était comme si un lourd manteau traînait sur le sol, sableux et terreux tout à la fois, du minuscule square où ils s'étaient arrêtés. Arrachés à leurs réflexions, ils restèrent immobiles, les sens en alerte. Quelque chose était là. Tout près. Et ce quelque chose avait quelque chose d'inexplicablement menaçant pour les deux vampires. Ils attendirent. Le bruit recommença, mais cette fois, à l'opposé de l'endroit où ils avaient cru l'entendre la première fois. Cela confirma ce qu'ils craignaient : le laps de temps nécessaire pour couvrir la distance entre les deux endroits n'était pas à la portée d'un humain. Le sang de Lorelei se glaça un peu plus dans ses veines. La menace émanait forcément de quelque chose qui appartenait à leur espèce. Et cela n'augurait rien de bon.

Jimmy était resté assis jusqu'à ce que le second raclement se fasse entendre. Vraisemblablement arrivé aux mêmes conclusions que Lorelei, il se leva, prêt à parer une attaque. Ou n'importe quoi d'autre. Un ricanement cristallin s'éleva dans l'air du soir, telle une complainte annonciatrice de mort

Chapitre 11

imminente. Il semblait flotter dans les airs autour d'eux, décrivant une ronde dont les deux vampires étaient le centre. Lorelei tournait et se retournait, cherchant à entrevoir le visage de la menace, dont le rire semblait se rapprocher un peu plus à chaque fois qu'il s'élevait. Mais elle avait toujours un instant de retard. Et les épais feuillages des arbres et des buissons, qui paraient de verdure ce havre de détente pour badauds, n'arrangeaient rien à l'affaire.

Un souffle glacé se leva soudain derrière elle. Elle sentit la menace écarter les bras, prête à la saisir et à l'emporter au fin fond des enfers dont elle s'était échappée. Elle jeta un regard à Jimmy, un regard suppliant mais ne trouva pas ses yeux. Il ne regardait pas de son côté. Le désespoir s'empara de Lorelei au moment où elle sentit l'étau se refermer sur elle. Elle ferma les yeux et oublia tout.

Lorsqu'elle rouvrit les yeux, Jim se tenait devant elle et la secouait comme elle secouait jadis, le jeune pommier du voisin dont elle convoitait les premiers fruits. Elle leva la main en signe de reddition, il arrêta son geste.

- Ça va ? Lui demanda-t-il, visiblement inquiet.

- Que s'est-il passé ? répondit-elle d'un ton mal assuré.

Le sépulcre de cristal

- A vrai dire, je n'en ai aucune idée. Il y avait quelque chose ou plutôt quelqu'un. Puis plus rien.

Lorelei hocha la tête.

- Oui, je me souviens. Cette présence… Je l'ai sentie, juste derrière moi. J'ai cru que ma dernière heure était arrivée… Enfin, façon de parler. Puis ça a disparu.

- Oui, mais ça pourrait revenir, dit-il en gardant du regard les buissons en respect. Rentrons, les rues ne sont plus sures désormais.

- Tu crois que…

Elle n'osa pas continuer. La seule idée d'avoir rencontré l'assassin de Sebastian lui semblait impossible à verbaliser. Comme si l'évoquer suffirait à le ramener auprès d'eux pour finir le projet macabre, qu'il nourrissait envers le clan. Jimmy sembla réfléchir, scruta les environs et l'entraîna vers la sortie.

- J'en ai bien peur, murmura-t-il.

Une fois rentrés à l'institut, ils se rendirent directement dans la pièce où Dunkan avait passé ses nerfs sur Thomas. Thomas n'y était plus, mais Dunkan, lui, était là, entouré de ce qu'il restait de ses Écorcheurs. Ils semblaient les attendre.

Chapitre 11

A peine eurent-ils franchi la porte que Dunkan fondit sur eux. Jimmy se plaça instantanément devant Lorelei et leva un poing menaçant en direction de son maître belliqueux.

- Reste où tu es ! Lui ordonna-t-il d'un ton qui surprit l'assemblée et Dunkan lui-même.

Ce dernier stoppa net son élan mais une rage féroce se peignit sur ses traits.

- Je vais mettre ça sur le compte de ce qui est arrivé à Thomas.

La flamme ardente qui s'était allumée au fond de ses globes oculaires s'éteignit doucement. Mais ce calme apparent ne trompa personne. La tension devint presque palpable dans la petite pièce, visiblement désormais dédiée aux drames les plus violents.

- Je t'écoute, finit par dire Dunkan. Qu'as-tu à m'apprendre ?

- Je crois que nous l'avons croisé. Un seul vampire. Assez sûr de lui pour se risquer à nous approcher tous les deux. Apparemment, il avait projeté de s'en prendre d'abord à Lorelei…

Devant le regard interrogateur de son maître, Jimmy se décala d'un pas afin que Dunkan puisse voir de qui il parlait. Dunkan jeta un regard rapide à la Juvénile, qui vint courageusement se placer près de l'Écorcheur et revint sur son interlocuteur.

- Et par quel miracle en a-t-elle réchappé alors que mon plus fidèle Écorcheur n'a pas survécu ? Ne put retenir Dunkan, que la rage recommençait à ronger.

Il y eut un silence. Tous attendirent une fois encore que Dunkan se calme. Lorsque ce fut le cas, Jimmy reprit :

- Il n'a pas cherché à nous prendre par surprise. Il s'est amusé à jouer avec nous, ricanant tout autour de nous sans se montrer. Je me suis tourné vers Lorelei à l'instant où il allait la saisir. J'ai entrevu ses mains au niveau de son visage. J'allais bondir quand elles ont disparu.

- Et comment expliques-tu cela ? Aboya Dunkan que le récit exaspérait.

- Je n'en sais rien, admit Jimmy.

La sincérité se lisait dans sa voix, tout comme l'animosité qu'il nourrissait envers Dunkan depuis que ce dernier avait brisé le dos de son frère, sans autre raison apparente que ses excès d'humeur, rendus incontrôlables par la situation qu'il sentait lui échapper. Cependant la question restait entière : qu'est-ce qui avait bien pu dissuader le tueur de Sebastian, et probablement celui de Marilyne et Lavastar, d'épargner un jeune vampire inexpérimenté ?

Chapitre 11

La question occupa un moment le cercle réduit des vampires qui se tenaient dans la pièce. Lorelei remarqua Glenn, qui se tenait adossé, contre le mur du fond. Il lui inspira un profond sentiment de sympathie. Dunkan reprit la parole.

- Nous verrons cela plus tard, conclut-il.

Il jeta un regard interrogateur à ses compagnons.

- Vous êtes vous acquittés de votre tâche ? Tous ?

Un murmure d'approbation traversa la pièce.

- Alors, il ne nous reste plus qu'à attendre qu'il s'attaque à la dernière goule qu'il me reste. Elle est toute fraîche, il n'aura donc aucune difficulté à la trouver. Cela ne devrait pas tarder.

Un sourire lubrique accompagna l'évocation de l'appât. Lorelei songea qu'il ne valait mieux pas essayer de deviner ce qu'il avait pu exiger d'elle.

- Tenez-vous prêts, on va le chopper ce salopard.

Il y avait tant de certitude dans sa voix, et de violence dans le ton qu'il avait emprunté, que Lorelei fut surprise d'entendre Jimmy se risquer à lui voler le mot de la fin.

- Il y a une dernière chose Dunkan.

Dunkan se tourna vers l'Écorcheur et le jaugea, de manière à lui faire comprendre que cette interruption allait lui en coûter, si l'information qu'il s'apprêtait à lâcher, n'en valait pas la peine.

Le sépulcre de cristal

- Je n'ai pas vu que ses mains. J'ai également vu ses yeux. Dans l'obscurité.

Dunkan le regarda sans comprendre.

- Je suis presque certain qu'il ne s'agit pas d'un salopard.

Le silence devint soudain pesant lorsqu'il ajouta : « Mais d'une salope. »

Chapitre 12

Le soir tombait doucement sur la Capitale et avec lui, une brise légère s'était mise à souffler sur la ville. Charles et Willa avait décidé de délaisser leur circuit *Découverte des Hauts Lieux de Paris* pour une promenade romantique. La chaleur pesante de la journée les avait instinctivement dirigés vers le point d'eau le plus proche. Ils avaient boudé la Seine, préférant aux remous tumultueux du trafic fluvial, le clapotis douceâtre d'une voie d'eau moins éprouvée. Plus doux, plus calme, le canal Saint-Martin naviguait entre deux berges boisées. Ils remontèrent lentement le canal, prenant le temps de flâner, main dans la main.

La robe longue de Willa, bercée par le vent, ondulait comme les feuilles fuselées des marronniers qui couvraient leurs pas, de leur ombre bienveillante. Les teintes flamboyantes d'un coucher de soleil plein de promesses halaient l'eau verte de reflets écarlates. Les oiseaux lancèrent leur dernière ballade, hymne à cette belle et chaude journée. L'arrière-saison s'annonçait belle !

Le sépulcre de cristal

Charles et Willa se félicitèrent une fois encore d'avoir choisi d'effectuer leur voyage à cette époque-ci de l'année. Les rives du canal, pourtant gorgées de touristes durant la journée, avaient été peu à peu désertées. Ils pouvaient donc librement s'abandonner à la rêverie et au romantisme que leur inspirait ce moment.

Ils se laissèrent aller aux enfantillages de tous les jeunes amoureux. Charles lança le jeu et essaya d'emprisonner Willa dans ses bras noueux, mais cette dernière parvint à s'en échapper en tournant sur elle-même. Têtu, Charles se mit à la poursuivre et entama une pantomime de corrida où il jouait le taureau et laissait à sa belle le soin d'esquiver ses assauts. Elle parvenait chaque fois à l'éviter, esquissant à l'envi un délicat pas de danse ou un petit bond de chat.

Mais le matador ne saurait gagner à tous les coups. Et lorsque Charles parvint à l'immobiliser, il lui asséna d'un coup sec un baiser bruyant dans le cou. Elle fit la moue, il relâcha son étreinte, elle s'enfuit en lui jetant une œillade coquine et un petit gloussement de satisfaction. Et le jeu recommença. C'est ainsi qu'ils se retrouvèrent près d'une passerelle qui enjambait, avec une feinte désinvolture, le cours d'eau momentanément transformé en bassin. Charles accéléra et Willa bondit sur la première marche. Elle se retourna pour lui faire face, attrapa chaque pan de sa robe et, d'un mouvement ample et étudié, lui fit une élégante révérence. Puis elle tourna les talons et il

Chapitre 12

entendit le claquement de ses fines semelles tandis qu'elle grimpait les marches en acier recouvert d'une peinture verdâtre.

Il s'élança à sa poursuite, s'arrêta en haut des marches, tourna la tête à la manière d'un périscope, fit le point sur elle et s'élança de nouveau, en ajoutant un profond mugissement à la pantomime. Jambes croisées, elle s'était adossée à la passerelle, non sans avoir pris soin de glisser ses mains entre sa robe et la rambarde poussiéreuse. Elle laissa échapper un éclat de rire, en se voyant ainsi chargée par un animal fou ; mais elle ne s'enfuit pas cette fois. Lorsqu'il arriva à sa hauteur, il se plaqua contre elle, l'enlaça et essaya de l'embrasser. Mais le fou rire l'avait pris et chaque tentative se soldait par un nouvel éclat d'hilarité, qu'il prenait plaisir à alimenter en boudant ou en levant les yeux au ciel dans une prière silencieuse et désespérée.

Jamais il ne l'avait trouvé aussi belle.

Il sentit une vague chaude de désir lui parcourir le bas du ventre. Il s'approcha jusqu'à être collé à elle. Il avait complètement envahi son espace, tant et si bien qu'elle ne pouvait même plus s'écarter, pour essuyer ses yeux remplis de larmes d'hilarité. Elle essaya plusieurs fois mais il déjouait toutes ses tentatives, resserrant son étreinte, plongeant sa tête dans son cou et soufflant avec force afin de dégager ses cheveux. Elle avait beau supplier, il était intraitable. Les rires de Willa interpellèrent quelques passants, qui sourirent à cette

Le sépulcre de cristal

scène charmante de chahut amoureux. L'un d'entre eux eut même un hochement de tête en direction de Charles qui signifiait en langage mâle « c'est bien mon gars, t'as tout compris !».

Le vent se leva, baignant la passerelle d'une brise à peine plus fraîche de l'air ambiant. Il fit doucement frémir la surface des eaux stagnantes retenues par l'écluse et fit danser les quelques mèches de cheveux, qui étaient parvenues à s'échapper de la queue de cheval de la jeune femme. Willa prit le visage de son homme dans ses mains et posa délicatement ses lèvres sur les siennes. Ils s'embrassèrent, lentement, savourant chaque instant de ce contact si agréable. Ce long baiser ne tarda pas élever Willa au même niveau de désir que Charles. Ils se regardèrent, chacun trouvant dans le regard de l'autre l'étincelle qu'il y cherchait.

Ils seraient restés encore de longues minutes, perdus dans cette contemplation qui les confortaient dans leur amour réciproque, s'ils n'avaient pas entendu un petit gloussement amusé juste en-dessous d'eux.

C'était un enfant. Un petit garçon, qui devait avoir entre trois et quatre ans, et encore… Il tenait une de ses mains plaquée sur sa bouche et les montrait du doigt de l'autre. "Oh les amoureux!" leur lança-t-il en riant. Puis il se désintéressa d'eux et reprit un jeu dont lui seul connaissait le principe et les règles. Il consistait

Chapitre 12

à aller s'appuyer contre le mur de pierre, à prendre son élan, à courir le plus vite vers le rebord du bassin d'eau et à freiner au dernier moment pour ne pas y tomber. Chaque tentative réussie lui faisait pousser des cris de joie. Mais une seule tentative ratée et l'enfant se tairait à jamais.

Charles et Willa se regardèrent. Qu'est-ce qu'un enfant de cet âge pouvait bien faire tout seul à un endroit pareil ? Il avait dû échapper à la vigilance de ses parents.

Les éclats de rire de l'enfant finirent par réveiller un pauvre homme, qui dormait sur de vieux cartons, de l'autre côté de la rive. Charles et Willa virent son visage rouge brique émerger d'un tas informe de vêtements enchevêtrés. L'homme semblait éberlué, comme ébloui par la luminosité mourante des derniers instants du jour. Il cria à l'enfant :

- Tu veux pas aller jouer plus loin p'tit ? Elle est où ta mère ?

L'enfant sembla soudain se rappeler qu'il avait effectivement une mère et qu'il s'en était éloigné. Il jeta un regard autour de lui et ne la vit pas. De grosses larmes roulèrent sous ses paupières et se mirent couler. Sa bouche s'ouvrit, dessinant un haricot sombre sur son visage joufflu. Un profond sanglot en sortit, suivi de beaucoup d'autres. Charles et Willa virent l'homme se couvrir les oreilles de ses mains : les cris de l'enfant lui vrillaient visiblement le crâne, déjà bien embué par des vapeurs alcoolisées.

Le sépulcre de cristal

- Mamannnn… Doudouuuu … pleurait l'enfant.

Charles et Willa se détachèrent et descendirent de la passerelle. Ils empruntèrent l'escalier de pierre qui permettait de descendre sur la berge, en contre-bas de l'écluse. Ils se précipitèrent vers l'enfant. Mais ils n'avaient pas imaginé qu'ils allaient lui faire peur. L'enfant les vit arriver en trombe et, obéissant à un réflexe qu'il ne maîtrisait pas, recula. Voyant cela, ils ralentirent et s'arrêtèrent les bras tendu en avant, immobiles.

- Ne bouge pas petit ! dit doucement Charles. On va la retrouver ta maman.

- Hé, les interpella l'ivrogne, c'est à vous ce p'tit là ? Z'auriez pu l'surveiller, c'est dangereux bordel ! Bande de cons inconscients, pauv' cons va !

L'enfant paniqua et recula de plus belle. Il n'avait pas mesuré la distance qui le séparait de l'eau. Willa le vit perdre l'équilibre et basculer en arrière. Elle poussa un hurlement. Charles bondit et se jeta en avant. Il parvint tout juste à attraper le polo du gamin, avant que ce dernier ne soit englouti par les flots sombres au cœur desquels, il n'aurait eu aucune chance de le retrouver. L'enfant tomba à l'eau mais Charles l'en extirpa presqu'aussitôt. Il le hissa sur la berge.

Le petit était tout mouillé et en état de choc. Charles dénoua le sweat-shirt qu'il portait à la taille et prit soin de le retourner

Chapitre 12

avant d'en couvrir le petit qui, malgré la douceur de l'air du soir, tremblait de tous ses membres. Ce n'était pas la peine de lui mettre sous les yeux l'image terrifiante de la faucheuse squelettique, symbole de célèbres *bikers*, qui ornait son vêtement. Il chercha Willa des yeux. Ses muscles se figèrent et, l'espace d'un instant, son cœur cessa de battre.

Willa était assise, dos au mur, près de l'escalier. Sa tête pendait sur le décolleté de sa robe. Une tâche brunâtre naissait de son cou et se répandait rapidement sur sa robe aux motifs floraux. Des petites gouttes d'elle tombaient régulièrement sur le sol, formant une flaque sombre. Charles ne comprit pas. Il oublia l'enfant qui, bien emmitouflé dans sa veste, regardait ses pieds en tremblotant. Il se leva lentement. Ce n'était pas réel. Ça ne pouvait pas être réel. Il s'approcha. Il était presque arrivé près d'elle, lorsqu'il sentit le dard d'une lame lui percer la cage thoracique et se frayer un chemin vers son cœur. Elle était froide. Si froide. Elle se retira et la chaleur revint. Elle l'inonda.

Il tomba à genoux et, dans un mouvement d'une extrême lenteur, s'écroula, face contre terre, les yeux toujours rivés sur sa fiancée.

- Willa, murmura-t-il avant que ses yeux ne se ferment définitivement. Willa…

Sur les berges, un petit garçon pleurait et un vieil homme hurlait.

Le sépulcre de cristal

Le meurtre de leur consœur, la dernière à avoir eu une aventure charnelle avec son maître, avait mis toutes les goules de Dunkan en alerte. Sitôt la déchirure significative qu'il avait ressentie lorsque la jeune Willa était passée de vie à trépas, ces esclaves de l'ombre s'étaient accrochés aux pas de la mystérieuse silhouette qui s'était éloignée des berges du canal Saint-Martin, son forfait accompli. Et pendant que les badauds affluaient, au rythme des hurlements du pauvre diable qui avait assisté à la scène, les goules s'étaient lancées à la poursuite de l'assassin. Leur réseau filaire avait méthodiquement tissé une toile inextricable autour du fuyard, sans que celui-ci ne s'en aperçoive. L'œil de Dunkan passait d'une âme à l'autre tandis qu'elles se relayaient, discrètes, furtives. Tantôt une mère et son enfant laissaient place à un homme d'affaire, qui lui-même cédait la traque à un petit groupe d'adolescents… Et ainsi de suite. Au détour des rues. Dans les couloirs du métro. Sur les quais de gare.

Quelle ne fut pas, pourtant, la surprise de Dunkan lorsque la ménagère potelée, qui lui servait à présent d'indicateur, monta dans un train de banlieue en direction de l'extérieur de Paris. Elle s'assit trois rangs derrière la cible, bailla à s'en décrocher la mâchoire, sans prendre la peine de masquer sa bouche béante, et

Chapitre 12

s'accouda sur le rebord de la vitre, les yeux perdus dans un horizon lointain et vague, sans intérêt aucun. Le coup de semonce du signal sonore retentit. Le train s'ébroua péniblement. Il la laissa somnoler, bercée par le ronronnement des rails et le léger tangage de la rame.

Le train se dirigeait vers l'ouest. Dunkan consulta un plan et décida de l'endroit le plus propice à l'arrestation du meurtrier. Il fallait le stopper à un endroit où les Écorcheurs et lui n'auraient pas de mal à le cueillir. Ils devaient impérativement conserver l'effet de surprise.

Eamon repéra presque immédiatement le long fil noir, qui symbolisait le trajet que devait effectuer le train de banlieue qu'avait emprunté l'ennemi. Les goules avaient évité de fixer le visage de la cible pour ne pas s'en faire remarquer. Mais elles ne l'avaient pas perdu la silhouette de vue. Il était donc certain de ne pas se tromper.

Cela ne faisait plus aucun doute que le mystérieux criminel en avait après lui. Mais qui était-il ? Il ignorait tout de ce mystérieux ennemi qui lui avait déclaré la guerre. Sauf une chose : ce dernier savait ce que les Écorcheurs eux-mêmes ignoraient. "La mort ne suffira pas à nous séparer" avait crié la goule qui n'en était pas une à la fin de la Partie. Comme il l'avait fait lui-même, ce jour-là… Il ne pouvait s'agir d'un hasard. Son secret avait été éventé. Mais par qui ? Par qui ?

Jimmy venait de poser le doigt sur la carte. Dunkan acquiesça. Les jumeaux avaient souvent chassé sur ces bords de Seine, ils connaissaient bien les lieux. Le fleuve bloquait toute tentative par l'Est, ce qui constituait un autre atout considérable. C'était parfait. Ils se séparèrent en trois groupes. Tobias et Glenn se positionneraient au nord de la gare, Jimmy attendrait plus au sud et le dernier groupe, formé par Eamon et Dunkan, se positionneraient à l'ouest. Ils couvriraient ainsi toutes les possibilités de fuite. Ils se mirent en route.

La grosse ménagère se sentit mal, peu après que le train ait franchi les portes de la ville aux si célèbres porcelaines. Le train fut arrêté. Les passagers furent invités à patienter. Ils patientèrent jusqu'à s'impatienter. Le conducteur les informa que, suite à un problème de voyageur, le train n'irait pas plus loin que la prochaine gare. Un grondement de mécontentement s'éleva et mourut dans un dépit résigné. Le piège s'était refermé sur la silhouette demeurée immobile, malgré l'agitation qui avait subitement animé le wagon. L'assassin, devenu proie sans le savoir, n'allait pas tarder à croiser le chemin des Écorcheurs.

Chapitre 12

- Là ! murmura Dunkan en pointant du menton la rue principale.

Une silhouette encapuchonnée se dirigeait rapidement vers eux. Elle n'était pas très grande mais le long manteau qui la couvrait de la tête aux pieds lui donnait une allure des plus mystérieuses. Il ne manquait plus qu'une corde pour lui nouer la taille et on aurait pu croire qu'il s'agissait d'un frère se rendant à la prière. Ou de son revenant.

En effet, malgré ses efforts manifestes pour saccader ses pas, elle semblait quelque peu flotter au-dessus du trottoir. Ce n'était pas visible au premier coup d'œil. Ni au second d'ailleurs. Ce n'était qu'en se focalisant sur cette étrange silhouette que naissait cette sensation gênante de possession spectrale. Il n'y avait pas de doute possible : la cible était là, juste devant eux. Pourtant Jimmy eut du mal à se persuader qu'une créature d'apparence si frêle pouvait être à l'origine des meurtres de leurs compagnons.

À quelques mètres derrière elle, flottaient les ombres massives d'Eamon et de Dunkan.

Elle se dirigeait vers l'est, ce qui étonna d'abord Dunkan puis ne manqua pas de le réjouir : elle allait être coincée par le fleuve. Un sourire mauvais se dessina sur ses lèvres. Il était clair qu'il entrevoyait déjà ce qu'il allait lui faire dès qu'il l'aurait faite prisonnière.

- Reste en arrière, avait-il dit à Jimmy, on aura sans doute besoin de toi après.

Jimmy n'avait pas répondu. Il savait ce que signifiait l'*après* pour Dunkan. Torture et grand ménage, ça ne faisait pas l'ombre d'un doute…

La silhouette arrivait au niveau d'une voûte de pierres, qui annonçait un passage souterrain à travers les hauteurs de la ville. Ce dernier constituait une voie de délestage pour les étudiants lorsqu'ils se rendaient à l'unique lycée de la ville, éclaté en plusieurs bâtiments, que le boyau tapissé d'asphalte alimentait tous. Grâce à cette artère sans lumière, on pouvait également rejoindre une rue qui serpentait jusqu'au sommet de la ville. Une fois là-haut, on pouvait contempler le paysage urbain d'un œil nouveau. Mais ce n'était pas la vue qui intéressait les chasseurs cette nuit-là.

Ne pas remarquer ce tunnel fut la première erreur des Écorcheurs.

Malgré la fébrilité qui l'animait, Dunkan s'était contraint à rester aussi discret que possible. Jimmy, qui regardait la scène à quelques mètres de là, vit que Tobias et Glenn se dirigeaient droit sur la cible, avec la ferme intention de la rabattre vers les

Chapitre 12

deux autres, qui la suivaient. Aucune ruelle adjacente ne venait offrir de possibilité de fuite. Et les véhicules qui longeaient le trottoir à vive allure malgré l'heure tardive formaient une barrière qu'elle hésiterait à forcer. Forts de cette analyse, ils fondirent droit sur leur proie, qui ne manqua pas de deviner leur présence. Elle fit volte-face et allait rebrousser chemin lorsqu'elle aperçut les deux vampires qui la suivaient, sans bruit. Elle n'hésita qu'un instant et se précipita dans l'artère aux parois de pierres.

Sa subite disparition laissa ses poursuivants interdits. Ils reprirent cependant rapidement leurs esprits. Jimmy vit Dunkan et les trois Écorcheurs s'engouffrer à leur tour dans la gueule béante du tunnel. Ce n'était pas ce qu'ils avaient prévu. Il décida de les rejoindre.

Il accélérait le pas dans leur direction lorsqu'il vit une ombre se glisser hors du tunnel et remonter furtivement la rue dans sa direction. Il s'arrêta. Mais trop brutalement sans doute. Cela ne manqua pas d'alerter le fugitif qui releva la tête et planta son regard dans le sien. Il reconnut immédiatement ce regard. Et il ne s'était pas trompé : il appartenait bien à une femme. Il eut, l'espace d'un instant, l'étrange impression de la connaître…

De loin, on aurait facilement pu la prendre pour Lorelei. La cible et l'Écorcheur se jaugèrent, immobiles, durant une longue minute, jusqu'à ce que l'inconnue tourne brusquement les talons

Le sépulcre de cristal

et se mette à courir dans la direction opposée. Jimmy s'élança à sa poursuite, mais son temps de réaction avait été trop long, il se laissa rapidement distancer. Elle n'essaya pas de forcer le barrage de la circulation. Jimmy y vit un signe favorable. Il la bloquerait au niveau du pont.

Jimmy commençait à gagner du terrain. La course avait libéré la longue chevelure de la fuyarde du carcan de tissu qui l'encapuchonnait et Jimmy la voyait onduler devant lui. Il entendait aussi claquer ses talons qu'il devina être assez hauts. La mode avait décidément traversé la frontière qui séparait les vivants des non-morts ! Elle était rapide et l'aurait sans doute semé, mais elle avait péché par élégance et cela allait lui être fatal. Ils arrivaient déjà à la hauteur du pont à quatre voies qui enjambait le fleuve quand soudain, elle bifurqua sur la gauche. Il sourit intérieurement. C'était bien ce qu'il pensait : elle ne se risquerait pas à l'affronter au-dessus de l'eau. Jimmy savait qu'à cet endroit débutait un chemin de promenade, qui menait vers un parc boisé. C'était l'idéal pour se cacher et il accéléra pour ne pas lui en laisser l'occasion.

Quelle ne fut pas sa surprise lorsqu'il la vit délaisser cette issue de choix pour grimper l'escalier attenant. Il la vit traverser un petit pont aérien qui surplombait une route étroite. Il la suivit. Il l'avait presque rattrapée. Et il savait qu'elle le savait.

Chapitre 12

D'un bond, Jimmy fut en haut des escaliers. Si elle prenait le chemin en coquille d'escargot qui permettait de redescendre, elle était cuite. Mais encore une fois, elle le surprit. Elle continua tout droit, vers la Seine. Avait-elle finalement décidé de se risquer sur le pont ? Même lui ne l'aurait pas fait. C'est alors qu'il la vit enjamber le garde-corps du pont et sauter en direction d'un bâtiment qui, jadis, abritait une gare. En quelques foulées, il gagna l'endroit d'où elle venait de sauter. Il allait prendre son élan quand il hésita. Et si c'était un piège ? Si elle l'attendait en bas ? Il n'avait aucune envie qu'elle lui tombe dessus dès qu'il aurait touché le sol. Il jeta un coup d'œil bien inutile vers l'autre côté du pont mais sa largeur lui masquait la vue. Aucun signe de Dunkan et des Écorcheurs. Il se décida.

Il recula de quelques mètres pour ne pas atterrir à l'endroit où elle-même était tombée. Il enjamba alors la barrière et sauta. Le sol trembla sous l'impact lorsqu'il atterrit, en alerte, prêt à parer une attaque, quelle qu'elle soit. Mais l'inconnue ne l'avait pas attendu. Il jeta un regard circulaire tout autour de lui et reconnut sa silhouette qui courait le long d'une voie de chemin de fer depuis longtemps abandonnée. Il se lança à sa poursuite.

Il la rattrapa aisément et n'était plus qu'à quelques mètres derrière elle lorsque, brusquement, elle changea de direction. Jimmy la vit se diriger droit vers le fleuve. Il se demanda, l'espace d'un instant, ce qu'elle pouvait bien vouloir tenter en

Le sépulcre de cristal

choisissant l'impasse mortelle que représentait la Seine. C'est alors qu'il distingua un alignement de flotteurs qui dessinait un chemin sur des eaux tumultueuses du fleuve. Il constituait la chaîne reliant la berge à une ancre de terre qui formait une île, perdue au milieu des eaux sombres.

Jimmy ne put s'empêcher de frémir en voyant l'inconnue s'élancer, sans l'ombre d'une hésitation, sur ce ponton modulaire qui, bien que cerné de part et d'autre par une épaisse corde servant de garde-fou, représentait à ses yeux l'incarnation même de l'instabilité. Il hésita. Et hésita encore. Mais il ne pouvait pas laisser passer cette chance exceptionnelle de se retrouver seul face à l'ennemie. Il réalisa qu'il ne le faisait ni pour Dunkan, ni pour le clan. Il voulait des réponses. Savoir qui était cette dangereuse inconnue et pourquoi il était si persuadé de la connaître.

Il s'élança, d'abord prudemment puis, s'étant familiarisé avec la surface qui tanguait au gré des vaguelettes, il accéléra. Il arriva sur l'île juste à temps pour voir la direction qu'elle avait choisi d'emprunter. La poursuite reprit. Il n'y avait pas d'endroit où se cacher, mis à part de rares buissons, et l'usine occupait presque toute la surface de l'île. Elle ne s'était probablement pas attendue à ce qu'il la suive au-dessus du fleuve.

Il n'allait pas tarder à la rattraper. Et elle dut le sentir car elle prit soudain son élan, bondit et se colla contre le mur de l'usine

Chapitre 12

à l'endroit où celui-ci formait un angle saillant. Elle commença à grimper avec une facilité déconcertante.

- Attends de voir ma belle, murmura Jimmy, moi aussi je sais grimper…

Il s'élança à sa suite et commença l'escalade. Il arriva au toit presque en même temps qu'elle et il s'en fallut de peu qu'il réussisse à lui saisir une cheville au moment où elle prenait son élan pour fuir. Elle s'échappa de justesse mais ne parvint à distancer son poursuivant qui, quelques mètres plus loin, se jeta sur elle et la déséquilibra. Ils tombèrent tous les deux, entraînant dans leur chute le toit de verre et d'acier.

Tout s'éteignit.

Tout était sombre. Trop sombre. Une espèce d'aveuglement, comme si un ciel sans lune avait éteint chez elle toute perception. Pourtant, ses sens répondirent aux appels qu'elle leur lança. Mais elle ne sut pas précisément lequel la mit en alerte : la noirceur n'était pas le seul danger à redouter. Elle le sentait, il y avait quelque chose, quelque chose d'hostile, quelque chose de dangereux. Près…tout près. Une menace indéfinissable mais bien présente planait sur cette torpeur qui essayait de la maintenir sous son joug. Un danger, un danger tapi dans l'ombre, un danger imminent la menaçait. Il fallait qu'elle revienne, il fallait qu'elle se défende. Cette idée suffit à lui insuffler la force de recouvrer ses esprits dans un ultime effort.

Mais tout demeura sombre. Où pouvait-elle bien être ? Que s'était-il passé ? Elle ne distinguait toujours rien : ses sens semblaient en arrêt, tout comme ses souvenirs. Elle comprit qu'elle était allongée sur le ventre, joue contre terre, un bras relevé au-dessus de la tête, l'autre le long du corps. Cela lui évoqua la silhouette crayeuse que laissent derrière eux les ensacheurs de victimes de crime.

Elle retrouva la sensation de ses membres supérieurs qui la renseignèrent sur ce qui l'entourait. Elle était étendue sur le sol. Un sol dur, froid. Glacé même. Étrangement lisse aussi. C'est tout ce qu'elle put conclure. Mais son état végétatif ne durerait pas, elle le savait. En même temps que ses sens, une douleur aiguë l'envahissait déjà. Genoux, abdomen, poitrine, tête. Ces douleurs résultaient certainement de l'impact de son corps contre une surface plus résistante que lui. Par déduction, elle conclut que, soit elle avait fait une chute, soit elle avait été projetée contre un mur. La violence du choc lui avait certainement fait perdre connaissance et l'amnésie temporaire qui en avait découlé la laissait démunie face à sa situation

Chapitre 12

présente. Il fallait attendre que son corps de se régénère… et cela prendrait encore un peu de temps.

Elle était là, impuissante, telle une araignée sur un carreau de carrelage. Mieux valait ne pas esquisser ne serait-ce que l'ombre d'un mouvement. Elle attendit. Et attendit encore. L'éternité ne lui avait jamais semblée si longue… Pourtant, peu à peu, elle commença à percevoir une légère clarté. Elle mobilisa ses muscles meurtris - mais qu'avait-il bien pu arriver ?

Elle entendit un soupir, long et rauque, mais qui s'éteignit rapidement. Proche, trop proche… Mais où ? Impossible de le savoir. La panique commençait à l'envahir malgré elle lorsque, tout-à-coup, la noirceur s'éclaira. La vue lui revint avec la violence d'un coup de fouet. Tout fut brusquement net, elle bondit sur ses jambes et s'accroupit, une main au sol, aux aguets, cherchant l'ennemi.

Il était là, gisant, à tout au plus deux mètres d'elle. Étendu à même le sol. Inconscient. Elle jeta un œil furtif aux alentours afin de s'assurer qu'il représentait la seule menace immédiate. Rien. Elle s'approcha prudemment du corps, allongé sur le ventre, les bras encadrant son visage que masquait une flaque de cheveux noirs. Les pans de son manteau de cuir lui donnaient l'air d'une chauve-souris blessée. Les souvenirs lui revinrent : la course poursuite, le saut du pont, la traversée du fleuve…

Le sépulcre de cristal

Jamais elle n'aurait cru qu'il aurait la témérité d'oser la suivre. Surtout sur ce ponton modulaire reliant la berge à la petite île, qui formait une verrue de terre au milieu du fleuve. On l'avait pansée de métal et de verre et elle avait longtemps abrité une fourmilière, qui produisait sans relâche des tombeaux roulants. Jusqu'à sa fermeture. La reine avait renvoyé ses ouvrières et l'usine était restée à l'abandon. Jusqu'à ce que ce ponton modulaire soit monté, afin que d'autres fourmis viennent démembrer et emporter la carcasse d'acier. L'île, qui portait le nom du plus célèbre chevrier des contes pour enfants, allait changer de visage. Sans que personne ne se doute qu'elle allait devenir le théâtre d'une course poursuite entre deux créatures qui ne pouvaient plus apparaître au grand jour.

Le dernier vampire qu'elle avait croisé sur un pont ne reverrait jamais la surface. C'était pourtant le pire qu'un vampire puisse redouter. Être cloué au fond de l'eau, à se sentir partir en lambeaux au gré de l'appétit farouche des habitants aquatiques du fleuve. Et pourtant. Son poursuivant s'était risqué derrière elle sur la passerelle instable. Il avait rampé le long du mur jusqu'au toit de l'usine désaffectée et l'y avait rattrapée. Il s'était jeté sur elle et l'avait déséquilibrée. Ils étaient tombés tous les deux. Les carreaux autrefois translucides qui carrelaient le toit avaient cédé sous leur poids.

Chapitre 12

Elle jeta un coup d'œil presque admiratif au vampire couché près d'elle. Il avait eu du cran. Et comme, pour l'instant, il ne représentait aucune menace, elle s'autorisa avant toute chose à faire le tour des lieux. C'était bien le terme. Il ne lui fallut pas plus d'un regard circulaire pour se rendre compte qu'ils se trouvaient à l'intérieur d'un parfait cylindre de plusieurs mètres de diamètre. Le hasard avait voulu qu'ils tombent dans une espèce de cuve apparemment assez vaste pour contenir la cargaison de deux containers. Et assez haute pour lui faire comprendre qu'il lui faudrait une aide extérieure si elle voulait en sortir.

Chapitre 13

Chacun s'était muré dans une prudente discrétion. La mésaventure de Tom, qui se remettait péniblement de sa dernière entrevue avec Dunkan, avait fait le tour des conversations au sein de l'institut. Cela expliquait le silence de mort qui accueillit le retour du maître et des Écorcheurs cette nuit-là. Dunkan fulminait. Personne ne se risqua à lui demander les détails de la traque manifestement avortée qu'il avait conduite. Pourtant la rumeur insidieuse de la mort de Sebastian ne tarda pas à se faufiler dans tout le clan. L'ennemi avait encore frappé, ou plutôt, griffé au cœur le maître des lieux. Une chose pourtant demeurait un mystère. Il ne restait plus qu'Eamon, Tobias et Glenn. Jimmy n'était pas reparu.

Le jour qui suivit fut long. Peu arrivèrent à dormir. Une espèce de tension régnait à l'intérieur de l'institut qui faisait davantage penser pendant la journée à une prison. Une prison dont les vampires ne pouvaient s'échapper sans risquer de se voir foudroyés par l'œil flamboyant du Très Haut.

Le sépulcre de cristal

Malgré les prédictions de Jimmy, Lorelei préférait ne pas avoir à croiser Jeff. Elle l'avait entendu errer dans les couloirs. À sa recherche, sans doute. Il prenait un malin plaisir à la provoquer et elle se demandait s'il n'avait pas en tête de tenter quelque chose. Après tout, le meurtre était puni de mort au sein du clan. Mais elle n'avait jamais entendu un quelconque avertissement mettant en garde contre le sexe forcé. Et elle n'avait aucune envie de devoir se poser la question.

Elle songea à aller prendre des nouvelles de Tom mais se demanda si, justement, Jeff ne s'attendait pas à ce qu'elle rende visite à son protecteur blessé. Il était bien assez tordu pour l'attendre des heures devant la porte de la couveuse. Et si Tom n'était pas encore remis, il ne pourrait en aucun cas la défendre en cas d'agression. Et puis, il ne manquerait pas de lui demander pourquoi son frère n'était pas avec elle à son chevet. Que pourrait-elle répondre ? Elle avait entendu murmurer qu'il avait été séparé du groupe au moment précédant l'attaque. Enfin, ce qui aurait dû être l'attaque. Apparemment, le groupe s'était trouvé nez à nez avec deux molosses qui leur avaient sauté dessus. Le temps de les maîtriser, la piste du fuyard avait été perdue. Et Jimmy avec.

Elle se sentit envahie par une profonde lassitude. Jimmy disparu, Thomas estropié, Dunkan qui lui lançait des œillades méfiantes depuis qu'elle avait réussi l'épreuve du pont, Jeff qui

Chapitre 13

ne la laisserait jamais en paix... L'éternité avait un goût bien amer. Elle ressemblait à un cauchemar dont on se demande s'il est réel ou non. Le jour, la nuit. La vie, la mort. Le bien, le mal. Lorelei s'était toujours trouvée du bon côté de la barrière. Par nécessité. Par hasard. Par conviction. Jusqu'à ce fameux soir où son destin s'était scellé, au détour d'une ruelle mal éclairée... Elle était désormais condamnée à subir une réalité à laquelle elle n'était non seulement pas préparée, mais contre laquelle toute tentative de lutte serait inutile. Maudite et démunie. Sans espoir de salut. Autant dire morte. Encore une fois...

Ses paupières devinrent lourdes. Elle se frotta les yeux de ses poings fermés, à la manière des enfants qui essaient de lutter contre le pouvoir du marchand de sable. Elle attendit que la netteté de son regard se fasse de nouveau et observa la pièce dans laquelle elle s'était réfugiée. C'était la seule qu'elle connaissait, la couveuse mise à part. Des trappes bien alignées carrelaient le mur du fond. Elle se dirigea vers elles et en ouvrit une. Elle tira sur le plateau qu'elle cachait aussi doucement que possible et parvint à l'extraire presqu'entièrement sans un bruit. Précautionneusement, elle s'assit sur le plateau et allongea ses jambes sur la surface métallique. Elle se servit de la porte pour le repousser à l'intérieur et vit ses pieds, puis ses jambes, disparaître dans la pénombre du casier où l'on rangeait les morts, le temps qu'on organise leur transfert vers leur dernière demeure. Lorsque l'ouverture arriva au niveau de son torse, elle s'allongea et referma la trappe sur elle lorsque le plateau lui indiqua qu'il était en fin de course. Elle s'endormit en songeant qu'ici au moins, elle était en sécurité. Jeff n'aurait jamais idée de la chercher là.

Elle avait tout essayé. Envisagé toutes les solutions possibles. Mais il fallait se rendre à l'évidence : elle était bel et bien coincée. Les parois de la cuve étaient bien trop lisses pour qu'elle puisse y ramper. Et les cinq ou six mètres de hauteur rendaient toute tentative de saut inutile. La seule aide extérieure qu'elle aurait pu appeler ne serait pas là avant que le soleil se lève. Elle pouvait déjà voir la nuit commencer à pâlir par le trou béant qu'ils avaient percé en traversant le toit.

Elle avait joué la carte de la discrétion et ne s'était pas encombrée de goules, hormis le strict nécessaire pour s'assurer la réussite de son plan. Et l'effet de surprise avait été total. Mais ce choix allait non seulement lui coûter la victoire, mais également la vie. Elle jeta un regard vers le corps de son poursuivant, toujours inconscient. A supposer qu'il se réveille à temps et qu'il appelle ses goules à la rescousse, il s'en sortirait seul et la laisserait là, face à son destin. Tout était de sa faute. Elle sentit la colère monter en elle.

Chapitre 13

Le soleil se leva rapidement et commença à baigner de ses rayons les rives de la Seine. Mais la douceur de la lumière matinale amenait avec elle la promesse d'une mort atroce pour la prisonnière de l'usine désaffectée. Lorsque le soleil serait à son zénith, ses rayons inonderaient totalement l'intérieur de la cuve. Il n'y aurait aucun moyen de l'éviter.

Elle s'approcha du corps inerte qui n'avait toujours pas bougé et, du pied, fit pivoter son épaule. Le corps de retourna docilement, et se stabilisa sur le dos. Le vampire ne se réveilla pas. Il resta là, inconscient, ses cheveux longs et noirs lui masquant toujours une partie du visage.

Elle glissa la main dans la doublure d'une de ses bottes et en sortit un dard de métal, que l'on aurait pu facilement prendre pour un coupe-papier. Elle vérifia le tranchant de la lame : il était finement aiguisé. Elle enjamba alors le corps et bloqua les avant-bras du vampire inconscient sous ses genoux. Du bout de la pointe, elle dégagea les mèches qui masquaient le visage de celui qui, sans le savoir, venait de sceller leur destin à tous les deux.

Il semblait jeune, une trentaine d'années tout au plus. Des traits réguliers. Une pâleur saisissante qui contrastait avec la noirceur de ses cheveux. Les paupières clauses, il semblait parfaitement serein, comme apaisé, ce qui était plutôt rare chez les membres de leur espèce.

Le sépulcre de cristal

Elle leva doucement sa main armée au-dessus de l'endroit où elle savait qu'elle trouverait son cœur, pourtant déjà à l'arrêt et sans doute depuis longtemps déjà. C'est alors que la tête du vampire bascula de l'autre côté. Le geste la surprit mais elle ne bougea pas. Il n'allait pas tarder à se réveiller, ce qui, en soi, était une bonne chose. Il verrait la mort avant qu'elle ne le frappe et il comprendrait l'erreur fatale qu'il avait commise en voulant se dresser sur son chemin. Elle attendit, le poing dressé, prêt à s'abattre.

Lorsqu'il s'éveilla, Jimmy ne comprit pas immédiatement où il se trouvait. Sa tête semblait être sur le point d'exploser. Il ferma les yeux, attendant que la régénération fasse son œuvre et dissipe cette épouvantable migraine qu'il sentait heurter les parois de son crâne. Les images et les souvenirs apparurent au fur et à mesure que la douleur disparaissait. Elle avait presque disparu lorsqu'il ouvrit les yeux et bondit sur ses pieds. L'image de la chute à travers les vitres du toit venait de s'imposer à lui avec la violence d'un coup de fouet. Il chercha autour de lui. C'est alors qu'il la vit.

Elle était là, assise contre ce qu'il prit d'abord pour un mur. Il n'y avait aucune intention belliqueuse dans son attitude, pas plus qu'une once d'intérêt pour l'ennemi qu'elle voyait pourtant

Chapitre 13

s'éveiller à quelques mètres d'elle. Ce n'était pas normal. Il l'observa plus attentivement. Comme une réponse à la question qu'il se posait, elle entrelaça ses doigts autour de ce qui ressemblait à une épée miniature et planta son regard dans le sien. Le message était clair. Elle était bien consciente et semblait parfaitement alerte, ce que lui ne serait plus si elle tel avait été son bon plaisir. Quelque chose n'allait pas. Il réfléchit à toute vitesse ce qui raviva un instant la douleur de son crâne meurtri. Si elle souhaitait obtenir de lui des informations, elle ne l'aurait pas laissé libre de ses mouvements. Et si elle n'attendait rien, il était surprenant qu'elle soit encore là… et lui aussi. Il jeta de rapides coups d'œil autour de lui, tout en veillant à garder l'inconnue dans son champ de vision.

Il ne tarda pas à considérer l'endroit tel qu'il s'était certainement révélé à l'étrangère : une prison circulaire dont on ne pouvait s'échapper seul. Il fit quelques pas en arrière et entra furtivement dans l'esprit des quelques goules qu'il possédait. Il n'y en avait aucune dans le secteur. Et elles étaient toutes bien trop loin pour arriver à temps. Il jeta un coup d'œil à la zone d'ombre qui obscurcissait un des côtés de la cuve. Elle se rétrécissait à vue d'œil. Rien ne pourrait l'arrêter. Dans moins d'une heure, sa mystérieuse compagne et lui se transformeraient en brasier.

Le sépulcre de cristal

Collés contre la paroi de la prison circulaire qui leur servirait de tombeau, les deux vampires ne se quittaient pas du regard. Le soleil poursuivait sa route vers l'ouest et s'élevait, de plus en haut, dans le ciel sans nuage. L'ombre formée par le bord de la cuve s'amincissait peu à peu. Tout comme l'espoir d'entrevoir à temps une issue au dénouement fatal qui était annoncé. Ils ne pouvaient que faire en sorte de s'écarter de la menace mordorée qui se rapprochait sournoisement et dont il voyait le cercle jaune progresser sur le sol. La tension montait à mesure que la lumière prenait possession de l'intérieur de la cuve.

Elle, ne le quittait pas des yeux. Elle était persuadée qu'il allait tenter quelque chose. Peut-être allait-t-il essayer de la saisir et de la jeter au milieu de la cuve, histoire d'avoir au moins la satisfaction d'avoir mis fin aux nuits de l'ennemie de son maître ? Puisque tout était perdu, pourquoi se priverait-il d'une dernière satisfaction ? Elle-même se serait bien payé le spectacle de son agonie, si ça n'avait pas signifié contempler le supplice qui l'attendait elle aussi. Elle regrettait finalement de ne pas l'avoir achevé lorsqu'elle en avait eu l'occasion. Mais quelque part, tout au fond d'elle-même, elle était aussi réconfortée de ne pas avoir à affronter seule le bûcher. Ils n'étaient plus qu'à deux mètres l'un de l'autre.

Chapitre 13

Lui aussi la regardait, intensément. Mais ses pensées étaient bien loin de ce qu'elle imaginait. Il songeait, tout à la fois, à son frère et aux raisons qui avaient précipitées le clan au bord du gouffre. L'heure n'était plus aux explications, mais il aurait aimé connaître les raisons qui avaient poussé cette jeune femme à se mesurer, apparemment seule, à un clan entier de monstres qui lui auraient fait passer un sale quart d'heure, s'ils avaient réussi à mettre la main dessus. Il doutait que la conquête de leur territoire ait joué un rôle dans ses motivations. Mais alors quelles étaient ses motivations ? Et comment était-elle parvenue à infecter une goule qui ne lui appartenait pas, sans que son concepteur s'en rende compte ? « La mort ne suffira pas à nous séparer ! » avait crié la fausse goule qui avait infecté Lavastar. Le message était clairement adressé à Dunkan. Il n'y avait eu qu'à le regarder pour comprendre que cela l'avait atteint. Dunkan connaissait l'ennemie, il en était certain.

Il ne restait plus que quelques centimètres et leurs épaules se toucheraient. Il n'y avait presque plus d'ombre à l'intérieur de la cuve, éclairée par le trou béant qu'ils avaient ouvert dans le toit en tombant. Le soleil se rapprochait de son zénith et les deux créatures, qu'il avait banni de sa vue, esquissèrent un pas de côté, l'un vers l'autre. Leurs épaules se touchèrent. Jimmy eut à peine le temps de voir la vampire esquisser un geste, qu'il ressentit une vive douleur lui percer le flanc gauche. Mais elle ne fut pas assez rapide. Il la saisit par le bras et la déséquilibra.

Le sépulcre de cristal

Elle se retrouva face à lui, contre lui. Elle leva les yeux. Il put y lire une terreur indicible. Jimmy vit alors un léger filet de fumée s'élever au-dessus d'elle : ses cheveux commençaient à brûler. Il n'hésita qu'un instant. Il la colla contre lui. Le corps de la vampire vint appuyer sur l'arme qui était restée plantée dans sa chair. Il sentit le dard de métal s'enfoncer plus profondément et grimaça.

Elle était pétrifiée. Elle avait raté son coup et s'était sentie déséquilibrée. Elle n'avait pas voulu fermer les yeux mais avait compris que s'en était fini d'elle. Elle avait tenté sa chance mais l'ennemi avait réussi à prendre le dessus. Elle sentit l'odeur particulière d'une chevelure qui commence à brûler. C'était fini. Tétanisée, elle attendit l'instant où il la jetterait dans les flammes de l'enfer. Mais il n'en fit rien. Contre toute attente, il la serra contre lui, l'éloignant pour un bref instant du bûcher qui n'allait plus tarder à s'embraser. Elle sentit le stylet qu'elle avait lui avait planté s'enfoncer plus profondément sous la pression de son corps. Elle leva les yeux et croisa son regard. Elle attendit qu'il la repousse, mais son étreinte se resserra encore. Puis tout s'enchaîna, avec une rapidité qu'elle eut du mal à mesurer.

Le bras qui l'enserrait se détendit brusquement et elle sentit qu'il l'avait saisie par la ceinture. Elle n'eut que le temps de le voir lui sourire. Elle se sentit soulevée et se retrouva perchée sur ses épaules. Les mains du vampire se placèrent sous ses talons.

Chapitre 13

Elle sentit qu'il se baissait puis d'un bond, il la projeta vers le ciel. Elle vit le rebord de la cuve arriver à grande vitesse au-dessus d'elle et parvint de justesse à s'y accrocher. Son corps chauffa dangereusement lorsqu'elle passa par-dessus le mur de métal mais elle retomba par bonheur dans un coin d'ombre, sur une lourde plaque de taule qui gémit sous l'impact. Elle leva les yeux et vit qu'un léger filet de fumée s'élevait déjà au-dessus de la cuve.

Chapitre 14

Il n'avait pas vu le coup venir, et regrettait déjà d'avoir cédé à la pression du groupe. Il aurait pourtant dû s'en douter : les autres étaient tous plus ou moins célibataires et les promesses de la capitale, bien plus alléchantes que celles de la base où ils avaient séjourné six mois durant. « Juste un verre ! » lui avait-on promis. Ils en étaient déjà à la troisième tournée et, compte tenu qu'ils étaient, en tout et pour tout, une bonne quinzaine, la soirée était partie pour durer.

Il n'avait pas eu d'autre choix que d'accepter de les accompagner à cette traditionnelle soirée de retour. Les autres gars n'auraient pas compris. Comment pouvait-on préférer retrouver bobonne et ses mouflons plutôt que boire un verre entre mecs et admirer ce que la capitale a à offrir en matière de femmes ?

Bien qu'ayant fêté seulement quatre décennies et quelques mois, Liam était le plus âgé et le mieux payé de tous. Cela avait tendance à dresser une barrière invisible entre lui et les autres membres de l'équipe. Heureusement les rapports étaient différents lorsqu'ils partaient en mission. Les clivages sociaux se faisaient moins stricts et un véritable esprit d'équipe se développait lorsqu'ils se retrouvaient tous ensemble, isolés du monde, à des milliers de kilomètres de chez eux. L'envie de voir aboutir leurs travaux de recherche les poussait implicitement à se considérer comme les pièces - plus ou moins grosses - d'un même puzzle. Il ne suffisait plus qu'elles soient empilées les une au-dessus des autres dans un ordre hiérarchique bien défini, il fallait qu'elles soient unies les unes aux autres pour rendre le motif lisible.

De retour dans leurs bureaux respectifs, les choses seraient bien différentes. Ils le savaient tous. C'est pourquoi cette traditionnelle soirée de retour était une manière symbolique de sceller l'aventure avant que chacun regagne sa place dans le rang. Ne pas jouer le jeu aurait été interprété comme une trahison. Une trahison que l'on pardonne, mais une trahison quand même.

- Alors Liam, on rêve ?! Lança l'un des gars qui s'était approché de lui sans se faire remarquer.

D'un coup sec, il écrasa sa bouteille de bière sur le goulot de celle de Liam. Le résultat du choc fut quasi instantané. La bière se mit à mousser et à déborder. Liam plongea, bouche en avant, dans une tentative désespérée afin d'absorber le geyser aux

Chapitre 14

saveurs houblonnées. Il fit un bond en arrière et parvint de justesse à sauver son pantalon, mais sacrifiant le sol du bar, déjà collant de ce genre de plaisanteries.

- T'en as mis partout, grande gourmande ! S'esclaffa l'auteur de la blague en se tortillant de manière suggestive. Liam prit une des serviettes qui traînait sur le bar et s'essuya soigneusement la bouche et le menton, sans quitter le plaisantin des yeux. Il reposa délicatement sa bière sur le carré en carton que le barman avait posé devant lui. La lenteur de son geste contrasta avec la rapidité dont il fit preuve pour saisir le plaisantin. Il le déséquilibra et le maintint dans une position qui le mettait face aux arguments qu'il venait d'insulter.

- Je recharge vite ! Alors si t'en veux, t'as qu'à demander ! Offrit-il avec un grand sourire que son prisonnier ne pouvait pas voir. Inquiet, le barman interrompit le flux doré que versait sa pompe à bière. Il se demandait visiblement comment la situation allait tourner. Le piégé banda les muscles et fit une tentative pour se dégager de l'étau qui l'enserrait. Liam tint bon. L'autre renonça.

- Je me rends, dit-il. Fais ce que tu veux de moi, je suis tout à toi !

Un éclat de rire s'éleva de la clientèle qui avait assisté à la scène. Liam le redressa, prit son adversaire vaincu par le cou et héla le barman avec cette élégance particulière qui le caractérisait et le rendait immédiatement sympathique.

- Reçu ! répondit le barman qui s'empressa de lui apporter une autre bouteille de bière et un verre propre. Liam le remercia d'un signe de tête et prit dans sa poche frontale trois billets de vingt euros chacun. Il dessina un mouvement circulaire de la main qui tenait les billets. Le cercle invisible engloba l'ensemble des membres du groupe avec lequel il était venu.

- À la tienne Liam ! chantèrent en cœur les heureux bénéficiaires de son élan généreux. Le barman s'occupa de remettre à niveau les abreuvoirs vides de la communauté désignée.

Liam sourit intérieurement. L'alcool commençait à lui faire oublier les reproches incessants de sa conscience, qui lui rappelait sans arrêt qu'une femme et des enfants l'attendaient à la maison. Il reporta toute son attention sur le collègue qu'il tenait toujours par le cou et lui tendit la bouteille qu'il venait de payer.

- Merci mec ! répondit celui-ci.

Liam le regarda boire une longue gorgée et lever les yeux au ciel dans une expression de parfait extase.

Il se prénommait Arnaud, mais tout le monde l'appelait Swen, au cause de ses cheveux d'un blond presque blanc, qui

Chapitre 14

n'était pas sans évoquer la chevelure traditionnelle des habitants des pays nordiques. Liam aimait bien Swen. Contrairement à beaucoup, il était toujours de bonne humeur et prêt à donner un coup de main, même pour effectuer des tâches ingrates. C'est ça que Liam appréciait le plus chez lui. Car, malgré l'apparente bouffonnerie dont il aimait se revêtir, Swen était quelqu'un de droit. Et de fiable. Et il n'y avait rien de plus précieux que de ressentir ce sentiment particulier, celui de pouvoir compter sur quelqu'un comme s'il s'agissait d'un double de soi. Liam sourit.

- T'es vraiment naïf, lui dit-t-il, en assénant à son tour un coup sec sur le goulot de sa bouteille.

Ce dernier voulut maîtriser l'éruption mousseuse mais Liam le serra davantage le bras par lequel il le tenait, lui interdisant tout mouvement.

- Ah putain, non, mec ! Gloussa Swen.

Il fut prit d'un fou rire lorsqu'il sentit son pantalon s'humidifier franchement au niveau de l'équateur. Liam rit aussi. Il relâcha enfin son étreinte et tapa amicalement sur l'épaule de son pote : « Y'a plus qu'à souhaiter que t'en trouve une qui aime la bière ! »

Swen manqua s'étrangler de rire en entendant cela. Il se mit à sauter sur place en invitant, à grands cris, les amatrices de bière présentes à bien vouloir se faire connaître de toute urgence. Mais aucune des rares femmes présentes ce soir-là n'ayant répondu à sa délicate invitation, il revint s'accouder au bar à coté de Liam. Il prit une gorgée de bière à même la bouteille, qu'il reposa lentement. Les yeux perdus dans le vague, il médita un moment, puis soupira.

- Il baisera pas ce soir… Murmura-t-il d'un air désespéré.

Il laissa tomber sa tête dans l'angle formé par son bras replié dans une parfaite imitation d'un homme au désespoir qui se laisse aller au chagrin.

Liam, qui ne s'y était pas laissé prendre, rit de bon cœur. Après tout, quitte à être là, autant en profiter ! Swen se redressa avec un sourire malin et finit sa bière d'un trait. Il essaya d'étouffer un énorme rot mais échoua à la tâche. Liam vit du coin de l'œil l'air désapprobateur qui vint ternir la mine habituellement si joviale du barman. Néanmoins, il retrouva son sourire lorsque Swen lui fit signe de leur apporter deux nouvelles bouteilles. Cette fois-ci, il ne se donna pas la peine de ramener des verres. Ils trinquèrent.

- Et au fait ? demanda Liam à son compagnon.

Que comptes-tu faire de tes congés de fin mission ?

- Je ne sais pas trop si je bouge ou si je reste ici, répondit Swen. Bien sûr, faudrait que je fasse un saut chez mes vieux mais j'ai besoin de décompresser. Je vais appeler deux ou trois

Chapitre 14

copains, histoire de m'assurer quelques soirées et si je me mets pas trop minable, peut-être que j'arriverai à me lever une nana ou deux. On verra bien. Et toi, retour au bercail ? Vous prendrez quelques jours avec Maud et les enfants ?

Liam ne répondit pas immédiatement.

- Cela vous ferait sans doute du bien de vous retrouver un peu, ajouta Swen d'un air détaché qui signifiait que Liam était libre de continuer sur le sujet ou d'en changer à sa guise.

C'était cela aussi qu'il appréciait chez Swen : il pouvait partir dans des délires où on avait parfois du mal à le suivre, mais lorsqu'il avait décidé d'être sérieux, il ne mélangeait pas les genres. Il savait aussi être discret. Rien ne fuitait jamais lorsqu'on lui faisait une confidence. Une qualité assez rare pour être soulignée.

« Ça, c'est parce que j'oublie tout en moins de vingt minutes ! » lui avait-il répondu, un jour que Liam lui faisait remarquer cette qualité appréciable. Liam réfléchit.

- Non, les enfants ont école, finit-il par répondre. Dieux sait que ça nous ferait du bien pourtant. Elle a eu du mal supporter mon départ cette fois : la mission de trop, en quelque sorte…

Il réfléchit encore.

- Je savais que ça passerait mal, mais j'avais besoin de m'éloigner.

Le sépulcre de cristal

Swen avait hoché la tête. Dans le fond, Liam savait que sous ses airs malicieux et ses bravades incessantes, il rêvait de se poser et de savoir que quelqu'un tenait à lui dans ce monde. Sa séparation d'avec sa dernière copine l'avait profondément affecté, bien qu'il ne l'ait jamais admis. C'est pour cela aussi qu'il avait accepté la mission. Tout semblait si loin quand on partait au bout du monde.

Liam se rendit compte qu'il n'aurait pas dû aborder le douloureux sujet de sa vie de famille. S'entendre dire que la mission avait été un sujet de conflit, entre sa femme et lui, le projeta face à une réalité qu'il avait remisée tout au fond de son esprit. Il vit défiler devant ses yeux l'ensemble de ses différents retours de mission. Le contraste entre le premier et le dernier était si marquant ! Il avait jusque là évité d'y réfléchir, mais la soirée avait rompu ses défenses et ce constat s'était imposé, sans qu'il s'y attende.

Quelqu'un avait dit un jour : « Retournez-vous sur votre passé et il vous sautera à la gorge ». Il avait eu le tort de ne pas le croire. Toute son impatience de retrouver Maud et ses enfants s'évapora, balayée par les rafales de souvenirs que lui soufflait son esprit. Il sentit Maud l'embrasser froidement et s'éloigner tandis que les enfants se jetaient dans ses bras avec des éclats de rire et de joie ; il se souvint des reproches et des lamentations, qu'elle lui jetait invariablement au visage, lorsqu'il essayait de

Chapitre 14

la prendre dans ses bras. Il revoyait la manière qu'elle avait de rester immobile lorsqu'il tentait physiquement de lui faire comprendre à quel point il l'aimait encore. Le pire avait été la fois où il avait cru réussir à lui insuffler un regain de cette passion qu'ils éprouvaient l'un pour l'autre, avant.

Ce soir-là, elle avait pris les choses en main et il lui avait rendu au centuple chaque plaisir qu'elle avait bien voulu lui accorder. Ils avaient fait l'amour comme ce n'était plus arrivé depuis longtemps. Sauf qu'une fois le plaisir envolé, elle s'était libérée de son étreinte, avait allumé sa lampe de chevet et s'était mise à lire un livre, qu'elle avait pourtant affirmé regretter d'avoir acheté. Il y avait vu la fin de leur histoire.

Leur histoire dura pourtant, mais les chapitres qu'ils écrivaient avaient perdu la saveur des premiers instants. Ce n'était plus qu'une plate littérature, relatant sans enthousiasme, un quotidien désespérant. C'est pour cette raison qu'il s'était porté volontaire, lorsque la note signée par la direction avait été diffusée. Il avait fui. Fui pour ne pas se demander si elle rêvait d'un autre homme, lorsqu'il la regardait sourire dans son sommeil. Et tout à ses désolantes pensées, il ne remarqua pas le changement radical qui venait de s'opérer autour de lui.

Lorsqu'il revint à la réalité qui l'entourait, il fut saisi. L'ambiance criarde et décontractée du bar avait laissé place à un silence peu commun dans ce genre d'endroit. On aurait dit que le temps avait eu un raté et peinait à se remettre en marche.

La clientèle essentiellement masculine avait délaissé ses conversations pour relever la tête. Liam jeta un œil à un petit groupe de jeunes, attablé en face de lui. Leurs regards convergeaient tous dans la même direction. Il balaya la salle d'un rapide coup d'œil et constata que l'ensemble de la clientèle semblait comme sous l'emprise d'une force inconnue.

Il y eu un grognement, auquel répondirent plusieurs autres. Le regard de Liam se porta machinalement vers l'endroit d'où ils émanaient. Il découvrit alors l'objet de cette subite attention collective. Il s'étonna de ne pas l'avoir remarqué plus tôt. Et s'étonna encore plus que personne n'ait encore crié.

Une demi-douzaine de chiens venait de faire irruption dans le bar, l'œil brillant d'une rage non contenue. Il s'agissait de chiens d'attaque. Il en reconnut deux races, les deux plus célèbres pour leur capacité au combat. La meute comptait trois rottweilers et un pitbull. Les deux autres chiens étaient grands et fins. L'un était fauve et noir, l'autre d'un noir plus sombre que les enfers.

Les molosses firent d'abord mine de vouloir explorer le bar et les morceaux de choix qu'il contenait. Mais ils se ravisèrent et se mirent à rôder devant la porte, à la manière des sentinelles, réduisant à néant toute velléité de fuite. C'est alors que, sans

Chapitre 14

prévenir, l'un des rottweilers bondit sur un homme, attablé un peu plus en arrière de la salle. Le malheureux hurla lorsque les crocs s'enfoncèrent dans son bras, laissé à nu en cette chaude nuit parisienne. D'abord stupéfaits, ses compagnons se jetèrent sur la bête et l'un d'eux la frappa de toutes ses forces à l'aide de la bouteille de bière, qu'il tenait à la main. Elle ricocha sur le crâne de l'animal et vint se briser contre l'arrête de la table. Le chien lâcha le bras meurtri et se jeta sur le téméraire qui, prit de panique se servit du tesson qu'il n'avait pas lâché comme d'un bouclier. Le chien gémit lorsque le verre coupa sa peau épaisse.

Liam sentit qu'une main l'avait doucement saisi par le bras. Il se retourna, surpris. La main appartenait à une femme qu'il n'avait, jusque-là, pas remarquée. À son regard, il devina que son geste relevait davantage du réflexe que de toute autre intention. Il voulut croire que lui aussi répondait à un simple reflexe protecteur, lorsqu'il posa sa main sur celle de l'inconnue et se plaça entre elle et la meute vindicative. Il sentit la deuxième main de l'inconnue glisser sur son épaule et la pointe de ses seins se coller contre son dos. Il pria intérieurement pour que le frisson, qui le parcourut à cet instant, soit passé inaperçu.

Lorsque le verre trancha une seconde fois sa chair, la bête hurla. Une rage nouvelle brilla dans ses yeux et elle chercha à mordre son bourreau au visage. L'homme hurla à son tour et la panique commença à s'emparer de l'assemblée. Elle était à son

Le sépulcre de cristal

paroxysme lorsqu'un homme saisit soudain la chaise sur laquelle il était assis, la monta au-dessus de sa tête et l'écrasa sur le dos du chien. Le choc projeta la bête à terre. Les compagnons de tablée du blessé en profitèrent pour l'écarter des crocs ensanglantés du molosse qui, malgré le choc d'une violence inouïe, se releva presqu'immédiatement. Il secoua la tête, comme un chiot qui se réveille et lança un regard étonné vers l'assemblée humaine qui roulait des yeux horrifiés en le regardant. Il couina lorsqu'il prit appui sur le flanc qui avait absorbé le gros du choc et se dirigea vers la porte. La meute le suivit. Un client se risqua à ouvrir la porte d'entrée du bar, les animaux sortirent. Ils disparurent dans la nuit, l'un d'eux boitillant sur trois pattes. Dans un angle du bar, un homme frappait le vide en gémissant, un tesson de bouteille à la main.

Liam sentit la tête de la femme qu'il protégeait s'appuyer contre son dos. Son corps se colla à lui dans une attitude qui trahissait un profond soulagement. Il se dégagea doucement de son étreinte et lui demanda, de cet air à la fois timide et viril qui avait fait chavirer le cœur de Maud et tant d'autres avant elle, si elle allait bien. Elle ne répondit pas mais leva vers lui de grands yeux sombres qu'accentuait l'étrange pâleur de son teint. Il essaya de se persuader que la chaleur qu'il sentit envahir son bas-ventre n'était pas ce qu'il croyait. L'inconnue lui sourit et lui adressa un regard à la fois admiratif et reconnaissant. Il releva un bras qui vint se poser naturellement sur la taille de

Chapitre 14

l'inconnue. Un geste protecteur, rien de plus. Rien de plus. Elle ne s'en offusqua pas et ne chercha pas non plus à s'en libérer.

- Je vous offre un verre ? S'entendit-il proposer.

Les lèvres de l'inconnue s'ouvrirent en un sourire hypnotique.

- Bloody Mary, s'il vous plaît, répondit-elle.

Il fallut attendre que le blessé soit évacué par les services de soins d'urgence pour que l'ambiance ressuscite. Doucement le bar s'anima. Il entendit même Swen murmurer son traditionnel juron blasphématoire. Le temps venait de retrouver son mode lecture. Liam se détendit et but une gorgée de bière en songeant à cet interlude canin, qui venait de jouer avec les aiguilles de l'horloge du temps. Et de le mettre à l'épreuve.

Il avait lié conversation avec la belle inconnue aux yeux sombres, dans lesquels il se voyait élevé au rang de protecteur… et peut-être d'amant potentiel, qui sait ? Non, il n'avait pas pensé ça. Surtout pas, bien sûr. Il est vrai qu'elle avait quelque chose d'inexplicable qui la rendait particulièrement attirante. Elle devait avoir une trentaine d'années, un peu plus peut-être. De taille moyenne, bien proportionnée et avec une chute de rein à damner… Non, il n'avait pas pensé ça non plus. Elle était à la fois étrangement bouleversante et terriblement… excitante. Il fallait bien l'admettre, plus il la regardait, plus il avait envie d'elle. Il ne remarqua même pas les regards envieux que Swen lui lançait.

Il prit son courage à deux mains, décida qu'il s'encombrerait de remords plus tard et se pencha vers elle. C'est le moment que choisit un groupe de jeunes femmes pour faire son entrée dans le bar. Encore secoué par son étrange mésaventure, le bar se mit sur "pause", une nouvelle fois. Swen ouvrit la bouche comme s'il venait de voir une apparition divine et laissa tomber sa bouteille vide sur le zinc. Une des jeunes femmes le vit, se mit à rire et attira le regard de ses compagnes vers l'auteur de cet étrange compliment. Elles vinrent dans leur direction. Liam s'intéressa au groupe, avec plus d'intérêt qu'il ne l'aurait souhaité.

Liam ne put s'empêcher de les compter : elles étaient sept.

- Une par jour! J'en demandais pas tant! Lui murmura Swen, très fier d'avoir réussi à ferrer le banc entier.

Cela le fit sourire. Elles devaient avoir entre vingt-cinq et trente-cinq ans. Globalement jolies, mais comme pouvaient l'être beaucoup d'autres. Il décida de les observer un peu plus précisément. Au bout d'une longue minute, il conclut qu'elles n'avaient, décidément, rien d'exceptionnel. Leur physique était

Chapitre 14

avenant et agréable à regarder, certes, mais le tout restait quand même très ordinaire, tout comme leur attitude.

L'ensemble jurait de plus en plus avec l'effet démesuré qu'elles avaient provoqué en entrant. À force de les observer, il découvrit pourtant quelque chose de saisissant. C'était même assez incroyable : chacune d'entre elles était un archétype de beauté mais, et c'est ce qui rendait la chose étrange, aucune ne se ressemblait, de loin comme de près. C'était comme si les caractéristiques de l'une ne se retrouvaient dans aucune des six autres. Était-il le seul à l'avoir remarqué ? C'était probable. Et le malaise qu'il sentit naître au creux de son estomac s'en trouva conforté.

Soudain, le groupe se désolidarisa. On aurait dit qu'une boule blanche invisible l'avait heurté et avait envoyé rouler chacune des jeunes femmes dans une direction. Il sentit alors la main gantée de l'angoisse lui enserrer les entrailles. La trentaine de regards, qu'abritait le bar ce soir-là, venait simultanément de se visser sur une des femmes. Les têtes tournèrent avec une parfaite synchronisation en direction de l'objet de convoitise choisi. Les regards suivaient lentement les mouvements de l'élue, réagissant à la force d'un aimant invisible qu'elle aurait caché quelque part sur elle. La vue d'ensemble de ce ballet d'automates était incroyable.

Le sépulcre de cristal

Il chercha Swen du regard. Mais celui-ci ne répondit pas aux gestes de la main qu'il lui adressa. Liam se pencha alors pour capter son regard. Mais son regard s'était figé sur une jeune femme rousse et semblait en suivre le moindre mouvement. Liam se rendit alors compte que son compagnon n'avait pas échappé à l'hypnose collective, qui semblait avoir pris possession de l'endroit. Il sentit un malaise grandissant prendre sournoisement possession de son être. Sans qu'il sache pourquoi, il avait l'impression d'être devenu l'unique rescapé d'une catastrophe collective. Une espèce d'angoisse empoisonnée commença à faire son nid au creux de son estomac et il la sentait grandir à chaque fois qu'il retrouvait ce même regard, vide et hagard, sur les visages figés des inconnus autours de lui.

C'était comme si tous ces hommes, qui ne se connaissaient pas, s'étaient subitement mis à marcher au pas en regardant droit devant eux. Méduse n'aurait pas fait mieux, pensa-t-il. Il n'y avait aucune explication rationnelle. Rationnelle ou même seulement logique, il s'en serait contenté. Où que son regard se pose, il croyait voir un zombie devant un morceau de viande. Cela devenait malsain.

Liam fut soudain pris de panique. Il se leva, saisit sa veste et fila vers la sortie. Il courrait presque lorsqu'il franchit la porte. Il ne remarqua pas l'homme en manteau de cuir qui observait

Chapitre 14

l'intérieur du bar depuis la rue. Mais sa présence n'échappa pas à la femme qu'il venait d'éconduire et dont il avait oublié jusqu'à l'existence.

Les sept naïades firent en sorte que personne ne remarque la femme qui sortit quelques instants plus tard. Elle ne chercha pas à éviter l'homme au manteau de cuir qui se dirigea vers elle dès qu'elle eut franchi le seuil du café. Ils marchèrent, côte à côte, sans mot dire, le temps de s'éloigner du tumulte de la rue et du flot de badauds qu'avait recraché une bouche de métro, non loin de là. Ce fut elle qui brisa le silence.

- Je suis impressionnée, dit-elle, sans le regarder.

- Tu as disparu avant que je puisse te remercier.

Elle tourna vers lui des yeux devenus, l'espace d'un instant, ronds comme des billes. Elle comprit en le regardant que c'était la réaction qu'il avait cherché à obtenir. Elle sourit. Décidément ce vampire était plein de surprise.

- Et pour me remercier, tu me prives d'une soirée torride et gourmande.

- Il ne me semblait pas être à la hauteur.

Elle ne répondit pas. Ils continuèrent leur route, en silence.

Le sépulcre de cristal

Les rues se vidaient peu à peu. Personne ne fit attention à ce couple qui aurait pourtant pu saigner n'importe qui sur son passage.

- et comment m'as-tu retrouvée ? lui demanda-t-elle enfin.

Il s'était attendu à cette question et joua franc jeu.

- Un pur hasard. Comme tu le sais, lorsque tu as actionné le mécanisme de la cuve, elle a tourné sur elle-même et je n'ai eu qu'à attendre qu'il fasse nuit pour en sortir. J'ai été déçu de ne pas te trouver à m'attendre. J'ai repris à pied le chemin de Paris. J'aime flâner dans les rues la nuit. Au détour de l'une d'elle, j'ai croisé le chemin d'une meute de chiens d'attaque qui se dirigeait droit sur ce café. Je les ai suivis et je t'ai vue.

Il marque une pause et continua :

- Je dois avouer que je suis impressionné… Jamais je n'aurais cru que l'on puisse transformer des chiens en goules.

Elle goûta le compliment et sourit.

- Et moi, répondit-elle, je suis impressionnée du nombre de goules que tu as trouvé si vite pour casser mon entreprise de séduction.

- Je suis désolé…

Il n'en pensait pas un mot et elle le savait.

Chapitre 14

- Tu me dois un repas et quelques heures de volupté, reprit-elle.

- Pour le repas hélas, je ne peux rien.

- Alors tu as plutôt intérêt à pourvoir au reste…

Ils s'étaient rendus à ce qui devait être un de ses repères. C'était un appartement, plutôt spacieux, qui se trouvait au cinquième étage d'un vieil immeuble en briques peintes ; on y accédait par une cour intérieure que l'on ne pouvait pas voir de la rue. Ils montèrent les escaliers en bois, qui s'élevaient vers les étages en tournant sur eux-mêmes. Ils ne croisèrent personne. À cette heure de la nuit, cela n'avait rien d'étonnant.

Elle le laissa seul un moment. Jimmy posa son long manteau noir sur un des fauteuils, non loin de la seule fenêtre que ne masquaient pas d'imposants rideaux. Il s'appuya contre la fenêtre, les mains glissées dans les poches arrière du jean délavé qu'il portait, et contempla Paris. Pour la première fois depuis des siècles, il se sentait libre. Il oublia tout, sauf qu'il était promis à devenir l'amant d'une conquête envoutante, dont il ignorait tout. Comme s'il vivait sa vie pour la première fois. Il redevenait celui qu'il aurait dû devenir, si son chemin n'avait pas croisé

Le sépulcre de cristal

celui de Dunkan. Enfin, si le chemin de Tom n'avait pas croisé celui de Dunkan.

La fenêtre donnait sur une petite ruelle, réservée aux piétons. Les réverbères donnaient aux pavés parisiens qui la couvraient, une nuance orangée. Des ombres se balançaient au gré du vent qui caressait les arbres. Jimmy entendit une porte s'ouvrir mais ne se retourna pas. Il était bien, serein, pour la première fois depuis une éternité. L'idée qu'elle était peut-être partie s'armer pour le tuer lui traversa l'esprit. Peu lui importait à cet instant où il se sentait redevenu presque… humain. Mais il espérait que non.

Elle le nomma, doucement, tout près de son oreille. Il ne sut pas si sa surprise résultait du fait qu'elle connaisse son prénom, ou du fait qu'il ne l'avait pas entendue approcher. Elle remarqua sa surprise et sourit. Les explications viendraient plus tard… ou ne viendraient pas. Peu importait. Il se perdit dans la contemplation de ce corps, qu'il désirait plus que tout à cet instant. La soie l'enveloppait d'un voile vaporeux qui sublimait les formes qu'il laissait entrevoir. Jimmy sentit une vague chaleur le submerger. Depuis qu'il s'était mué en créature de l'ombre, il ne l'avait plus ressentie avec une telle intensité.

Pourtant, comme tous les autres, il avait eu son gynécée de goules, éperdues d'un désir aussi ardent que furtif, et dont elles oubliaient tout une fois libérées de son emprise. Mais ce qu'il

Chapitre 14

ressentait à ce moment n'avait rien de comparable à ces plaisirs fabriqués et réglés sur ses envies du moment. Il pensa à l'humain qui aurait dû se trouver à sa place en ce moment. Il l'avait replacé de force sur l'étagère de sa vie, qu'il n'aurait jamais dû quitter. Sans doute ne s'était-il pas douté une seule seconde qu'il s'apprêtait à suivre une mante religieuse.

Il se décolla légèrement de la fenêtre et remarqua qu'elle tenait deux flûtes remplies à moitié d'un liquide épais et sombre. Elle lui en tendit une.

- Plutôt risqué, lui dit-il.

- Pourquoi ? Aurais-tu encore quelque chose à perdre ?

Il plongea son regard dans celui de l'étrangère, de l'ennemie, de l'assassin de ses frères d'armes. Il y vit la promesse d'une nuit qu'il ne pourrait jamais oublier. Il posa la main qui ne tenait pas le verre sur sa hanche. Elle porta la flûte à ses lèvres. Il vit l'extrémité de sa langue errer sur le rebord du verre, jusqu'à ce que le liquide la colore d'un halo rosé. Il devina la blancheur de ses canines qui enflaient sa lèvre supérieure, charnue et sensuelle.

Elle se colla tout contre lui. Il but le liquide d'un trait. Il lui laissa un goût ferreux dans la bouche et excita ses sens d'une rage prédatrice. Elle détacha ses lèvres du cristal. Il le prit, et le posa près du sien, sur le rebord de la fenêtre.

Le sépulcre de cristal

Le sang avait réveillé ses instincts et il mesurait le risque que cela représentait : un vampire non rassasié était une bombe à retardement, prête à se jeter sur tout ce qui pouvait étancher sa soif. Elle lui offrit ses lèvres. Au moment où les siennes les effleurèrent, elle murmura : "Et n'oublie pas : si tu me mords, tu meurs…". Ils s'étreignirent. Comme seuls peuvent le faire deux condamnés à mort.

Liam n'était plus qu'à quelques rues de chez lui lorsque son estomac se tordit soudain. Il stoppa net, brusquement pris de nausée et de vertige. Il avisa un banc à quelques pas de là et, prudemment, se dirigea vers lui. Son estomac protesta mais tint bon jusqu'à ce qu'il parvienne à s'y asseoir, les jambes soudainement coupées. Il ferma les yeux et se concentra sur son estomac vindicatif. Le sol se mit à tanguer dangereusement et il fut obligé de rouvrir les yeux pour le stabiliser.

Il repensa à la soirée. Aucune excuse n'apparaîtrait comme valable aux yeux de Maud. Et pourtant, il serait sincère lorsqu'il lui dirait avoir simplement voulu relâcher un peu la pression avant de rentrer chez lui. Il redoutait plus que tout une énième dispute avec sa femme. Et pourtant il venait de tout faire pour en provoquer une. Évidemment, le premier verre avait cédé la place

Chapitre 14

au second, qui lui-même s'était incliné devant un troisième et ainsi de suite…

La fraîcheur de la nuit le gifla avec une violence qui le surprit. Il emplit ses poumons de l'air vicié de Paris. La rue était déserte et silencieuse. Il constata que son envie de vomir avait laissé place à une douleur aiguë qui lui vrillait le crâne. Instinctivement, il jeta un coup d'œil à sa montre et cru d'abord à une mauvaise plaisanterie. Les potes allaient bondir de derrière un buisson en riant et lui asséner une bonne tape dans le dos. Il esquissait déjà un sourire et s'apprêtait à lancer une œillade complice aux dits buissons lorsqu'il réalisa qu'il n'y avait aucun buisson alentours. Il était bien loin du bar. Il était seul. Les potes étaient rentrés chez eux. Il réalisa avec angoisse qu'il s'était endormi sur son banc.

Et, putain de merde : sa montre affichait 05h21 ! Toutes ses chances de réconciliation avec Maud allaient être foutues en l'air à cause de sa connerie. Et il avait beau l'aimer de tout son cœur, il ne se voyait pas revivre les mois difficiles qu'ils venaient de traverser, à tenter de recoller les morceaux. Il n'y avait qu'une seule solution possible : rentrer avant qu'elle ne se réveille. Et prier de toutes ses forces pour qu'elle ait pris les somnifères, dont elle avait besoin depuis quelques temps pour empêcher ses angoisses de pourrir son sommeil.

Le sépulcre de cristal

Ne sachant plus si à cette heure-ci les métros circulaient déjà et ne voulant pas griller ses derniers neurones fiables sur cette question, il se concentra sur l'itinéraire piéton le plus rapide pour rentrer chez lui. Il se leva et partit, d'une démarche mal assurée.

Il devait avoir parcouru les trois quarts du chemin qui le séparait de son domicile lorsque son attention fut distraite. On aurait dit qu'un animal grattait le sol tout en reniflant. Ou que quelqu'un traînait quelque chose. Il s'arrêta et tendit l'oreille. Rien. Il hésita puis fit un pas. Toujours rien. Un autre. Silence. Il avait dû rêver…

Rejoindre Maud. Il arriva au pied de son immeuble et leva la tête vers la fenêtre de son appartement. La lumière était éteinte, ce qui signifiait qu'elle dormait. Et que le ciel lui offrait une autre chance. C'est alors qu'il crut voir une forme étrange se découper sur le mur en pierre de l'immeuble qui prolongeait le sien. L'instant d'après, la forme avait disparue. Avait-il rêvé ? Il pensa que l'alcool, dont l'influence devenait pourtant moins prégnante, avait dû jouer son rôle dans cette vision. Il jeta un coup d'œil aux alentours. Rien.

Il fit prudemment quelques pas, le plus silencieusement possible. Le bruit revint à ses oreilles, plus précis. Il se précipita vers la porte d'entrée, en proie à un profond malaise et à un sentiment de terreur inexpliqué.

Chapitre 15

Rentré avant les premières lueurs du jour, Jimmy avait fait un rapport succinct à Dunkan, en prenant bien soin d'omettre tout ce qui concernait l'ultime trahison dont il s'était rendu coupable, avec délectation. Le jour s'était levé, et avec lui, l'obligation de se terrer. Il avait peu dormi. Comme la plupart des vampires du clan, il n'aimait pas cette sensation d'être retenu prisonnier entre les murs de l'institut. Et l'agitation de la journée n'avait en rien aidé.

L'étau n'allait pas tarder à se resserrer autour de lui. Il le savait. Les soupçons de Dunkan commençaient imperceptiblement à se porter sur les membres du clan. A première vue, cela pouvait sembler ridicule : les chances de trahison étaient potentiellement nulles. Trop risqué. Et même en admettant qu'un vampire renverse Dunkan, que ferait-il ensuite ? Mais il y avait eu l'incident durant la Partie et cela avait ouvert une brèche dans la sécurité du système, que Dunkan avait cru si longtemps infaillible.

Le sépulcre de cristal

Il allait falloir faire un choix. Soit il livrait sa conquête d'une nuit à Dunkan, soit il la rejoignait et quittait le clan. Ce n'était pas que Jimmy tienne absolument détrôner Dunkan. Hormis ses excès d'humeur, aux conséquences pourtant souvent désastreuses, il fallait lui reconnaître un certain talent pour tout ce qui concernait la gouvernance de ses pairs. Mais Jimmy savait aussi qu'en se rapprochant de l'ennemie, il s'était mis dans une position dangereuse par rapport au maître des lieux. Et comme, tout bien considéré, il n'envisageait pas de se défaire de ses nouvelles attaches, il allait devoir s'éloigner. Et le plus vite serait le mieux.

Fort heureusement Jimmy n'était pas du genre à s'encombrer de détails. Ni de regrets, d'ailleurs. A peine était-il revenu à l'institut qu'il avait senti que sa place n'y était plus. S'il n'avait tenu qu'à lui, il aurait fait demi-tour avant les premières lueurs de l'aube. Il aurait abandonné son clan, sans un regard en arrière, et rejoint cette créature venue d'ailleurs, dont il ignorait presque tout. Sauf la douceur de sa peau. Et à la soif de vengeance qu'elle nourrissait à l'égard de Dunkan.

Mais il y avait Tom.

Et Jimmy savait que l'incident, qui pourtant le laisserait à jamais raidi dans ses mouvements, ne suffirait pas à le convaincre de trahir Dunkan. Des deux frères, il avait toujours été le plus loyal. Mais qu'adviendrait-il de lui lorsque la trahison

Chapitre 15

de Jimmy apparaîtrait au grand jour ? Comment Dunkan réagirait-il face à l'obligation de côtoyer la réplique parfaite de celui qui avait préféré rejoindre l'adversaire, dont l'ombre hantait les rues de son royaume et décimait ses troupes, petit à petit ? Connaissant Dunkan, il ne laisserait pas passer une nuit sans qu'il fasse payer le prix de sa trahison à son frère.

Il ne voyait qu'une seule solution, il fallait que Tom le suive. De gré ou de force. Et il fallait faire vite. Il sentait déjà les assauts psychiques de Dunkan qui grattaient aux portes de son esprit. Tout se jouerait cette nuit. Il n'avait pas droit à l'erreur. Mais il avait un mal fou à se concentrer.

Les images de la nuit qu'il venait de passer refusaient de s'éloigner. "Jimmy…" murmurait-elle entre deux soupirs. Elle connaissait son prénom. Il ne le lui avait pourtant jamais révélé. Sur le coup il n'y avait pas prêté beaucoup d'attention. Pourtant…

Il pâlit. Une idée folle venait de s'imposer à lui avec la violence d'un coup de massue. Tout s'imbriquait, comme les pièces d'un puzzle. Il fallait qu'il en ait le cœur net. Mais s'il avait raison, les jumeaux n'étaient pas les seuls à être en danger entre ces murs.

Tout à ses réflexions, il ne fit pas attention à l'alarme incendie qui retentit au cœur de l'institut.

Le sépulcre de cristal

Le soleil confirmait sa descente vers l'ouest et, à cette heure bien avancée de l'après-midi, un groupe d'enfants attendait qu'on lui serve le gouter. Ils s'étaient installés, à l'ombre des arbres qui perçaient l'asphalte de la cour de leur école, transformée en centre aéré le temps des vacances scolaires. Ils venaient de deviner la silhouette du grand plateau qu'ils savaient garni de tartines, derrière la porte vitrée qui menait au réfectoire. Les paris allaient déjà bon train au sujet du mystérieux nappage qui les recouvrait, lorsque retentit au loin une alarme incendie. Surpris et intrigués par l'insistant signal sonore, les enfants levèrent les yeux. Certains s'inquiétèrent. Mais les adultes s'empressèrent de les rassurer. Et l'arrivée des tranches de pain couvertes d'une épaisse couche de chocolat fit le reste. "Un simple exercice" avaient expliqué les animateurs.

En effet, à quelques rues de là, un flot de goules se déversa sur le trottoir devant l'institut médico-légal. Elles se rassemblèrent à l'endroit prévu, toujours le même. Elles attendirent patiemment que l'alarme s'épuise et regagnèrent les locaux. Les passants n'y prêtèrent aucune attention. Rien n'était plus banal dans le quotidien de la capitale parisienne. Ce qui se passait à l'intérieur du bâtiment l'était, en revanche, bien davantage.

Chapitre 15

L'alarme avait réveillé les quelques vampires qui étaient parvenus à s'assoupir et tous se dirigèrent vers le point de rassemblement que constituait la salle d'autopsie. Cette pièce même où Lorelei tentait péniblement de s'extraire son casier mural. Elle arriva à s'en extirper juste à temps, avant que le premier vampire tourne la poignée de la porte. La salle se remplit avec une rapidité extraordinaire. Un incendie véritable n'aurait pas trouvé de meilleure réponse.

Dunkan fit son entrée quelques minutes plus tard. Il passa en revue ses troupes et remarqua l'absence d'un de ses Écorcheurs. Son Juvénile manquait lui aussi à l'appel mais ça, il ne remarqua pas.

- Où est Glenn ? Tonna-t-il, en jetant un regard mauvais à l'ensemble des vampires que contenait la pièce.

Leur nombre s'était considérablement réduit. Lorelei ressentit un étrange malaise et baissa les yeux lorsque le regard de Dunkan arriva à sa hauteur. Il lui faisait peur. La méfiance et l'agressivité étaient devenus ses caractéristiques les plus prégnantes depuis que chaque nuit s'accompagnait de la disparition d'un ou de plusieurs compagnons. Et la gangrène, qui avait rongé le cercle déjà restreint des Écorcheurs, avait fini par instiller une véritable psychose dans les rangs des immortels qui le servaient. La menace était là. Et nul ne savait quel visage elle avait, ni comment la combattre.

Le sépulcre de cristal

Elle entendit Jimmy murmurer qu'il s'en allait quérir l'absent. Et sans un mot de plus, il sortit. Un silence pesant s'abattit sur le reste du clan. Ils attendirent. Au bout de quelques minutes, Dunkan commença à faire les cents pas. Les vampires réunis, eux, n'esquissèrent pas l'ombre d'un mouvement. Ils étaient manifestement perdus dans leurs pensées.

Un sifflement, arraché à la bouche de Dunkan leur fit soudain relever la tête. Tous fixèrent avec étonnement leur maître. Il était tordu en deux, une main appuyée sur son thorax. S'il avait été vivant, on aurait pu croire qu'il venait de faire une crise cardiaque. Ceux qui comprirent laissèrent échapper une exclamation de surprise. Ceux qui ne comprirent pas cherchèrent des réponses sur les visages horrifiés de leurs compagnons. Lorelei ne fit pas exception.

La porte s'ouvrit à cet instant, laissant entrer Jimmy dont le visage défait ne laissa aucune place au doute. Il lâcha l'information que tous redoutaient.

- Ils ont eu Glenn, souffla-t-il.

Il ne devait rester que quatre ou cinq heures de jour, tout au plus, mais le temps parut si long que Lorelei se demanda si la nuit finirait par se lever. Ils s'étaient tous précipités vers

Chapitre 15

l'escalier qui menait à l'étage supérieur du bâtiment de briques rouges, qui leur servait de quartier général. La plupart des non-morts freinèrent en arrivant devant un long couloir qui menait à la pièce que Glenn avait pris soin d'aménager, loin des regards de ses frères de sang. Pour l'essentiel, ce couloir était occupé par des goules, qui œuvraient à faire fonctionner l'endroit, masquant ainsi aux yeux du monde, le terrible secret de leur existence à tous. Si ce n'était la connotation morbide du lieu, on aurait pu croire à une enfilade de bureaux comme on en trouve dans n'importe quelle administration.

Mais ce couloir avait quelque chose de menaçant, quelque chose que même les vampires les plus téméraires hésitaient à affronter : il était d'une luminosité sans égal dans le bâtiment. La lumière l'inondait littéralement, jaillissant avec éclat par les portes des bureaux, laissées ouvertes afin de faciliter les mouvements des goules et les rapports entre elles.

Il y eut un ordre non formulé. La horde entendit le grincement de fauteuils que l'on repousse et, une à une, les portes se fermèrent. La lumière artificielle suppléa à sa consœur. Dunkan à sa tête, le clan se dirigea vers l'autre extrémité du couloir. Après avoir vérifié qu'aucune lumière n'irradiait sous la porte, Dunkan tourna la poignée et entra.

D'abord ils ne virent rien. La pièce était plongée dans le noir le plus total : les fenêtres avaient été condamnées et aucun filet

Le sépulcre de cristal

de lumière ne perçait le linceul de tissu épais qui les couvrait. L'espace avait été aménagé par Glenn lui-même et, hormis Dunkan, aucun vampire n'avait jamais seulement osé approcher de cet endroit. Mais chacun savait ce qu'il s'y passait. Lorelei avait entendu des rumeurs à ce sujet. Plusieurs fois, on avait entendu les gémissements des Juvéniles que Glenn avait choisi de transformer pour satisfaire ses désirs les plus lubriques et les plus violents. La plupart de ces amants forcés empruntait ensuite le couloir, sans attendre que les portes des bureaux voisins soient refermées. On entendait alors l'alarme incendie se déclencher. Comme aujourd'hui.

Lorelei sursauta. Cela voulait-il dire que la prophétie de Jimmy s'était réalisée ? Se pouvait-il que l'alarme se soit déclenchée après que Jeff ait voulu oublier à jamais les tortures sexuelles que lui avait fait subir leur concepteur commun ? Une partie d'elle-même le souhaitait, tandis que l'autre aurait préféré en finir elle-même avec lui. Elle vit Dunkan pénétrer dans la pièce. Le clan l'y suivit, Lorelei en tête.

Le cadavre de Glenn gisait sur le dos, à même le sol. Il était torse nu et son assassin avait dû le surprendre alors qu'il s'apprêtait à reboucler sa ceinture, dont les pans gisaient désormais, de part et d'autre du corps. À première vue, il avait été égorgé. Une balafre noire lui barrait le cou et se transformait en flaque sombre tout autour de sa tête. "L'auréole du diable…"

pensa Lorelei. Dunkan enjamba le cadavre. Son attention se fixa sur un paravent qui masquait une partie de la pièce mais personne ne le remarqua. Les regards étant tous braqués sur l'Écorcheur mort.

- Sortez, dit-il. Tous. Laissez-moi seul.

Personne ne se risqua à désobéir. Le clan se retira.

Dunkan attendit que le groupe d'immortels ait disparu au bout de couloir. Lorsque le dernier vampire se déroba à sa vue, il rentra dans la pièce et ferma soigneusement la porte derrière lui. Il jeta un regard à son fidèle compagnon dont le sang, qui s'échappait de la plaie béante, semblait ne devoir jamais tarir. Il l'enjamba et se dirigea vers le paravent qu'il repoussa. Jeff se tenait derrière. Il était nu, assis par terre, la tête sur ses genoux, les bras entourant ses jambes repliées. Dunkan remarqua qu'il se balançait légèrement d'avant en arrière.

Lorsqu'il vit le maître des lieux apparaître, Jeff se tassa encore davantage sur lui-même. Dunkan attendit, espérant que le Juvénile, désormais affranchi de son concepteur, se calme. Mais Jeff semblait perdu dans un dédale de réflexions dont Dunkan mesurait la noirceur. Il découvrit sur son corps les nombreux stigmates qu'avaient laissés les violences sexuelles que Glenn

Le sépulcre de cristal

l'avait forcé à accepter. Il s'accroupit afin de se mettre à la hauteur du Juvénile traumatisé et d'instaurer ainsi un climat de confiance, propice aux confidences. Il valait mieux que le Juvénile se mette à table rapidement, la patience n'était pas ce qui le caractérisait le mieux en ce moment.

- Que s'est-il passé, lui demanda-t-il d'une voix qu'il tenta de rendre aussi douce que possible.

Jeff leva vers lui des yeux de rescapé de l'enfer et se mit à gémir.

- Il... Il m'a obligé. Je voulais pas mais il m'a obligé...

Un tremblement traversa son corps meurtri. La seule évocation de son supplice semblait le faire revivre. Il secoua frénétiquement la tête, comme pour faire disparaître ces souvenirs trop frais qui dansaient devant ses yeux.

- Je sais, répondit Dunkan. Mais il faut que tu me dises ce qu'il s'est passé. Après. Qu'est-il arrivé à Glenn ? Est-ce que c'est toi qui as fait ça ?

Il savait bien que non, mais espérait que cela aide Jeff à émerger de son traumatisme. La menace que sous-entendait cette question retentit comme une alarme dans la tête de Jeff qui regarda Dunkan d'un air effaré.

- J'y suis pour rien, c'est pas moi, je le jure ! C'est pas moi ! C'est pas moi !!!!! Hurla-t-il.

Chapitre 15

Dunkan hocha la tête en signe de muette approbation. Il saisit Jeff par l'épaule. Ce dernier sursauta à ce contact mais le subit sans protester. Dunkan le regarda fixement. Il détacha chacun de ses mots.

- Alors qui a fait ça ?

La réponse ne fut pas celle à laquelle il s'attendait.

Lorelei s'était éloignée de mauvaise grâce de l'antre de Glenn. Elle aurait bien voulu s'assurer du sort de Jeff mais Dunkan ne lui en avait pas laissé le temps. Avait-il péri comme leur concepteur ? S'était-il immolé à la lumière du jour ? Glenn avait-il eu le temps de lui faire goûter au calvaire que vivaient les victimes du genre d'agression dont il était friand ? Elle l'espérait comme jamais elle n'avait espéré quoi que ce soit.

Une sensation de malaise l'interrompit cependant dans ses réflexions. Elle remarqua que Jimmy l'observait. Attentivement. Trop attentivement. Il ne se passait pas un instant sans qu'elle sente son regard, posé sur elle, au détour d'un couloir. Lorelei essaya de se dérober à cette attention subite et soutenue dont il faisait soudainement preuve. En vain. Elle décida de se mêler à la foule de vampires qui s'agitait dans les couloirs, non loin de la salle d'autopsie. Elle sentit le poids du regard de l'Écorcheur s'envoler mais le soulagement fut de courte durée. Ce dernier fut remplacé par un autre sentiment de malaise : la tension qui régnait au cœur de l'institut était devenue presque palpable depuis la découverte du cadavre de Glenn. La menace avait réussi à forcer les portes de leur refuge, encore une fois.

Malgré ses efforts, Dunkan n'était pas parvenu à cacher l'inquiétude qui le rongeait. Malgré ses efforts, il n'était pas parvenu non plus à prévenir les meurtres, ou en trouver l'auteur. L'assassin le tenait en échec et ce n'était pas bon pour le chef qu'il était. Le règne de terreur qu'il entretenait commençait sérieusement à s'émousser. Les vampires commençaient à oser des choses qu'ils n'auraient jamais seulement envisagées avant ces événements. La nuit où Dunkan et les Écorcheurs étaient partis traquer la mystérieuse menace, Lorelei avait surpris un petit groupe qui gloussait en évoquant l'impuissance de leur maître à coincer le criminel. Sur le coup, elle avait pensé avoir rêvé. Mais plus le temps passait sans qu'aucune piste ne mène à l'assassin, plus les gloussements se faisaient nombreux. Et de moins en moins discrets. Lorelei, quant à elle, jouait la sécurité. Mais force lui était de constater que le maître n'inspirait déjà plus le respect à ses troupes.

Toute à ce triste constat, elle ne remarqua pas que Jimmy l'avait suivie dans la salle d'autopsie, vide depuis l'annonce du trépas de Glenn. Elle s'apprêtait à aller s'asseoir contre le mur,

Chapitre 15

comme à son habitude, lorsqu'elle entendit la porte qui donnait sur le couloir se refermer dans un grincement sinistre. Elle n'eut pas le temps de se retourner complètement. La main puissante de Jimmy se referma sur sa gorge et la plaqua contre le mur, les pieds légèrement décollés du sol. Elle s'accrocha à ses doigts, espérant parvenir à les desserrer, mais chaque tentative se soldait par une pression supplémentaire sur son cou. Elle suffoqua et, ne pouvant plus lutter, choisit de se calmer. Les petites nuances de vert, qui donnaient à ses yeux un semblant d'éclat de vie, s'assombrirent. Lorsqu'ils furent devenus couleur ardoise, elle planta son regard dans celui de Jimmy. Il ne cilla pas.

- En voilà une surprise… Murmura-t-elle distinctement malgré le peu de souffle qui lui restait.

- Salut chérie, on dirait que tu n'es pas heureuse de me voir ? Plaisanta-t-il.

Il vit l'amusement briller dans ses yeux devenus sombres comme les eaux d'un lac.

- Comment as-tu su ?

- Son concepteur supposé n'a jamais aimé le goût des femmes. Et quand je lui ai posé la question que personne n'avait pensé à lui poser, j'ai compris que Lorelei était une sorte de taupe, infiltrée par un vampire extérieur au clan. Et comme il n'y en a pas beaucoup d'autres par ici…

Elle acquiesça légèrement du menton. Voilà un paramètre qui lui avait échappé.

- Qui d'autre est au courant ?

- Personne pour l'instant, même pas elle visiblement. Mais s'ils l'apprennent, ils s'en serviront pour remonter jusqu'à toi.

Elle prit le temps de réfléchir.

- Non, finit-elle par dire. Impossible. Lorelei ne sait rien. Par contre…

Jimmy n'aima pas le ton qu'elle venait d'emprunter.

- Par contre ? répéta-t-il.

- Par contre, si tu l'as découvert, un autre ne tardera pas à le découvrir. Et si cela arrive aux oreilles de Dunkan, il n'hésitera pas à éliminer la menace, quitte à se séparer de l'ensemble de ses plus proches serviteurs.

- J'ai veillé à ce que le concepteur présumé ne soir pas en mesure de révéler ton secret.

- Ce ne sera pas suffisant, ajouta-t-elle d'une voix calme. Et tu peux me lâcher, tu sais…

Chapitre 15

Il ne réagit pas immédiatement. Un millier de pensées se bousculaient dans sa tête.

- Tu ne pourrais pas me retenir, même en serrant plus fort et tu le sais. Ça ne sert donc à rien d'abîmer ce joli cou, ne crois-tu pas ?

Lentement, il desserra la pression exercée par ses doigts et abaissa le bras afin que le corps de Lorelei, momentanément habité par l'esprit de celle qui l'avait transformée, puisse reprendre contact avec le sol. A aucun moment il ne la quitta des yeux. Et au moment où elle toucha le sol, sa main quitta son cou pour sa nuque. Il l'attira vers lui tout en relevant délicatement son visage.

- Je dois parler à mon frère. Et je te rejoins ensuite.

Il posa ses lèvres contre les siennes et l'embrassa. Elle lui rendit son baiser.

Lorsque leurs lèvres se séparèrent, elle esquissa un sourire, aussi énigmatique que le fond de son regard. Jimmy y vit alors de timides pigments verts réapparaître. Lorsqu'ils eurent terminé de teinter complètement le regard de Lorelei, son sourire avait disparu.

Lorelei eut à peine le temps de voir Jimmy sortir dans le couloir.

Le sépulcre de cristal

Thomas avait retrouvé sa motricité et s'essayait à une chorégraphie compliquée afin de s'assurer que son corps ne le trahirait pas. Ses gestes étaient saccadés et manquaient cruellement de cette fluidité que seule une confiance absolue en ses capacités peut donner. La cassure de sa colonne vertébrale vibrait encore dans tout son être. La régénération avait fait son œuvre et grâce à Jimmy, il ne souffrait d'aucune infirmité. Mais Dunkan avait brisé plus que son dos. Il avait brisé cette formidable insouciance qui le caractérisait, depuis qu'il avait admis que ni la maladie, ni l'âge, n'aurait plus de prise sur lui.

Avec l'incident, il s'était redécouvert vulnérable. Il était resté convalescent pendant que le monde continuait de tourner sans lui. Il avait compris qu'il n'était pas le rouage indispensable, qu'il croyait être, dans cette mécanique bien huilée qu'était le clan.

Et son frère n'était même pas passé s'enquérir de son état. Chaque fois qu'il avait entendu la porte s'ouvrir, il avait espéré le voir arriver. Et chaque fois, son espoir avait été déçu. Le petit frère n'avait visiblement plus besoin de la victime qu'il était devenu. Et il lui avait certainement volé sa place de favori. Peut-être même avaient-ils fomenté ensemble sa mise à l'écart ? Peut-

Chapitre 15

être avaient-ils prémédités ensemble de le diminuer aux yeux de tous ?

Et maintenant, ils avaient réussi. Plus aucun vampire ne le respecterait plus maintenant qu'il n'était plus que l'ombre de lui-même. Il avait entendu l'alarme. Mais personne n'était venu le chercher. Ils l'avaient laissé là, comme un infirme dont on oublie jusqu'à la présence. Le goût amer de la déception, relevé d'une pointe de rage impuissante, envahit sa bouche. Mais il n'était pas de ces gens qui s'apitoient sur leur sort sans se donner les moyens de réagir. Le puissant moteur de la colère et de la haine se mit en marche. Ils allaient voir de quel bois il était fait et il leur ferait regretter d'avoir cru qu'il n'était pas le meilleur atout dans la main de Dunkan.

Il en était là de ses réflexions lorsqu'un vampire, qu'il connaissait à peine, entra dans la pièce exiguë qui servait d'infirmerie. Ce dernier l'informa que Dunkan lui avait donné l'ordre de l'amener, sans délai, à la salle d'autopsie. Le vampire s'adressait à lui d'un ton si déférent, que Thomas y vit un présage favorable pour son projet de reconquête de l'estime du maître. Le vampire lui proposa de l'aider à marcher mais Thomas lui jeta un regard qui lui fit comprendre de ne pas insister sur le sujet.

Le sépulcre de cristal

Il le précéda dans le couloir et se dirigea vers la salle d'autopsie. Il faillit rentrer dans Jimmy qui arrivait à contresens.

- Thomas, commença Jimmy.

Mais il ne continua pas : il venait d'apercevoir le vampire sur les talons de son frère.

- C'est bien, répondit Thomas avec un sourire narquois mais d'un ton où perçait l'amertume, tu te souviens au moins que tu as un frère et de son prénom… Je n'en espérais pas tant !

Jimmy ne s'était pas attendu à une réaction de ce genre. Il savait que Thomas pouvait être d'une rancune à traverser les siècles, mais ils étaient jumeaux, et jamais il n'avait imaginé que son frère douterait de l'importance qu'il avait à ses yeux. Il resta un moment interdit, ne sachant quoi répondre. Thomas y vit la preuve que son frère avait bien essayé de l'évincer pour se placer au-dessus de lui dans l'estime de Dunkan. Un sourire mauvais s'encastra sur son visage.

- J'ai rendez-vous avec le maître, dit-il d'un ton qui ne laissait aucun doute sur la colère qui l'animait. Nous verrons bien comment il interprétera le fait que tu l'aies berné.

Jimmy ouvrit la bouche et resta figé. Comment Tom savait-il ? Comment avait-il pu savoir alors qu'il avait passé tout ce

Chapitre 15

temps à l'écart, à attendre la guérison de sa colonne vertébrale brisée ?

Tous deux étaient bien loin de douter qu'ils ne parlaient pas du tout de la même chose. Et la présence importune du troisième vampire les empêcha de dissiper le malentendu.

- C'est bien ce que je pensais, reprit Tom, tout à la fois, fier de voir que ses conclusions étaient justes, et meurtri dans la relation la plus précieuse de sa vie.

- Dunkan nous attend, ajouta le vampire, voyant que Jimmy leur bloquait le passage et ne semblait pas vouloir bouger.

Les événements prenaient une tournure qu'il n'avait pas envisagée. Et où qu'il regarde, il ne voyait aucun moyen de reprendre la situation sous son contrôle. Ne sachant quoi faire, Jimmy prit le parti de les suivre.

Ils arrivèrent à la salle d'autopsie alors que Dunkan en sortait, suivi d'un flot de vampires.

- Ravi de te revoir parmi nous, Thomas, se fendit Dunkan en apercevant le petit groupe. Tu prends la tête des troupes avec Tobias. Eamon et Jimmy, avec moi. Nous nous retrouvons d'ici une heure au repère.

Les groupes se formèrent et Thomas sentit que Dunkan l'attrapait par le bras et l'écartait de la foule.

Le sépulcre de cristal

- Et tu veilles particulièrement sur l'orpheline de Glenn, dit-il en désignant Lorelei qui avait pris rang, sans se douter le moins du monde qu'elle était le centre d'intérêt d'une mystérieuse conversation.

Thomas hocha la tête, satisfait. Il avait toujours la confiance du maître et il ferait en sorte que rien ni personne ne vienne modifier la donne. Pas même Jimmy.

Chapitre 16

Ils étaient arrivés les premiers au repère. Jimmy n'avait eu d'autre choix que de suivre Dunkan, comme ce dernier l'avait exigé. Les choses commençaient à prendre une tournure qui échappait de plus en plus à sa maîtrise. Et il n'aimait pas ça. Sans doute était-ce parce qu'il n'avait pas la conscience tranquille.

Ce n'était pas tant la trahison, dont il s'était rendu coupable envers Dunkan, qui le perturbait. Après tout, il ne lui devait que son appartenance au monde de la nuit. Et il ne la lui avait jamais demandée. Non, c'était la réaction de Tom qui lui posait problème. Il connaissait bien son frère et ce lien particulier, qui les unissait, était censé garantir la confiance absolue qu'ils nourrissaient l'un envers l'autre. Que croyait-il ? Que lui avait-on raconté pour qu'il lui réserve cet accueil si glacial. Et pire encore… Qui donc avait pu lui révéler le secret de sa liaison

Le sépulcre de cristal

avec l'ennemie, que tous redoutaient à présent. Quelqu'un savait. Mais qui ?

Dunkan interrompit ses réflexions. Jimmy émergea de ses pensées comme on émerge d'un cauchemar et s'aperçut qu'ils se tenaient à l'endroit même où ils avaient découvert le cadavre de Sebastian. Le sang avait séché et formait une croûte, noirâtre et craquelée par endroit, sur le sol et sur une partie de la statue de verre. Dunkan lui parla sans le regarder. Il contemplait la statue, comme si c'était la première fois qu'il la voyait.

- T'ai-je un jour raconté l'histoire de cette statue ? Demanda-t-il à l'Écorcheur. Ou plutôt, devrais-je dire, celle de la femme qu'elle représente ?

- Je m'en serais souvenu, répondit calmement Jimmy.

Dunkan hocha la tête. Tout en parlant, il décrivait des cercles lents et concentriques autour du monument, qui avait été légèrement déplacé pour pouvoir désincarcérer les liens qui retenaient Sebastian. Il prenait un soin tout particulier à faire de grands pas, cadencés sur un rythme régulier. Il était difficile de savoir ce qui motivait cette chorégraphie étrange. Y voyait-il un rituel pouvant le libérer de cet ennemi invisible qui décimait, un à un, ses plus proches et plus fidèles serviteurs ? Jimmy se le demanda. Son attitude était si étrange…

Chapitre 16

Il attendit. Une sensation de malaise commençait à l'envahir mais il n'en fit rien paraître.

- Le temps l'a presque totalement effacée, mais autrefois, il y avait une inscription sur le socle, reprit Dunkan.

Il caressa le socle du bout du pied. Jimmy frémit en le voyant faire. Où voulait-il diable en venir ? Un bruit attira son attention. Un vampire venait d'entrer par le passage. Il soupira intérieurement. Malgré les multiples rebondissements que prenaient les choses, Dunkan ne renonçait pas aux rituels qu'il avait instaurés : d'ici quelques instants, les quelques vampires qu'il avait sélectionnés pour suppléer aux Écorcheurs disparus, allaient se présenter. Il reporta son attention sur Dunkan qui était parvenu tout près de la statue.

- Cristal.

Jimmy le regarda d'un air interrogateur, puis regarda la statue sans comprendre. Son regard finit par revenir sur son maître qui avait souri, visiblement satisfait d'avoir obtenu la réaction qu'il avait espérée et qui devait conditionner la suite de son discours.

- Effectivement, approuva-t-il. Ça n'en est pas. Du simple verre. Assez grossier quand on y regarde de plus près. Et qui a souffert à travers les âges… Mais je n'ai jamais réussi à m'en séparer. Elle me rappelle tant de souvenirs…

Le sépulcre de cristal

Il passa le dos de son index le long du bras relevé de l'infortunée, statufiée en plein supplice. Jimmy frissonna. Cette fois, sa réaction n'échappa pas à Dunkan. Un rictus diabolique traversa furtivement son visage.

- J'ai essayé d'obtenir qu'elle soit faite en cristal, dit-il en passant derrière la statue sans pour autant lâcher Jimmy du regard, mais il est difficile de faire faire une réplique luxueuse quand le modèle est un assassin… Ou quand tout le monde pense qu'il en est un, ce qui revient au même… À peu de choses près. Je me souviens que l'artiste a eu un mal fou à la sculpter. Elle n'arrêtait pas de se tordre dans tous les sens. C'était navrant.

Il posa sa main sur la cuisse de la statue et la caressa. On aurait dit qu'il essayait de relever l'étoffe de verre qui la cachait à moitié.

- Son nom, son crime et sa victime, poursuivit-il. Le tout, formant la matière de son tombeau. C'était pourtant tentant, tu ne trouves pas ?

Disant cela, il prit les mains liées de la statue dans les siennes. Jimmy ne répondit pas. Une sensation étrange s'était emparée de lui. Voir Dunkan jouer avec cette statue lui était insupportable.

Chapitre 16

- Iselda Sterenn du Tiroy, continua Dunkan sans lâcher Jimmy des yeux. I, S, T. Pour les intimes.

Ses mains glissèrent le long des bras et se placèrent sur sa poitrine. Jimmy serra les dents. Il n'arrivait pas à détourner les yeux des mains profanes de Dunkan. Il fut pris de l'envie subite de les saisir et de les tordre jusqu'à entendre les os craquer. Dunkan vit cette flamme meurtrière crépiter dans les yeux de son Écorcheur. Il saisit la poitrine à pleine main et se mit à la caresser, délicatement.

- Comtesse de son état, C.

Tout chez Dunkan respirait la profonde satisfaction liée à l'aveu d'un secret longtemps gardé. Il reprit :

- Cette comtesse a été dite "régicide", d'où le R, car le crime qu'on lui reprochait était d'avoir empoisonné un prince qu'elle devait épouser et dont le roi, son père, était déjà atteint de petite vérole ou de peste, je ne sais plus. Ce prince se nommait Adalard Langlois. Et voilà le A et le L.

Il enjamba la statue et se tint à califourchon au-dessus d'elle. Il se colla contre sa hanche, sans cesser de caresser sa poitrine.

- Cristal. As-tu saisi ? lui demanda-t-il en remontant sa main au niveau de la gorge de la femme de verre. C.R.I.S.T.A.L.

Le sépulcre de cristal

Jimmy ne répondit pas. Tout son être lui avait échappé. Il regarda Dunkan se pencher sur la bouche entrouverte de la femme.

À l'instant même où il le vit lécher les lèvres dures et froides, qui semblaient gémir de douleur, la vérité lui apparut, avec une violence à laquelle il ne s'attendait pas.

Tout le lui avait pourtant suggéré mais il ne s'était aperçu de rien.

Thomas ne lui avait pas adressé la parole durant tout le chemin qui séparait l'institut du Repère. Et la mine torturée qu'il affichait n'avait pas encouragé Lorelei à engager la conversation. Pourtant, au moment de chavirer, il la regarda prendre place contre le pont et s'installa près d'elle afin de faciliter son saut. Lorelei y vit une marque de bienveillance. Elle avait tort. La seule chose qui intéressait Tom à ce moment était de livrer l'objet sur lequel le maître lui avait demandé de veiller. Ils pénétrèrent ensemble dans le repère.

Une agitation extrême régnait à l'intérieur de la cave secrète du Pont Alexandre III. Les vampires s'étaient massés dans l'angle qui abritait la statue, seul élément qui habillait la pièce si l'on exceptait la lourde porte, derrière laquelle pourrissaient

Chapitre 16

deux d'entre eux. Un torrent de clameurs s'élevait de l'attroupement et rebondissait en écho contre les murs de la salle. On aurait dit les parieurs d'un match de boxe ou d'un combat de coqs clandestin. Lorelei vit que la horde de vampires s'était concentrée autour d'un épicentre, qui absorbait toute leur attention.

Ils restèrent d'abord là, sans bouger, saisis par ce spectacle étrange auquel ils ne s'étaient pas attendus. Tom hésitait entre la curiosité qu'il avait envie de satisfaire et la nécessité impérative de ne pas s'éloigner de Lorelei avant de l'avoir livrée à Dunkan. Mais comme une réponse à ses désirs, Lorelei avança d'elle-même vers la foule attroupée. Tous les regards se tournèrent vers eux lorsqu'ils essayèrent de percer le cercle dense de l'attroupement et une espèce de malaise se fit immédiatement sentir. Les clameurs se turent pour laisser place à un murmure gêné. Lorelei vit les vampires s'écarter, leur frayant un chemin vers l'objet qui, l'instant auparavant, les galvanisait. « Moïse n'aurait pas fait mieux… » Songea Lorelei, se rappelant un film qu'elle avait vu et revu quand elle appartenait encore au monde des vivants. Ils avancèrent, Tom ayant prit soin de se placer derrière la jeune vampire, fraîchement affranchie du joug de son concepteur, mort quelques heures plus tôt. Une vague d'inquiétude, roula sur les visages blafards, tournés dans leur direction, à mesure qu'ils avançaient.

Le sépulcre de cristal

Au bout de la haie d'honneur que la foule, dégraissée de plusieurs de ses membres, avait ouvert devant eux, se tenait Dunkan. Et au pied de Dunkan gisait une masse sombre dans une mare de sang. Interpellé par le silence subit qui s'était brusquement imposé, Dunkan leva les yeux vers eux. D'une main ensanglantée, il leur fit signe d'approcher.

Lorelei obtempéra à l'ordre muet qu'il leur avait donné et avança, lentement, dans sa direction. Elle était presqu'arrivée à mi-chemin lorsque Tom la bouscula soudain et se précipita vers la masse sombre. Lorelei le vit alors tomber à genoux devant elle, sans prendre garde au sang qui en ruisselait et formait une flaque pâteuse sur le sol. Elle crut qu'elle allait se sentir mal lorsqu'elle l'entendit hurler le nom de son frère.

Bien que prévisibles et légitimes, les appels de Tom pour ramener à la conscience son frère mort exaspérèrent Dunkan. Jamais un membre du clan ne l'avait vu dans une telle fureur et, instinctivement, tous reculèrent. Il se fendit d'un sourire enfiévré de haine et plongea la main vers Thomas. Il l'attrapa par les cheveux et le força à le regarder droit dans les yeux. Mais le regard de Tom n'arrivait pas à se détacher du cadavre gisant à ses genoux. Dunkan attendit, tout en resserrant sa prise, mais rien n'y fit. Une idée brilla dans ses yeux.

Chapitre 16

- Et si on lui faisait rendre une petite visite à nos deux chers compagnons qui s'ennuient, tout seuls, derrière cette porte ?

Il retrouva instantanément toute l'attention de Thomas et put constater que ses yeux s'étaient mouillés de larmes.

- Pour… Pourquoi ? Balbutia-t-il.

Dunkan eut un sourire mauvais. Il répondit pourtant d'une voix douce qui ne lui seyait guère.

- Le petit frère a trahi le maître, susurra-t-il. Le petit frère s'est retourné contre lui et s'est rendu coupable d'un crime odieux à son égard… Et il a tué Glenn aussi…

S'il lui avait fallu une preuve de l'ignorance de Tom quant aux agissements de son frère, Dunkan n'aurait pas pu rêver mieux que les grands yeux qu'il roula vers lui. Ils étaient vides de toute expression et trahissaient une totale incompréhension.

- Il m'a trahi, reprit le maître. Il a trahi le clan. Et il t'a trahi, toi.

- Je t'en supplie Dunkan, gémit Tom, qui était resté sur la menace de voir son frère dévoré par les monstres que cachait la porte. Pas ça. Pas ça…

Dunkan réfléchit. La pitié était un sentiment qui lui avait toujours fait cruellement défaut. Mais il ne lui restait que trois Écorcheurs et ses chances de victoire seraient compromises s'il

Le sépulcre de cristal

se privait de l'un d'eux. Accorder la grâce de rester intact au cadavre de Jimmy, lui assurerait les bons et loyaux services de Thomas. Et une fois la victoire acquise, il se chargerait de lui. Après tout, le sang du traître coulait dans ses veines.

Une idée sadique lui traversa l'esprit. Il avait toujours goûté avec un plaisir extrême à toutes les formes de torture. Et, compte tenu des événements, il ne voyait aucune raison de se priver d'un petit moment d'intense satisfaction.

- Je t'accorde la grâce de ne pas laisser ton frère se faire dévorer par Karl et Lavastar. Mais à une condition.

Thomas hocha immédiatement la tête. Quoique le maître lui demande, il le ferait. Il était même prêt à donner sa vie pour empêcher que Jimmy soit dévoré par ces monstruosités, qu'il entendait gratter derrière la porte. Elles avaient senti l'odeur du sang.

Il vit alors Dunkan se pencher pour ramasser un objet qui traînait sur le sol et qu'il n'avait pas remarqué. D'abord, il crut qu'il s'agissait d'une sorte de bijou ancien. Mais en le regardant de plus près, il découvrit qu'il s'agissait d'une petite lame, très fine, montée sur un manche d'argent décoré de motifs celtiques. Dunkan la lui tendit.

- Voilà la preuve, s'il t'en faut une, de la trahison de ton frère envers ce clan, envers toi et envers moi. Alors choisis. Soit

Chapitre 16

tu me prouves ton allégeance en plantant ce poignard au fond de la poitrine de ton frère, soit je l'envoie rejoindre nos amis.

Il jeta un regard effaré sur le cadavre.

- Mais, il est mort… murmura-t-il.

- Nous aussi, je crois. Je veux juste que tu t'en assures toi-même, répondit calmement le maître.

Thomas était perdu. Il chercha tout autour de lui un soutien qu'il ne trouva pas. Le désespoir se peignit sur ses traits. Il tenta une ultime supplique.

- Dunkan, gémit Thomas. C'est inutile et tu le sais… Tu oublies tout ce que nous avons traversé ensemble…

Le maître ne répondit pas. Thomas explosa.

- Dunkan, c'est mon frère !!!

Dunkan lui mit la pointe du poignard sous la gorge jusqu'à ce qu'une petite perle de sang coule le long de la lame. Son regard incandescent transperça le vampire éploré. Il détacha avec soin chacun de ses mots.

- Ouais, dit-il. Et ton frère a baisé la seule femme que je n'ai jamais pu avoir.

Le sépulcre de cristal

Tom resta en retrait tandis que Dunkan donnait à ses troupes les directives de l'attaque qu'il avait décidé de mener. Il l'entendit parler d'un appartement dans un quartier calme de Paris, d'un effet de surprise, d'un déchaînement de violence… Il aurait toujours le temps de comprendre les rouages de la mécanique punitive de Dunkan en chemin. Le dénouement du conflit était pour cette nuit. La menace désamorcée, le clan retournerait à son existence maudite. De nouveaux Écorcheurs viendraient remplacer les disparus et tout recommencerait. C'est alors qu'il réalisa.

Il réalisa l'absence, le vide, le silence. La solitude infinie qui le consumerait lorsque, par réflexe ou par habitude, il poserait une question à voie haute. La solitude infinie qui le consumerait lorsqu'il chercherait la solution à un problème. Il réalisa l'absence de réponse, l'absence de sourire, l'absence de réconfort. Et le sentiment inacceptable qu'il aurait dû voir, qu'il aurait pu intervenir. Cette nuit resterait à jamais pour lui celle où le destin avait choisi de lui tourner le dos, avec le même mépris que celui dont il avait gratifié Jimmy, lorsque celui-ci avait voulu lui parler.

Il cacha son visage dans ses mains, encore maculées du sang de son jumeau.

- Où est-elle ?!!!!

Chapitre 16

Un hurlement de colère lui fit reprendre contact avec la réalité. Dunkan semblait animé d'une rage impuissante.

- Retrouvez-moi cette petite pute, je l'interrogerai moi-même et ensuite… Ensuite… On la redonnera à son petit camarade de jeu, dit-il en jetant un regard entendu à Jeff qui se tenait à sa droite.

- Merci maître, répondit Jeff, de cette voix suave et sucrée, propre aux serviteurs les plus révérencieux.

- Ce sera ton cadeau de bienvenue dans le rang des Écorcheurs, ajouta le maître.

Jeff se fendit d'une légère révérence.

- Et à présent, tous à sa tanière !! Tobias, je te charge de retrouver Lorelei.

Tom reprit sa place dans le rang et suivit la meute vengeresse.

Personne… Elle aurait pourtant dû être là…

Quelque chose avait foiré, la mission se soldait par un échec et pourtant…

- Elle aurait dû être là !!! hurla Dunkan en frappant le mur à l'endroit même où était fixé un cadre qui se fracassa sous l'effet du choc. Son poing se fendit sous la morsure du verre brisé. La plaie était profonde, mais il ne ressentit aucune douleur. Seule l'obnubilait cette pensée : elle aurait dû être là.

Cet appartement était le sien, il n'y avait aucun doute possible. Une espèce d'aura maléfique imprégnait les lieux. Tout y respirait la présence de l'ennemie. Le moindre recoin. Le moindre éclat de lumière… artificielle, cela va s'en dire. Ils avaient trouvé son appartement. Son appartement. Il s'était attendu à trouver un refuge, une tanière, et ce n'était finalement qu'un putain d'appartement bien imbibé, presque ivre de la présence de son occupante mais vierge de tout ce qui pourrait tracer le moindre chemin vers elle. Et surtout ce sentiment de frustration et d'incompréhension auquel il ne trouvait aucune explication : elle aurait dû être là.

Dunkan avait la capacité de sentir la présence d'un vampire à deux cents mètres. C'était comme ressentir la menace d'un danger imminent. Et ce sentiment étrange, il l'avait ressenti dès qu'il avait tourné à l'angle de la rue qui abritait l'immeuble qu'il cherchait. L'absence du vampire aurait dû calmer l'angoisse qui l'avait étreint, dès qu'il avait lancé l'assaut. Pire encore, son absence aurait dû éteindre le déchaînement d'adrénaline qui avait imbibé chaque parcelle de son corps, lorsque ses troupes avaient enfoncé la porte de l'appartement.

Chapitre 16

Elle n'avait pas pu leur échapper, c'était la seule chose dont il ne pouvait douter. C'était proprement impossible. Elle devait s'être absentée bien avant qu'il ne donne l'assaut. Mais elle avait laissé, derrière elle, la sensation d'un danger ultime, imminent, qui rongeait de l'intérieur quiconque se risquait à franchir les limites de son territoire. Rien de réel, rien de palpable, ni de saisissable. Seulement le sentiment inexplicable d'être au centre d'une mortelle curée, dont les prédateurs rodent alentours, invisibles et affamés.

Sans qu'il s'en doute, elle était parvenue à prendre possession de son esprit, et pesait sur lui, comme le tranchant des ciseaux d'une Parque, sur le fil de son existence. Il était devenu vulnérable, lui, le maître incontesté de la plus grande concentration vampirique que le monde ait connue. Et pourtant, une terreur inexplicable s'instillait peu à peu en lui, altérant l'ensemble de son être. Elle avait même réussi à éteindre le feu de sa main brisée.

Il fallait qu'il quitte cet endroit au plus vite, elle était parvenue à empoisonner l'air qu'ils y respiraient. Il revit le tribunal, qu'il avait soudoyé, la condamner. Il la vit, traînée par les gardes, jusqu'à la colline voisine. Il revit son regard sombre lorsqu'elle avait compris qui se cachait derrière le meurtre dont elle était injustement accusée, juste avant que le bourreau ne...

Le sépulcre de cristal

La nouvelle claqua à son esprit avec la violence d'un coup de fouet et le ramena aux temps présents, dans un appartement dénué de vie, au cœur de son empire.

Les goules de Tobias venaient de repérer Lorelei.

Chapitre 17

L'équipe de vampires, qui faisait le guet en bas de l'immeuble abritant l'appartement de l'ennemie, fut la première à se lancer à la poursuite de Lorelei. Ils n'eurent aucun mal à la débusquer grâce aux indications que leur donnèrent les goules de Tobias. Ils réussirent à la coincer dans une impasse.

Lorelei était cernée. Elle recula jusqu'à que son dos rencontre le mur du bâtiment qui condamnait ce qu'elle avait cru être une issue. Elle balaya d'un coup d'œil l'espace devant elle, à la recherche d'une brèche par laquelle elle pourrait s'enfuir. Elle n'en trouva pas. Elle vit la meute de vampires qui lui barrait le passage s'approcher d'elle, lentement. Toute tentative de fuite était vaine. Prise de panique, elle tâta frénétiquement le mur derrière elle, espérant trouver une branche ou tout objet qu'elle pourrait utiliser comme une arme, sans pour autant quitter ses assaillants des yeux.

Rien.

Le sépulcre de cristal

Elle contempla, impuissante, la meute qui frémissait déjà d'excitation en attendant le signal de la curée. Mais il ne vint pas. Tout à coup, elle vit Tom fendre le cercle de ses ennemis, qui se reconstitua juste après son passage. Il marcha droit sur elle. Ses traits se figèrent. Son regard vert émeraude devint couleur de cendre et son attitude changea brusquement. Elle se détendit, s'adossa contre le mur, croisa les bras sous sa poitrine et, relevant un genou, cala son pied contre la paroi. Elle esquissa même un sourire lorsque Tom arriva à sa hauteur.

Il fondit sur elle. La rage qui l'animait déborda tout à coup, il la saisit par le cou et la décolla du sol à la seule force de son bras.

- Décidément, c'est une manie de plaquer les femmes au mur dans la famille, dit-elle.

La dizaine de vampires qui escortait l'Écorcheur ne bougea pas. Ils formaient un arc de cercle autour du chasseur et de sa proie qui, souriante, attendait patiemment qu'il se passe quelque chose. Ils attendirent, silencieux comme les tombes qui auraient dû les abriter.

Sans desserrer sa prise, Tom approcha prudemment son visage près de celui de Lorelei. L'un des vampires, le plus frais de la bande, tressaillit et jeta un regard à ses compagnons qui le tranquillisèrent d'un geste d'apaisement. Tom connaissait les règles et malgré sa colère, il n'était pas prêt à risquer de mordre

Chapitre 17

un de ses congénères. Il se contenta de claquer des dents près de son oreille. Lorelei, toujours suspendue à quelques centimètres du sol n'avait même pas esquissé ne serait-ce que l'ébauche d'un geste pour se défendre. Elle s'était contentée de décroiser les bras et de laisser pendre la jambe qu'elle avait relevée l'instant précédent. Elle continuait de sourire, malgré l'étreinte de la poigne de fer qui boursoufflait les chairs de son cou et de sa mâchoire.

Entendre évoquer le fantôme de son frère attisa encore la haine qui transpirait déjà par tous les pores de la peau de Thomas.

- Il l'a buté, dit-il. Tu entends ça ? Il l'a buté par qu'il te baisait.

- Tom…appela timidement le jeune vampire.

- C'est à cause de toi s'il…

- Tom, on a un problème !

- …n'est plus là. Tu m'as privé de mon frère, sale pute !

Un hurlement le força à détacher ses yeux de Lorelei. C'est alors qu'il vit une vague sombre déferler sur ses compagnons. C'était une tempête de muscles luisants et de crocs acérés qui engloutissaient tout devant lui. Elle avait surgi des enfers et les avait encerclés pour mieux les submerger. L'onde déchaînée redoubla de puissance, aspirant les uns, recrachant les autres pour mieux les avaler de nouveaux.

Il resta interdit, figé de stupeur et d'incompréhension face à ce spectacle de tempête marine si inconcevable en plein cœur de Paris. Il ne distinguait rien d'autre que ces flots ondoyant sous les rayons crépitants de l'unique réverbère qui éclairait la scène. Soudain, le corps du jeune vampire creva les eaux. Son cri de terreur retentit jusqu'au fond des entrailles de Tom. Une force invisible le ramena d'un coup sec sous la vague. Avant de disparaître, Tom put distinguer que son œil droit avait été arraché et avec lui, la moitié de son visage. Il put même, l'espace d'un instant, distinguer la blancheur de l'os de la mâchoire.

C'est alors qu'il sentit des doigts glacés s'enrouler autour de sa nuque et du bras, qui ne maintenait pas Lorelei captive. Il eut le tort d'hésiter. Les doigts pénétrèrent dans ses chairs, entaillèrent le cuir de sa peau comme l'aurait fait les lames d'un rasoir. Il voulut se retourner mais la douleur était trop intense. Il renonça. Les yeux de Lorelei étaient devenus noirs et le fixait avec une intensité diabolique. Il aurait presque pu ressentir de la douleur à soutenir ce regard cuisant qu'il ne lui connaissait pas.

Et tandis que les hurlements étouffés de ses compagnons berçaient le ciel du soir, il sentit le souffle chaud d'une haleine, où perçait l'odeur ferreuse d'un sang fraîchement prélevé, contre

Chapitre 17

sa gorge. Il entendit le craquement d'un os que l'on venait d'arracher à son axe, puis une vive douleur lui traversa le bras que l'ennemi avait empoigné. Une voix, sortie de nulle part et dans laquelle s'exprimaient autant de haine et de désespoir qu'il en ressentait lui-même, lui grinça à l'oreille.

- Où est-il ?

À son intonation, Tom comprit immédiatement qu'il s'était trompé sur l'objet de la mystérieuse relation que son frère avait liée avec celle que Dunkan convoitait en secret.

- Il arrive, salope, et avec des renforts, tu peux me croire! Il va te faire la peau !

Il sentit la poigne qui enserrait son cou commencer à se resserrer. Elle articula lentement, distinctement.

- Je me fous de Dunkan. Jimmy. Où est-il ?

Il sentit que ses vertèbres commençaient de s'effriter. Son agresseur ne se rendait visiblement pas compte que, dans quelques instants, il ne serait plus dans la capacité de répondre. Il leva les yeux vers Lorelei et vit la surprise se peindre dans ses yeux vert émeraude. On aurait dit qu'elle s'éveillait et semblait ne pas comprendre ce qu'il se passait ou ce qu'elle faisait là.

- Tom, murmura-t-elle, surprise.

Le sépulcre de cristal

Puis son regard se porta sur la mystérieuse silhouette qui le tenait en respect. Elle dévisagea son bourreau qui, inlassablement, répétait la même phrase de trois petits mots auxquels son existence semblait désormais réduite. "Où est-il ?" Le regard de Tom se voila tandis que les doigts de son agresseur perçaient son cou et lui sectionnaient la carotide pour s'y glisser, tel un serpent en quête d'un nid pour hiberner.

- Vous êtes en train de le tuer, gémit Lorelei.

Elle se sentit glisser contre le mur et reprendre contact avec le sol. La main qui la soulevait tomba sur sa poitrine et s'y traîna mollement. Elle retomba le long du corps de Tom qui s'affaissa sur ses genoux et resta là, en suspens, toujours retenu par les crochets acérés que formaient les doigts qui lui avaient ouvert le cou.

- Je sais, répondit la silhouette sombre de la femme vampire.

D'un geste sec, elle retira ses doigts ensanglantés de la caverne, qu'ils avaient creusée dans la trachée de ce sosie parfait de l'homme qui lui avait, l'espace d'un instant, fait oublier son existence maudite. Lorelei regarda l'étrangère. Elle avait l'impression de la connaître.

Chapitre 17

Les flots tumultueux se calmèrent et la marée mouvante se retira dans la nuit, laissant derrière elle les cadavres déchiquetés des vampires qui avaient réussi à coincer Lorelei. Une vaguelette s'en détacha pourtant et vint se glisser sous la main de la tueuse, cherchant une caresse ou un petit geste de flatterie. Lorelei vit qu'il s'agissait d'un jeune bas-rouge. La tueuse caressa le museau de la chienne du bout de l'index. La chienne, visiblement satisfaite, repartit en courant et disparut au bout de la rue. La tueuse suivit un instant l'animal du regard, puis ses yeux se plantèrent dans ceux de Lorelei.

Soudain tout s'éclaira.

Lorelei resta stupéfaite. Elle venait de reconnaître le cadavre de la ruelle.

Des bruits de pas précipités résonnèrent dans le lointain.

- Il faut partir, murmura Lorelei à l'étrange apparition. Ils arrivent.

- On va faire un peu de rangement avant, lui répondit la tueuse, très calmement.

- Ils la tiennent ! hurla Tobias.

- Où sont-ils ? demanda immédiatement Dunkan

Le sépulcre de cristal

- À quelques rues d'ici... Il s'arrêta le temps de renforcer le lien télépathique qui le reliait à l'une de ses goules. Une petite ruelle... qui finit en impasse... me semble-t-il. Ils ont réussi à l'y coincer, ajouta-t-il, c'est pas très loin d'ici...

Il jeta un coup d'œil à Dunkan. Il vit la haine se peindre dans le regard du maître et inonder chacun de ses traits. Il n'acheva pas, c'était inutile.

- Allons-y, tu nous guides ! ordonna Dunkan. Il jeta un regard dans la direction indiquée par Tobias et sourit.

Flanqués de la dizaine de vampires qui avait mené l'assaut contre l'appartement, ils remontèrent la piste que les goules dessinaient dans l'esprit de Tobias. Cette pute allait passer un sale quart d'heure, à supposer qu'elle soit toujours en vie lorsqu'ils la rejoindraient.

Le ciel s'assombrissait nettement par endroit. Le vent cinglait les rues et les arbres dociles le laissaient secouer leurs branches au gré ses caprices. Et sous leurs cimes, plusieurs silhouettes sombres fuyaient silencieusement vers l'objet de leur quête meurtrière. Ils se déplaçaient rapidement, tout en affichant une attitude nonchalante qui les faisait passer presque inaperçus parmi la foule de badauds qui commençait à envahir les rues.

Chapitre 17

Le quartier en lui-même n'était pas festif et, hormis les habitués de rares restaurants, les principaux centres d'intérêt étaient concentrés autour des bouches de métro qui, inlassablement, avalaient et vomissaient, à intervalles réguliers, leur flot de marcheurs. Mais personne ne se soucia de ce groupe étrange, d'une pâleur lunaire, dont le meneur semblait comme absent, hypnotisé par un œil invisible. Celui qui le suivait affichait le calme et la détermination. Mais ses poings serrés trahissaient la violence qui bouillait à l'intérieur de son être. Derrière eux, une dizaine de badauds suivaient. En y regardant de plus prêt, d'aucun se serait rendu compte qu'ils faisaient tous partie d'une même expédition.

Une expédition punitive.

La confrontation était proche. Ils s'écartèrent du boyau principal pour prendre une artère pavée, bifurquèrent dans la ruelle évoquée par Tobias. Dunkan luttait pour retenir ses pas, il ne fallait pas céder à son envie de courir et de…

Il faillit rentrer dans son Écorcheur. Tobias s'était brusquement arrêté.

- Que se passe-t-il ? demanda-t-il, à la fois furieux et intrigué.

Tobias sortit de sa transe. Ses mots résonnèrent comme un glas dans la nuit.

Le sépulcre de cristal

- On a un problème, murmura-t-il.

La nuit avait peu à peu chassé le crépuscule et pris ses quartiers dans l'impasse à l'entrée de laquelle Tobias avait stoppé net sa course. Les lumières artificielles avaient peu à peu remplacé les halos rosés du coucher de soleil agonisant. La nuit avait enfin pleinement pris possession de la ville. Et quelques heures après la mort du crépuscule, un groupe de vampires fit irruption dans le théâtre où venait de se jouer la tempête du siècle.

- C'est ici que j'ai perdu le lien, dit-il en montrant du doigt le petit espace que l'on devinait à peine, et par intermittence seulement, au bon gré d'une lumière artificielle grelottante.

L'endroit était plongé dans une torpeur sombre, au travers de laquelle ils ne distinguèrent tout d'abord rien, si ce n'est la silhouette dentelée des arbres feuillus. La lumière tremblotante de l'unique réverbère souffreteux ne suffisait pas à en distinguer nettement les contours. Ses frémissements finissaient par donner à l'endroit un aspect sinistre.

Le groupe de vampires s'avança, prudemment, tant pour laisser à leurs yeux le temps de s'habituer que pour parer à une éventuelle attaque. Tout était calme. Bien trop calme.

Chapitre 17

Dunkan se désolidarisa des rangs et pénétra dans l'alcôve pavée. Tobias l'y suivit, les autres vampires sur les talons, Jeff à leur tête. Ils se placèrent dans son sillage, en bons soldats.

C'était étrange.

Un profond silence régnait sur le petit boyau bouché tandis que l'on entendait résonner au loin les bruits de la rue.

Leurs yeux s'habituèrent peu à peu et ils commencèrent à distinguer des formes dans la masse sombre qui s'ouvrait devant eux. Rien ne bougeait. Même le vent semblait avoir renoncé à se risquer dans l'impasse. Aucun mouvement, aucun souffle, qui aurait trahi une quelconque présence. Et pourtant il y avait comme une menace, impalpable mais réelle, qui planait et hantait le lieu. Ils la ressentaient tous cette fois et le silence de chacun trahissait l'intensité de l'état d'alerte dans lequel le groupe se trouvait.

L'évidence s'imposa cependant d'elle-même : il y avait peu de chance pour que leur agresseur soit encore dans les parages. Pourtant, Dunkan fit signe à ses compagnons qui se mirent immédiatement en position de défense, scrutant les alentours, autour de leur chef suprême. C'est le moment que choisit le réverbère pour prouver qu'il pouvait encore être à la hauteur. Il s'alluma avec éclat et baigna la petite rue de sa lumière triomphante.

Le sépulcre de cristal

Le spectacle qu'il révéla laissa la horde sans voix.

Les corps éventrés des deux Écorcheurs et de leurs compagnons jonchaient le sol, leurs cages thoraciques béantes, vomissant de toute part sang et organes. Dunkan s'approcha d'un des cadavres en prenant soin de faire de grandes foulées. Il ne supportait que difficilement cette sensation du sol qui, maculé de sang noirâtre, retenait chacun de ses pas.

Il s'agenouilla au milieu des lambeaux de chair qui baignaient çà et là, lamentables récifs arrachés à leurs pitons osseux, près de ce qu'il crut reconnaître comme étant le cadavre d'Eamon. Ce qu'il en restait gisait, face contre terre. Les côtes brisées avaient déchiré la peau de son dos et pointaient leur tranchant vers le ciel en une ultime et pitoyable tentative d'intimidation. Malgré toute la répulsion que lui inspirait ce spectacle, Dunkan s'employa à retourner le corps. Il saisit délicatement l'épaule et ce qui restait de l'arc costal et tira doucement, vers lui, pour le faire pivoter. Un grognement étouffé s'éleva soudain du gisant qui se mit à trembler frénétiquement.

Surpris, Dunkan lâcha prise et fit un bond en arrière. C'est alors qu'il vit la tête du cadavre se relever et osciller de part et d'autre, dans une danse macabre qui n'était pas sans rappeler le mouvement du cobra sous l'influence du charmeur. Méconnaissable, le visage d'Eamon avait été écrasé. Les cavités

Chapitre 17

oculaires étaient béantes, comme grattées à l'aide d'une petite cuillère, et la bouche n'était plus qu'un trou sanglant qu'il voyait s'ouvrir et se refermer à la manière d'un enfant endormi qui cherche son pouce. Après de longues minutes, elle s'immobilisa.

Dunkan allait soupirer de soulagement lorsqu'un bruit de succion, immédiatement suivi par un borborygme de satisfaction, se fit entendre. Tel un écho, un gémissement tout proche s'éleva dans l'air du soir... Dunkan ne bougea pas. L'horreur se peignit sur ses traits. Il venait de comprendre. Mais c'était déjà trop tard.

Les cadavres venaient de se relever, découvrant des marques de putréfaction grandissante. Avant même que les vampires aient eu le temps de réagir, les Mordeurs se jetèrent sur eux. Des hurlements s'élevèrent dans les rangs.

Dunkan ne vit pas les lambeaux d'un jeune vampire se glisser à côté de lui. Et il n'arriva pas à parer son attaque. L'infecté le mordit en-dessous l'œil et ses dents creusèrent un passage à travers l'os de la mâchoire. Dunkan sentit le venin de la putréfaction empoisonner son sang et ses chairs. Il saisit son assaillant et le repoussa de toutes ses forces sur Tobias qui hurla lorsque celui-ci, tombé à ses pieds, lui entailla le mollet d'un coup de dent. Le sang coulait sur le visage de Dunkan, déjà tuméfié par la morsure. Il voulut crier mais la partie inférieure de sa mâchoire se détacha. Il leva des yeux imbibés d'une terreur qu'il n'avait encore jamais ressentie vers Thomas, ou ce qu'il en restait, qui secouait goulument la partie inférieure de son visage qu'il venait d'arracher.

Il sentit les morsures se multiplier et, avant que ses yeux se ferment, pour toujours cette fois, il entendit une voix qu'il n'avait plus entendue depuis des siècles. Elle disait que la mort suffirait cette fois à les séparer. Il leva les yeux et vit se découper au loin la silhouette de celle qu'il avait fait condamner à mort, il y a si longtemps. À ses côtés se tenait une Juvénile qui se délectait du spectacle. Elle avait les yeux rivés sur un de ses compagnons que plusieurs Mordeurs se disputaient et qui hurlait comme un porc que l'on égorge. Le porc se tut lorsqu'une des immondes créatures s'attaqua à sa gorge. Il vit la Juvénile adresser un regard plein de reconnaissance à sa maîtresse.

Iselda...

Il laissa échapper un rire qui se mua en gémissement. Puis tout s'éteignit.

Épilogue

Après avoir nettoyé l'impasse des dangereux cadavres ambulants qui en avaient pris possession, elles se rendirent au Repère.

Iselda était restée là, un long moment, assise à même le sol, la tête de Jimmy reposant ses genoux. Inlassablement elle laissait filer ses cheveux longs entre ses doigts d'un geste caressant. Ils étaient la seule chose qui avait résisté à la lutte fatale qu'il avait menée contre ses assaillants, trop nombreux. Elle contempla longuement le pâle visage de celui qui avait été, le temps d'une nuit, son amant, son allié, son espoir.

À jamais perdues, les expressions qu'elle avait pu détailler dans ce moment de quiétude qu'ils avaient partagé. À jamais perdu, ce sourire à la fois tendre et carnassier qu'il lui adressait lorsqu'il l'attirait brusquement contre lui. À jamais perdu, ce sentiment merveilleux de ne plus devoir être seule face à l'étrangeté de cette existence qui était la sienne.

Le sépulcre de cristal

Il ne restait plus que ce corps brisé, tel un pantin désarticulé par des enfants brutaux. Ils n'y étaient pas allés de mains mortes. Chacun de ses membres était constellé de différentes blessures. Un profond cratère, veiné de rigoles sanglantes, tuméfiait une partie de son profil et laissait supposer qu'ils lui avaient crevé l'œil gauche.

Elle imagina qu'il était là, quelque part, intact sous l'écorce sanguinolente provoquée par ses nombreuses plaies. Elle se plut à croire qu'il demeurerait comme cette statue, d'une splendeur inquiétante et inaltérable malgré le temps qui passe.

Derrière elle, assise elle aussi à même le sol, Lorelei se tenait gentiment en retrait. Telle une enfant sage, elle s'appliquait à nettoyer de petites zones de poussière sur le sol. Elle n'avait pu s'empêcher de jeter un regard sur ce qui restait de Jimmy et l'avait amèrement regretté. Jamais elle ne pourrait effacer cette image de sa mémoire.

Un faible râle s'éleva derrière la lourde porte. Lorelei crut entendre quelque chose gratter. Elle jeta un regard interrogateur à la femme vampire dont, sans le savoir, elle avait été la complice et l'instrument. Iselda sembla hésiter. Elle reposa délicatement la tête de Jimmy sur le sol et se releva. Elle s'approcha du sas qui séparait les non-vivants des non-morts. Lorelei la vit s'assurer que le verrou était solide puis frapper de toutes ses forces contre la porte.

Épilogue

Le grattement reprit et un autre râle se fit entendre. Un râle furieux, mais très faible. Iselda hocha la tête, rassurée. La porte résisterait à ces Mordeurs que personne ne viendrait plus alimenter.

Elle retourna au cadavre qui gisait au pied de la statue et se pencha sur lui. Lorelei l'entendit murmurer quelque chose mais ne put entendre ce qu'elle disait. Elle la vit se pencher davantage. Lorelei détourna les yeux. Ce moment leur appartenait après tout.

Elles quittèrent le Repère et s'éloignèrent dans la nuit. Elles longèrent la rive du fleuve jusqu'au moment où il leur fallut l'abandonner pour s'enfoncer plus profondément dans les entrailles de Paris. Iselda jeta un dernier regard vers le pont bleu, devenu tombeau improvisé d'un amour furtif et à jamais perdu. Dans quelques heures, un nouveau jour naîtrait, les condamnant à terrer aux yeux du monde leur existence maudite.

- Et maintenant ? Osa timidement demander Lorelei à sa nouvelle compagne et maîtresse.

- Tu ne devines pas ? Répondit Iselda avec une pointe d'amusement dans la voix.

Lorelei la regarda sans comprendre.

- Tu n'as pas faim, toi ?

Le sépulcre de cristal

Iselda laissa échapper un rire cristallin. Quant à Lorelei, elle ne répondit pas, c'était inutile. Un sourire se dessina sur son visage crayeux. Un sourire sans douleur. Aucune.

Remerciements

Je tiens à remercier tous ceux qui, de près ou de loin, ont attendu, soutenu et encouragé ce projet d'écriture.

Je remercie tout particulièrement Franck, l'homme qui partage ma vie, dont les conseils et le soutien indéfectible m'ont été précieux.

Et enfin, mes remerciements vont à mon amie de toujours, Lorraine qui, par un talent qui n'appartient qu'à elle, parvient toujours à me faire retrouver les rêves que j'ai nourris et qui se sont perdus en chemin.

Table des matières

www.ingramcontent.com/pod-product-compliance
Lightning Source LLC
Chambersburg PA
CBHW060946030726
47503CB00003B/742